ullstein

Das Buch

»Ich habe meine Urlaube bislang in überdrehten Ferienclubs verbracht oder in Hotels, die mindestens vier Sterne hatten. Okay, das ist auch nicht wirklich originell und womöglich ein wenig schnöselig, aber ein Campingplatz? Das war für mich immer der denkbar größte Alptraum. Hinzu kommt, dass sich mein handwerkliches Geschick auf das Anreichen von Werkzeug und das Öffnen von Bierflaschen beschränkt ...«

Dies ist die verrückte Geschichte eines Mannes, der für seine Liebste einen Besuch in der Hölle macht. Skeptisch am Anfang, beladen mit Vorurteilen, aber später immer neugieriger und am Ende voller Eifer dabei, wann immer es gilt, Vorzelte aufzubauen und fettige Nackensteaks zu grillen. Ein schrecklich amüsanter Camping-Urlaub in Süditalien – die moderne Version von »Man spricht deutsch«.

Der Autor

Markus Götting, Jahrgang 1971, lebt in München. Nach Stationen bei der *Süddeutschen Zeitung*, beim *Süddeutschen Magazin* und dem *stern*, für den er als Auslandsreporter unterwegs war, arbeitet er seit 2012 bei der Zeitschrift *Bunte*.

Von Markus Götting ist in unserem Hause bereits erschienen:

Nachts im Sägewerk –
Die chaotische Liebesgeschichte eines Schnarchers

Markus Götting

Alles Azzurro

Unter deutschen Campern in Italien

Ullstein

Besuchen Sie uns im Internet:
www.ullstein-taschenbuch.de

FSC
www.fsc.org
MIX
Papier aus verantwortungsvollen Quellen
FSC® C006701

Originalausgabe im Ullstein Taschenbuch
1. Auflage Juni 2012
6. Auflage 2012

Umschlaggestaltung: semper smile, München
Titelillustration: Frau am Strand:
© Getty Images / Trujillo-Paumier;
Wohnwagen: © Corbis / Caterina Bernardi;
Häuser: © iStockphoto / Marina Zlochin
Satz: Pinkuin Satz und Datentechnik, Berlin
Papier: Pamo Super von Arctic Paper Mochenwangen GmbH
Druck und Bindearbeiten: CPI – Ebner & Spiegel
Printed in Germany
ISBN 978-3-548-37431-4

Für Frida und Matti

Uno

Der Sonnenaufgang in der Ferne über dem Apennin. Der blühende Oleander, dessen Duft selbst auf der *Autostrada Adriatica* durch unser geöffnetes Seitenfenster hereingezogen war. Der Blick über den Lago di Varano hinweg auf das glitzernde Mittelmeer. Das war alles in Ordnung, ja sogar sehr schön. Ich ließ mir auch klaglos im Autogrill den Schreck meines Lebens einjagen, als hinter mir an der Kasse ein Plüschäffchen mit einem Mal blechern lachte.

Aber jetzt habe ich die Faxen dicke. Wenn ich schon in die Urlaubs-Hölle muss, dann will ich nicht noch stundenlang ihren bezaubernden Vorhof bewundern, sondern meinem Schicksal furchtlos ins Auge blicken. Und zwar subito.

Lena und ich waren am frühen Abend aufgebrochen, 1200 Kilometer immer Richtung Süden, bis hinunter an »den Sporn des Stiefels«, wie Lena das auf ihre spezielle Art beschrieben hatte. Das Einzige, was mich neben ein paar Dosen Red Bull die Nacht über wach hielt, war das bedrohliche Schnaufen meines betagten bordeauxroten Fiestas, dessen ehemals stolze Metallic-Lackierung im Laufe der Jahre zu einer stumpfen Außenhaut geworden war; so folienhaft matt wie man es von BMX-X6-Modellen kennt, deren Besitzer auch noch einen Haufen Kohle dafür bezahlen.

Ich hatte den Wagen vor zwei Wochen überhaupt

erst nach einer ausgedehnten Suche wiedergefunden, nachdem ich ihn im Frühjahr als hoffnungslos defekt eingeschätzt, achtlos in unserem Viertel abgestellt und dann ein paar Monate lang vergessen hatte. So gesehen war es schon eine ziemlich smarte Idee, am frühen Abend aufzubrechen. Stehst du wenigstens nicht eine Ewigkeit im Megastau vor der Mautstelle. Und kannst dich mit deiner abgerockten 54-PS-Gurke im Schutz der Dunkelheit den Brenner hoch von LKWs überholen lassen, ohne das Gesicht zu verlieren.

Meine kleine subversive Hoffnung war ja, dass der Motor irgendwo hinter Bologna mit einem infernalischen Knall verrecken würde und wir dann doch notgedrungen in eines dieser coolen Boutique-Hotels bei Riccione einchecken könnten. Aber mein alter vierrädriger Gefährte ist verdammt zäh. Oder einfach nur Teil einer miesen Verschwörung, die mich auf diesen Trip geführt hat. Allmählich dämmert mir, dass ich dem Schicksal nicht entkommen werde: meinem allerersten Urlaub auf einem Campingplatz.

Als Kind habe ich Ferien bei bayerischen Bauern gemacht und auf dem Ponyhof. Wir sind mit dem Charter-Bomber in mallorquinische Betonburgen gereist, wo man sich schon beim Einchecken entscheiden musste, in welcher Schicht man zu Mittag- und Abendessen gehen wollte. Das alles habe ich geduldig über mich ergehen lassen. Nun also ein Urlaub im Wohnwagen. Das ist eine dermaßen spezielle Herausforderung – da will ich mir erst gar nicht vorstellen, ihr gewachsen zu sein.

Inzwischen geht es bergauf, bergab durch spitze Serpentinen, die dazu führen, dass mein Gesicht die Farbe der Kreidefelsen von Rügen annimmt. Im Prinzip hätte ich mir sogar Rügen eher gefallen lassen als das hier.

Seit einer halben Ewigkeit sind wir nicht mehr durch besiedeltes Gebiet gekommen, ganz zu schweigen von einem Dorf oder sonstigen Anzeichen von Zivilisation. Wir fahren durch ein kleines Wäldchen, noch eine Kurve, dann eine lange Gerade. Links unten die Adria, davor schwindelerregende Klippen. »Daaaa! Da vorne, da ist es!«, kreischt Lena in einer irren Mischung aus Euphorie und Hysterie.

Da vorne. Ein paar weiße Häuschen, die sich inmitten des bewaldeten Nichts auf einem ins Meer ragenden Felsen zu ducken scheinen. Andere Häuser sehen so aus, als würden sie wild durcheinandergewürfelt die Klippen hinunterwachsen. Unterhalb des Ortes glaube ich einen kleinen Hafen zu erkennen. Und einen Strand, auf dem verschiedenfarbige Sonnenschirme vermutlich die jeweilige Zone des Campingplatzes markieren. Immerhin: Nach dröhnendem Massentourismus sieht das nicht gerade aus.

Da ist es also. Sepiana.

Objektiv betrachtet ein Fischerdorf in der apulischen Region Gargano, wo sie früher im Winter wahrscheinlich noch am getrockneten Fisch nagten, so arm waren die hier. Mit »früher« meine ich: vor dem Hereinbrechen des Touristen-Tsunami. Für Lena ist es ihr absoluter Sehnsuchtsort. Ihr ganz persönliches Arkadien, über das sie seit ihrer Kindheit Regalwände voller Tagebücher engzeilig vollgeschrieben hat. Verziert mit allerlei Klebebildchen und niedlichen Zeichnungen.

Vermutlich ist dieses Kaff nicht viel mehr als ein von Pubertätserinnerungen befeuerter Mythos. Aber meine Meinung ist in unserer Beziehung nicht besonders oft gefragt. Und wenn Lena doch mal fragt, hört sie der Antwort schon nicht mehr zu.

Sie fummelt jetzt an ihrem iPhone rum, das sie ans Autoradio angeschlossen hat. Eine Posaunen-Fanfare ertönt, die Stimme von Adriano Celentano, der aber augenblicklich von Lena niedergesungen wird: *»Cerco l'estate tutto l'anno / e all'improvviso eccola qua. / Lei è partita per le spiagge / e sono solo quassù in città, / sento fischiare sopra i tetti / un aeroplano che se ne va.«* Sie holt kurz Luft, bevor sie erst richtig lostrompetet: *»Azzurro, / il pomeriggio è troppo azzurro / e lungo per me. / Mi accorgo / di non avere più risorse, / senza di te, / e allora / io quasi quasi prendo il treno / e vengo, vengo da te, / ma il treno dei desideri / nei miei pensieri all'incontrario va.«*

Dann knöpft sie wild schunkelnd ihre Bluse auf, reißt sie sich geschmeidig vom Leib, und im Takt von »Azzurro« lässt sie das Teil über ihrem Kopf kreisen wie Fußballfans nach einem Tor ihren Vereinsschal. Nach dem zweiten Refrain landet die Bluse als Stoffknüll auf der Rückbank.

Il treno dei desideri – wenn das mal keine klassische Papagallo-Poesie ist. »Der Zug der Begierden«, »Ich komme, komme zu dir«. Himmel! Ich meine, ich mag zwar ein notorischer Nörgler sein und alles, aber auch mir geht manchmal ein bisschen das Herz auf, wenn mir aus der Ferne die Antenne auf dem Kitzbüheler Horn einem Leuchtturm gleich den Weg weist. Und ich liebe Lenas Enthusiasmus, er ist absolut umwerfend – im Moment weiß ich nur noch nicht, ob eher auf mitreißende oder abstoßende Weise.

Lena wippt jetzt im radikalen Urlaubsmodus und weißen Feinripp auf dem Beifahrersitz, und ich muss sagen, dass so ein Unterhemd bei Frauen doch erheblich erotischer wirkt als bei Männern. Wenn mich meine Vorurteile nicht enttäuschen, werde ich in den kommenden drei Wochen noch hinreichend Gelegenheit haben, diese Annahme zu überprüfen.

Drei Wochen Urlaub an einem Ort habe ich seit der Schulzeit nicht mehr verbracht, aber vermutlich werde ich ohnehin mindestens eine Woche brauchen, um mich von dieser Anreisetortur zu erholen. Dabei musste ich nicht mal den Wohnwagen zum Campingplatz schleppen. Das, hat Lena jedenfalls versichert, erledigt irgendein apulischer Bauer aus der Umgebung, bei dem die Kiste immer untergestellt wird, wenn niemand sie braucht. Abgesehen davon, dass mein alter Fiesta mit einem Wohnwagen am Haken garantiert sogar von Traktoren überholt werden würde, macht mir allein die Vorstellung Angst, mit so einem Gespann das schmale Sträßchen zum Campingplatz runterzukurven.

Ein Schild mit der Aufschrift »Campeggio« weist nach links, ich biege ab und schalte die nervige Musik aus, kurbel das Fenster bis ultimo runter und genieße, soweit es die konzentrierte Kurverei zulässt, die vogelgezwitscherfreie Stille des Morgens. Keine zwanzig Kurven sind es von der Hauptstraße bis runter zum Wasser, rechts des Weges ein mächtiger Pinienwald und am Ende der Straße zwei Pfähle mit einem gewaltigen Holzbogen, auf dem wie Hohn »Il Grande Paradiso« steht. Der weißgetünchte Rumpf eines abgetakelten Fischerboots unterteilt die Einfahrt in zwei Spuren: für die Ankömmlinge – und jene, die wieder heimfahren. Dürfen oder müssen. Ich bin da noch nicht sicher.

Lena greift von rechts ins Lenkrad und drückt dreimal energisch auf die Hupe. Derweil ich erfolglos versuche, verschämt im Fußraum abzutauchen.

Aus dem Rezeptionskabuff nähert sich ein Mann von Anfang fünfzig in bequemen schwarzen Ledertretern und einer selbstbewusst den Zeitgeist ignorierenden Jeans. Er trägt ein kurzärmeliges Karo-Hemd über seinem gemütlichen Bäuchlein und schlendert mit albatrosartig ausgebreiteten Armen auf unser Auto zu.

»Lena, *come stai*?«, ruft er, gefolgt von einer Umarmung, die bei der biblischen Rückkehr des verlorenen Sohnes nicht sehr viel herzlicher ausgefallen sein kann. Dann kurzer, prüfender Blick nach rechts zu mir, woraufhin er Lena skeptisch ansieht. *»Che cosa fai? Un altro esperimento?«*

Du elender süditalienischer Bauerntölpel, denke ich, das mit dem Experiment habe ich verstanden. Also, rein sprachlich jedenfalls. Die Mitteilungsebene allerdings sollte sich mir erst ein paar Tage später erschließen.

Ein veritabler Sturzbach einheimischer Wörter ergießt sich über Lena. In meinem zweiten Lehrbuch habe ich mich tapfer bis *lezzione undici* vorgekämpft. Das reicht allerdings nicht ansatzweise, um den Bauern-Dialekt der Region Gargano zu verstehen. Für mich klingt der finstere Akzent Apuliens wie Finnisch. Giovanna, meine Lehrerin, ist eine kulturbegeisterte lombardische Edelfrau. Und die Menschen aus dem Süden nennt sie immer nur verächtlich *terrone*, was so viel heißt wie »Erdfresser«. Mein Problem ist, dass man hier in Apulien offenbar nicht nur Erde frisst, sondern dazu auch noch jede zweite Silbe eines Wortes verschluckt, quasi als Beilage. Ich verstehe *niente*.

»Das ist Markus«, sagt Lena nicht ohne Stolz, »mein Mann. Wir haben vor einem Monat geheiratet.«

Bis vor fünf Jahren war Lena meine Nachbarin. Sie wohnte im Hochparterre und ich in der zweiten Etage. Wir hatten uns eines Tages an der Mülltonne kennengelernt, was als Ort für ein erstes Treffen vielleicht nicht besonders romantisch ist, aber die Romantik kam dann ja noch. Jedenfalls im Rahmen meiner Möglichkeiten. So wurde also aus der schönen Nachbarin meine Gattin. Und inzwischen wohnen wir in der ersten Etage.

»Ah, was für eine tolle Überraschung«, sagt der Empfangschef und wendet sich nun auch mir zu. Große Albatros-Geste: »Ich bin der Massimo.«

Na Donnerwetter, denke ich, der *terrone* spricht sogar deutsch, wenn auch mit so einem putzigen Roberto-Begnini-Akzent. Und wie ich das mal in Lektion eins von »Allegro Uno« gelernt habe, erwidere ich ein eher holprig artikuliertes *piacere* – »sehr erfreut«. Wobei ich es eher stöhne, während mir Massimo mit einem fröhlichen Haifischlächeln die Hand zerquetscht.

»Ich hab euch einen wunderschönen Platz reserviert«, sagt Massimo. *»Prima fila«*, sagt er bedeutsam zu Lena, und während ich noch darüber rätsele, ob das jetzt ein geheimer Code zwischen den beiden ist, dreht sich Lena zu mir und sagt: »Erste Reihe. Meerblick. Da stehen wir fast auf dem Strand. Wie geil!«

Sollte Massimo verheiratet sein, war er seiner Frisur in den letzten drei Jahrzehnten garantiert treuer als seiner Gattin. Den Style kannte ich jedenfalls bisher nur aus Perückenläden, in denen ich zu Fasching gelegentlich herumstöbere. Er steigt jetzt in seine Ape, so eine Art motorisiertes Dreirad von Piaggio, wie es von Don Camillo gefahren wurde. »Kommt mir hinterher!«

Er knattert einen Hügel zum Meer hinunter, vorbei an Wohnwagen und Zelten und an Badeschlappenmenschen mit aufgeblasenen Gummitieren unter dem Arm. Auf einer Freifläche stehen drei Wohnmobile vom Format eines Reisebusses in U-Form zusammen, zu einer Wagenburg ausgerichtet, als erwarteten die Pilgrim Fathers einen Überfall heulender Indianer.

»Und?«, fragt Lena, dabei sieht sie aus, als würde sie platzen vor Euphorie. »Wie gefällt's dir?«

»Frag mich nächste Woche. Ich bin müde, ich bin wehrlos. Ich habe keine Meinung. Ich will das alles nicht.«

»Jammerlappen! Pass auf, am Ende willst du gar nicht mehr weg von hier.«

Eine Bar, zwei Tennisplätze, ein kleines Fußballfeld. Fast wie ein Robinson Club, nur im, sagen wir mal, *shabby chic*. Massimo tuckert auf eine Wohnwagenkolonie zu, die von einem kleinen Holzpfeil als »Zona Dragone« ausgewiesen wird.

»Die stehen hier enger zusammen als in einer Reihenhaussiedlung, da hörst du doch jede Nacht deinen Nachbarn schnarchen.«

»Wenn, dann ist es doch wohl umgekehrt«, zischt Lena. »Die Nachbarn hören dich.«

Touché. In der Tat, die Leute um uns herum werden mich und meine Terror-Nase noch schneller kennenlernen, als ihnen lieb ist. Mit geröteten Augen und tiefen dunklen Rändern darunter werden sie spätestens übermorgen genervt abreisen. Oder aber mich zum Teufel jagen. Beides wäre mir nur recht.

Massimo stoppt vor einer leicht vergilbten weißen Blechwand, bestimmt fünf Meter lang, deren Hänger sich in den Sand gebohrt hat. Der apulische Bauer, der immer den Wagen auf den Platz zieht, hat offenbar Wort gehalten – wahrscheinlich war er bloß froh darüber, diese gewaltige Kiste von seinem Hof zu kriegen. »Wow«, jubelt Lena, »was für ein Riesen-Gerät. Das ist ja echter Luxus!«

»Das kommt aber sehr auf die Definition von Luxus an.«

»Früher haben wir zu sechst in so einem Teil Urlaub gemacht.«

»Dann sollen deine Eltern bloß froh sein, dass das Jugendamt damals nicht Wind von der Sache bekommen hat. Sorry, aber gegen das hier wirkt ein Zimmer im Etap-Hotel wie ein Ballsaal.«

Lena öffnet die Autotür und steigt aus. Sie sagt: »Jetzt wart's doch mal ab. Wir haben ja noch ein Vorzelt und ein Sonnensegel. Das wird dir schon noch vorkommen wie die Präsidenten-Suite.«

Das Vorzelt. Shit. Das hatte ich ganz vergessen. Oder verdrängt? Lenas Vater hatte mir in einem dreiviertelstündigen Monolog die Grundlagen des Vorzeltaufbaus nähergebracht, Tücken und Fallen nicht ausgespart. Er hatte sogar verschiedene kleine Zeichnungen angefertigt, wie eine Montageanleitung von Ikea. Die hab ich allerdings in der plötzlichen Hektik unserer Abreise irgendwo daheim liegen lassen. Kann ja nicht so schwer sein, ein Zelt aufzubauen.

Massimo verabschiedet sich. *»Ci vediamo stasera«*, ruft er Lena im Wegfahren zu. Ich schaue irritiert seinem eigenartigen Gefährt hinterher, bis es um die Biegung am Ende der Straße verschwunden ist. Punkt eins: Hätte er mich auch mal fragen können, ob ich ihn gleich heute Abend schon wiedersehen will. Und Punkt zwei: Vielleicht rechnet er gar nicht mit mir?

Lena fummelt den Wohnwagenschlüssel aus ihrer Handtasche, Strahlen der Vorfreude im Gesicht. Sie schließt die Tür auf – und ein Gestank schlägt uns entgegen, als hätten wir die Gruft einer kürzlich verstorbenen Waschbärenfamilie geöffnet.

»Boah, was ist das denn?« Mir wird augenblicklich kotzübel. So hab ich mir den Geruch der Freiheit nicht vorgestellt.

»Oh, stimmt, das hatte ich vergessen. Mein Vater hat gesagt, dass sie beim letzten Mal im strömenden Regen abbauen mussten. Kann sein, dass das Vorzelt noch ein bisschen klamm ist.«

»Bisschen? Das riecht komplett vermodert. In dieser Karre hier ist es feuchter als im Dampfbad. Nur ohne den Duft von ätherischen Ölen.«

»Entspann dich«, sagt Lena ganz entspannt. »Wir legen das Zeug in die Sonne, da ist es im Nu getrocknet. Und in der Zwischenzeit lüften wir halt ein bisschen durch.« Sie sagt: »Bevor du das Zelt einspannen kannst, musst du sowieso erst mal alle Stangen aufbauen. Und bei deinem handwerklichen Geschick ist bis dahin eh alles trocken.«

Herzlichen Dank. Ich weiß selbst, dass mein Talent maximal dafür ausreicht, einen Nagel in die Wand zu schlagen. Und im Baumarkt interessiere ich mich auch eher für die Putzmittel, die sie in diesen irren Werbefilmen anpreisen. In unserer Ehe bin ich quasi das Mädchen.

Wir hängen die miefenden Zeltwände über die brusthohen Hecken, die unseren Stellplatz begrenzen, räumen Tische und Stühle raus, einen Kühlschrank und etliche seltsame Taschen, in denen ich weiteren Kleinkram vermute. Unfassbar, was die alles in diesen Wagen reingestopft haben. Unfassbar auch, was man offenbar alles fürs Campen braucht.

Dabei habe ich noch gar keine Ahnung, was man so alles braucht.

Einen Wohnwagen-Stellplatz muss man sich so ähnlich wie eine Gartenlaube vorstellen. Nur unter Italiens Sonne. Der Wagen selbst ist dermaßen zwischen die Hecken gequetscht, dass er uns wie eine Mauer den Rücken zur kleinen geteerten Straße abschirmt. Er lässt gerade mal Platz für einen schmalen Durchgang in unser Reich. Vor uns die Parzelle: eine Art sandiger Garten mit Meerblick. Hinter einem Mäuerchen, das mir bis zu den Waden reicht, beginnt der Strand. Immerhin. Näher kann man tatsächlich nicht dran sein. »Hier hast du eine Schaufel«, sagt Lena, »als Erstes müssen wir den Platz mit Sand einebnen.«

»Hast du einebnen gesagt?« Ich bin doch kein Bauunternehmer. Ich blicke auf das vertrocknete Gras zu meinen Füßen, das vorwitzig aus dem Sand lugt. Nun gut, ich werde es in eine planierte Wüste verwandeln.

»Und vergiss nicht, die Gräben zu ziehen«, befiehlt Lena, während sie sich daranmacht, die versifften Campingmöbel zu schrubben.

Gräben ausheben. Das sollten wir Deutschen in fremden Ländern besser nicht mehr tun, denke ich.

»Wozu soll ich einen Graben ausheben? Wir sind doch völlig unbewaffnet.«

»Falls der Regen kommt, du Depp. Dann kann das Wasser abfließen.«

»Moment mal. Von Regen war vorher nie die Rede!«

Ich blicke aufs Meer. Den Strand davor werde ich

nun also nach und nach sorgfältig auf unseren Stellplatz verlagern. Mit einem Klappspaten und einem Kindereimerchen.

Die Sonne knallt mir auf die Rübe, ich schwitze schlimmer als die D-Promis, die fürs Fernsehen in einen australischen Dschungel ziehen. Schippen, kippen, planieren – nach einer guten Stunde ist die Vorarbeiterin mit meinem Werk zufrieden. Jetzt kommt die Königsdisziplin: der Zeltaufbau.

Es gibt unzählige Zeltstangen. Sie sehen ein wenig aus, als wären sie aus Karbon, und sind mit kleinen Aufklebern versehen, auf denen VL steht, VM, VR und so weiter. Vorne links, vorne Mitte, vorne rechts. Im Prinzip kein Problem. Wäre da nicht die Frage der Perspektive. »Sag mal, wenn dein Vater vorne links auf die Stange schreibt, meint er dann mit dem Rücken oder mit Blick zum Wohnwagen?«

»Keine Ahnung. Macht das einen Unterschied?«

»Das weiß ich doch nicht. Wer ist denn hier der Camper?«

»Ich sehe den Wagen doch auch zum ersten Mal«, meckert Lena zurück.

Ich krame mein Handy aus der Tasche, um meinen Schwiegervater anzurufen. Das ist vielleicht ein bisschen peinlich, aber wir müssen eh noch Bescheid geben, dass wir gut angekommen sind. Dann kann ich das kleine Verständnisproblem in einem Nebensatz unterschmuggeln.

Mein Handy sagt: kein Netz.

»Gibst du mir mal eben dein Handy? Ich hab hier irgendwie keinen Empfang. Ich ruf jetzt deinen Vater an.«

»Hier gibt's keinen Empfang. Du kannst es vorne in der Kurve am Ende der Straße versuchen, das ist der einzige Ort, an dem man ein Signal hat.« Das »manchmal«, das sie leise vor sich hin murmelt, habe ich dennoch nicht überhört.

»Das ist nicht dein Ernst, oder?«

Vielleicht war Lena genau deshalb in den Tagen vor unserer Abreise mit ihrem Handy schier verwachsen. Manchmal telefonierte sie auf ihrem Blackberry und dem iPhone parallel, was ich im Sinne der Geschäftigkeit äußerst sexy fand. Sie arbeitet seit einigen Jahren in einer Fernsehproduktionsfirma und verhandelte, noch während sie unsere Taschen packte, mit irgendwelchen TV-Redakteuren, denen sie zwei Showformate verkaufen wollte.

Das eine sollte eine Quizshow mit Prominenten sein, bei der die Kandidaten für jede falsch beantwortete Frage eine zweistöckige Sahnetorte ins Gesicht geschleudert bekommen würden. Fand ich nett, aber das andere war mein absolutes Lieblingskonzept. Sie nannte es »Ich will ein Kind von dir«, eine Art Castingshow nach Vorbild des »Bachelor«, nur dass es nicht ums Heiraten geht. Eine junge Frau, die zwar einen Kinderwunsch hat, aber blöderweise keinen passenden Mann, würde diesen aus einem Dutzend Kandidaten wählen. Ich fand ja, »DSDS 2.0« wäre auch ein hübscher Titel für die Sendung – »Deutschland sucht den Samenspender«.

Aber wie dem auch sei. Wenn ich Lena richtig verstanden habe, gehen die Verhandlungen erst nach unserem Urlaub weiter. Mir schwante, wieso.

Jedenfalls laufe ich jetzt den Teerweg vor bis zur Kurve, dabei halte ich das Handy vor mir ausgestreckt wie die Arbeiter von Fukushima ihren Geigerzähler. Es ist Mittagszeit; Familien sitzen neben ihren qualmenden Grills und betrachten mich mitleidig.

Die Assoziationskette ist recht simpel: Kreidebleiche Haut und versucht zu telefonieren – haha, das muss ein Neuer sein!

Nach einer halben Stunde gebe ich's auf. Als ich zurück zu unserem Platz komme, hat Lena die Stangen ordentlich sortiert und aufgeschichtet. »Mir ist das jetzt egal«, sage ich, »links oder rechts – kann doch nicht so wichtig sein. Die sind eh alle gleich groß.«

Das Zusammenstecken ist noch recht einfach, und als ein einigermaßen stabiles Gerippe vor dem Wohnwagen steht, betrachte ich stolz mein Werk. Lena holt die Zeltplanen. Die sind zwar inzwischen tatsächlich getrocknet, stinken aber immer noch nach Verwesung. Die Planen einzuziehen, ist ein gruseliges Gefummel. Während ich immer wieder vor mich hin fluche, ermahnt mich Lena immer wieder zur Geduld. Mit einem Mal rumst es. Eine der Stangen hat sich verabschiedet, und nun wankt und schwankt das halb verkleidete Gerippe wie ein Fischerkahn bei Windstärke acht. Ich springe nach vorne links – oder war das doch vorne rechts? – und versuche mit aller Macht, den Einsturz zu verhindern. Vergeblich. Schon im nächsten Moment klappt meine Konstruktion an beiden Enden zusammen wie das Bierdeckelhäuschen eines Stammtisch-Architekten. Lena schreit auf und will in Deckung gehen, wird dann aber von einem scharfkantigen Metallstück einer umfallenden Stange am Kopf getroffen. »Scheiße, du Idiot!« Vor Zorn wird sie knallrot im Gesicht, fast so rot wie der tiefe Cut, der sich über ihre Stirn zieht. Und aus dem es blutet wie unterm Chirurgenmesser.

Das Geschepper hat mittlerweile auch unsere sogenannten Nachbarn alarmiert, die von links und rechts zusammengelaufen kommen. Es mag der Thrill eines Unglücks sein und natürlich auch ernsthaft empfundenes Mitleid. Knapp ein Dutzend Leute versammelt sich jenseits der Hecke. Mir ist nicht entgangen, dass sie schon seit einer Weile meine Bemühungen mit einem gewissen Amüsement verfolgt haben. Nun haben sie also ihr lang erwartetes Spektakel: ein streitendes, keifendes Ehepaar inmitten der Ruinen eines Campingvorzeltes, dazu ein bisschen Blut – für die Uhrzeit eine bemerkenswerte Bilanz.

Ein älterer Herr, der beigefarbene Bermudas zu seinem Bierbauch trägt, zwängt sich an der Hecke vorbei auf unsere Parzelle. Er sagt: »Ach du Scheiße!« Was als Bewertung der Gesamtsituation durchaus eine präzise Zusammenfassung ist. Und dann mit einem Blick auf Lenas Stirn: »Mädchen, das musst du nähen lassen.«

Lena ist nicht die Sorte Frau, die bei der kleinsten Krise losheult wie ein Kind an seinem ersten Tag in der Krippe. Jetzt aber laufen ihr einige Tränen übers Gesicht. Sie sagt kein Wort, als sie in den Wagen verschwindet, um ihre Verletzung im Spiegel zu betrachten.

»Willi«, sagt der Bermuda-Mann, als er mir eine mächtige Pranke entgegenstreckt, die ihn schon mal nicht als professionellen Pianisten ausweist.

»Piacere«, sage ich zerstreut und auf italienische Höflichkeitsfloskeln konditioniert. Willis Blick formt Fragezeichen.

»Äh, ich meine – Markus.«

Willi blickt auf das Stangen-Chaos. »Alles halb so schlimm«, sagt er, als von drinnen ein dumpfer Schlag ertönt. Ich ziehe die sandigen Schuhe aus und springe die drei Stufen hoch. Lena liegt auf dem Boden. Ohnmächtig geworden.

»Willi!«

Er kommt hinterher, zusammen heben wir Lena aufs Bett. Mein Herz rast. Auch das noch! So etwas Ähnliches hatte ich schon zwei-, dreimal bei ihr erlebt: dass ihr plötzlich erst schwindelig und dann schwarz vor Augen wurde und sie einfach zusammengesackt ist. Das hier erscheint ernster. Die lange Autofahrt, die Arbeit in der Mittagshitze, der Anblick von Blut. Das war wohl zu viel. Ich streichele ihr über die Wange, die Stirn blutet immer noch, und Lena schlägt langsam die Augen auf. »Trinken«, stöhnt sie schwach. Vielleicht ist sie ja tatsächlich nur ein bisschen dehydriert. Willi reicht mir die Wasserflasche von der Ablage, ich halte ihren Kopf leicht schräg und führe die Flasche an ihre Lippen. Lena nippt ein paar Schlucke. Nach einer Viertelstunde rappelt sie sich auf. Ich gebe ihr noch ein Stück Traubenzucker, vielleicht kommt sie dann ja wieder zu Kräften.

Wir stützen sie von beiden Seiten auf dem Weg zu meinem Fiesta. »Willi, wir sehen uns später«, sage ich, bevor wir uns zum Arzt in Sepiana aufmachen – hinter uns ein Wohnwagen-Stellplatz, der ein wenig an einen verunglückten Selbstmordanschlag in Kandahar erinnert: kleinere Krater im Boden, eine zerfetzte Behausung, aber nur Leichtverletzte unter der Zivilbevölkerung.

Due

Das Drama begann mit unserer Hochzeitsfeier. Mir war klar, dass ich in eine Familie von Camping-Enthusiasten einheiraten würde, eine Familie, die seit etwa drei Jahrzehnten jeden ihrer Urlaube in Sepiana verbrachte, gern auch mal zwei pro Jahr.

Mein Schwiegervater hatte unseren großen Tag liebevoll gekapert. Als Biologe empfand er es als seine Pflicht, sich um den Blumenschmuck zu kümmern – er sollte dem alpinen Ambiente der Tiroler Berge entsprechen, wo wir unsere Lieblingshütte gemietet hatten. Und als Sohn einer Gastronomin sorgte er selbstverständlich persönlich für die üppige Getränkeauswahl. Wie auch dafür, dass der Pfarrer innerhalb kürzester Zeit so betrunken war, dass er sich nur noch an die Hälfte der zehn Gebote erinnern konnte. Halt machte Lenas Vater einzig vor der Küche, was allerdings auch daran lag, dass der in Festivitäten erfahrene Koch sie lange genug zur eigenen Sicherheit von innen verschlossen hatte.

Wir waren kurz vor dem Dessert, als Peter mit einem Teelöffel gegen sein bedrohlich gefülltes Rotweinglas schlug. Er hatte das mal in einem Film gesehen, und ich glaube, die Geste hatte ihm imponiert. »Es waren die Osterferien 1978«, begann er scheinbar harmlos, »und ich als Vater von drei Kindern – Benjamin, unser Jüngster, war ja noch nicht mal geboren – konnte mir nicht mehr leisten als einen geliehenen Wohnwagen und einen VW-Bus, mit dem wir bis tief in den Süden Italiens fuhren.«

Während ich mich noch fragte, ob er wohl auch meine Schwiegermutter noch erwähnen würde, stieß Toni, mein bester Freund und Trauzeuge, mich von rechts mit dem Ellbogen an. »Wenn der bei 1978 anfängt, dann sollten wir uns ein paar Kurze bestellen. Die Zeit verkürzen, hehe.«

Nach fünf Minuten war Peter in seiner Rede gerade erst am Brenner angekommen. Ich hielt Tonis Vorschlag für eine gute Idee und winkte einem der Kellner, der klappernd das Geschirr vom Hauptgang entfernte. Sehr zum Verdruss des Redners. »Äh, hm«, sagte Peter und machte mit dem Handgelenk eine Geste in Richtung Kellner, als wollte er eine lästige Fliege verjagen: »Jetzt lassen Sie das doch!«

»… Wir standen also am heruntergelassenen Schlagbaum des Campingplatzes, die drei Kinder müde von der zweitägigen Fahrt, nur ein Platzwächter da, und ich ließ im Dorf nach dem Chef suchen …«

Die Geschichte ging in etwa so: Peter hatte im ADAC-Heftchen von einem malerischen Campingplatz in Apulien gelesen, nur die Sache mit den Öffnungszeiten hatte er wohl überblättert. Also standen sie einigermaßen blöde vor der Schranke, und während Peter mit dem Aufpasser diskutierte, kümmerte sich seine Frau Maria um die quengelige Brut. Schließlich gab es damals noch keine tragbaren DVD-Player, geschweige denn iPads. Und als Massimo kam, der junge Campingplatzverwalter, der seinerzeit sicher die gleiche Frisur und dieselben Jeans getragen hatte wie heute, da öffnete er ihnen schließlich den Platz, allerdings nicht ohne darauf hinzuweisen, dass es erst eine Woche später Strom und funktionierende Duschen geben würde.

»Hast du eine Ahnung, was dieser Campingplatz mit dieser Feier zu tun hat?«, flüsterte Toni zu mir rüber.

»Wart's ab, in spätestens einer Viertelstunde kommt die Pointe.«

»... Und so verbrachten wir eine Woche im Paradies, einsam wie Robinson ...« Peter senkte die Stimme, als würde er jetzt zur Sache kommen. Ich wusste, dass er seit geraumer Zeit an einer die Jahrhunderte umspannenden Familienchronik arbeitete. Und bei diesem Urlaub muss es sich um eine Art Gründungsmythos des letzten Familienzweigs handeln; eine Geschichte, die vom Aufbruch in ein fremdes Land erzählte, von Entbehrung und einer Sippe, die den kargen Umständen tapfer trotzt und sich dabei auf sich selbst besinnt. Der Treck gen Süden sozusagen, auf der Suche nach dem Glück.

Toni klopfte mir krachend auf den Rücken: »Alter, da kannst du aber stolz sein auf deine neue Familie!« Bei Toni sind die Grenzen zwischen Aufrichtigkeit und Ironie traditionell fließend. Schwer zu sagen, wie er das gemeint hatte. »Die machen noch einen richtigen Kerl aus dir.«

»Klar, aber einen mit Anti-Aging-Creme für die Augen im Gepäck.« Ich spülte einen doppelten Obstler runter.

Für meinen Schwiegervater war es selbst mit dem Gehalt eines Biologieprofessors wohl die einzige Möglichkeit, mit seiner sechsköpfigen Familie jedes Jahr einen vierwöchigen Sommerurlaub zu finanzieren. Kinder – zumal seine – pfeifen auf Komfort, solange sie genügend Sonne und Sandspielzeug haben. Und Sepiana, so viel wurde während seiner Ausführungen klar, ist im Laufe der Jahrzehnte zu einer zweiten Heimat seiner Familie geworden. Dort kennen sie jeden, gelten schon fast als Einheimische. Und wenn ich mich nicht täusche, träumt er davon, dass wir eines Tages dort seine Asche ins Meer streuen.

In Sepiana hatte Lena sich zum ersten Mal verliebt und ganz offensichtlich jedes Jahr aufs Neue: in irgendeinen anderen italienischen Surfer-Schönling. »Für uns war immer klar«, sagte Peter, »dass Lena irgendwann einen Italiener heiraten wird.« Er machte eine Pause und drehte sich lächelnd zu mir. »Aber jetzt haben wir ja dich, mein Lieber.«

Großer Applaus. In diesem Moment schnipste Peter mit dem Finger und gab dem Kellner ein Zeichen. Daraufhin sang Eros Ramazzotti »Una terra promessa«, was so viel bedeutet wie »das gelobte Land«. Und während ich leicht erschauderte, sah Peter mir erwartungsfroh in die Augen. Er strahlte. Er glühte förmlich vor Freude. »... Und deshalb, mein lieber Junge – das darf ich ja jetzt zu dir sagen ...« Seine Stimme drehte auf Fortissimo, überhaupt wurde sein Auftritt allmählich weihevoller als unsere vorherige Hochzeitszeremonie. »Und deshalb lade ich euch ganz herzlich zu einer Hochzeitsreise in unser wunderschönes Sepiana ein.« Er machte eine kunstvolle Pause, fummelte in der Innentasche seines Jacketts herum und kramte einen Schlüssel heraus. Ging einen Schritt auf mich zu, presste mich mit beiden Armen an seine Brust und überreichte mir den Schlüssel für den von Sagen umwobenen Wohnwagen mit dem sakralen Gestus eines Firmenpatriarchen, der seinem Sohn den 200-Mann-Familienbetrieb überträgt.

»Jetzt biste einer von uns!«, jubelte Lena sofort.

»Leckomat!«, stöhnte Toni synchron dazu.

Ich selbst hatte das Gefühl, dass jeden Augenblick mein zentrales Nervensystem den Dienst verweigern würde.

Wie kommt man bloß aus so einer Nummer wieder raus? Simple Antwort: gar nicht. Ich wusste, dass Lena in der Sache mit drinsteckte. Meine Fragen nach der Hochzeitsreise hatte sie stets mit dem Hinweis auf eine »Überraschung, Überraschung« ihres Vaters pariert. Dass es nicht die Bahamas werden würden, war mir klar. Aber hätten es nicht wenigstens die Malediven sein können?

»Alter, da musst du jetzt hin, da musst du jetzt durch«, sagte Toni, als wir zwei Wochen nach der Feier wieder im Mezzo saßen, unserem Lieblingscafé in München.

Toni wusste nur zu gut, dass es, nun ja, gewisse Vorbehalte in Lenas Familie gegen mich gab. Da waren zum einen körperliche Defizite: meine Nase. Deren infernalisches Grunzen hatte mir damals bei meinem Vorstellungsbesuch in der ersten Nacht den Narrenstatus eingebracht. Um drei Uhr in der Früh standen sie komplett versammelt vor der Tür des Gästezimmers, in dem ich vor mich hin schnarchte, und versuchten, die aus meinem Bett geflüchtete Lena zu trösten.

Zum anderen bestanden vehemente Zweifel an meinem Charakter: Den Wohlmeinenden unter Lenas Leuten galt ich als verhätscheltes Einzelkind und entsprechend verweichlicht. Daran konnte auch mein nicht gerade risikoarmer Job als Krisenreporter eines Nachrichtenmagazins kaum etwas ändern. Zumindest in der Achtung ihrer Schwester war ich zuletzt von Quadrat-Arsch zu Vollarsch gestiegen. Man muss das tatsächlich als Verbesserung betrachten.

»Ist doch cool. Du wirst eine Menge Menschen kennenlernen«, sagte Toni, »die dir sonst, na ja, sagen wir mal, eher nicht begegnen würden.«

»Siehst du. Und genau das macht mir Angst.« Ich biss in meinen Schinken-Käse-Toast.

»Du bist Journalist! Du bist neugierig! Jetzt mach dir mal nicht ins Hemd! Apropos Hemd, das ist schön«, er beugte sich zu mir rüber und zupfte meinen Kragen nach hinten, um einen Blick auf das Label zu werfen. Toni kräuselte erstaunt die Nase. »Seit wann trägst du Zara?«

»Seit ich zu drei Wochen Urlaub im Wohnwagen verurteilt wurde.«

Toni ist Halbgrieche, und seiner mediterranen Herkunft entsprechend, bestellte er sich einen Viertelliter Weißwein. Es war kurz vor zwölf Uhr mittags. »Das ist doch Blödsinn. Pass auf, dieses Kaff scheint deiner Frau etwas zu bedeuten. Und Lena ist eine tolle Frau. Nimm es als Spurensuche. Darauf steht ihr Reporter doch, oder?«

Vielleicht hatte er ja recht. Was wusste ich schon von Apulien? Außer, dass sie dort einen Herrn namens Padre Pio verehren, herzlich wenig. Um ehrlich zu sein, wusste ich nicht mal genau, wo es liegt.

Ich mag Italien. Deshalb habe ich vor ein paar Jahren auch angefangen, die Sprache zu lernen. Wenn auch in trauriger Unregelmäßigkeit.

Meine erste Erfahrung war ein Urlaub in Rimini, der letzte vor meiner Einschulung. Die Fahrt dauerte ewig. Wir stiegen am letzten Kindergartentag mittags ins Auto, und auf der Autobahn war es wie mit den Zugvögeln: Alle hatten sich wie auf ein Zeichen hin verabredet, zur selben Uhrzeit ans selbe Ziel zu fahren. Leider hatte man in dieser dunklen Vergangenheit noch nicht serienmäßig eine Klimaanlage im Auto. Die Hitze, der Stau, die Kurven – irgendwo in Südtirol kotzte ich meinen Eltern ihren nagelneuen VW Golf voll. Und ich erinnere mich noch, dass mein Vater meine Mutter anbrüllte: »Siehste, deshalb wollte ich die Ledersitze!«

Die Stoffbezüge sogen meine Magensäure auf wie ein Schwamm. Der Geruch wurde ein prägender Begleiter unserer Italienreise. Als wir in Rimini ankamen, fragte mein Vater an einer Straßenecke nach der Pensione Alma. Ein sehr freundlicher Herr begleitete uns zu einer eher bescheidenen Herberge. Wir checkten ein, und als wir schließlich unser Zimmer betraten und das Gepäck verstauen wollten, erlitt meine Mutter angesichts der hygienischen Zustände in unserer Unterkunft einen mittleren Nervenzusammenbruch. Nachdem sie sich halbwegs davon erholt hatte, holte sie Lappen und eine Flasche Sagrotan aus dem Koffer und putzte wie besessen die Schränke und zog im Bad Haare aus dem Abfluss. Mein Vater und ich gingen derweil an den Strand. Es war einfach herrlich – bis zu jenem Moment, da wir zurückschlenderten und mein Vater irritiert das Schild an der zehnten Etage unserer Pension betrachtete. Dort stand »Albergo Nettuno«, verziert von einer Figur mit Dreizack. Ich erinnere mich, wie sich meine Eltern Minuten später furchtbar mit dem Rezeptionisten stritten, der wort- und vor allem gestenreich versicherte, er habe nie behauptet, dies sei die Pensione Alma. In Wahrheit war der freundliche Herr von der Straßenkreuzung der Kopf einer berüchtigten Schlepperbande, wie man sie heute aus Osteuropa kennt. Er hatte uns ganz einfach reingelegt und ins falsche Hotel geschickt. Wenigstens stand unser

Auto noch auf dem Parkplatz. Und das Autoradio war auch immer noch drin.

Meine Mutter konnte, nachdem der herbeigerufene Carabiniere bei den Formalitäten unseres Check-outs behilflich war, am frühen Abend auch noch das neue Zimmer in der wirklichen Pensione Alma putzen. Wobei sie diesmal etwas sparsamer mit dem Sagrotan war. Man weiß ja nie.

Es war ein wundervoller Urlaub, zu dem Albano & Romina Power einen unvergesslichen Soundtrack lieferten. Ich blickte fasziniert auf die irrwitzig blinkenden Daddel-Automaten der Open-Air-Spielhöllen entlang der Strandpromenade. Im Fernsehraum unserer Pension lief rund um die Uhr die Übertragung der Fußball-Weltmeisterschaft in Argentinien, und so lernte ich auch das schöne Wort vom »Schluchtenscheißer« kennen, das einer der deutschen Gäste aus vollem Halse schrie, nachdem der Kranklhans in einem verfluchten Ort namens Cordoba das 3:2 für Österreich geschossen hatte. Selbst die Italiener jubelten mit, als hätte es all die Jahre unter dem Habsburger Joch nie gegeben.

Danach habe ich Italien lange Zeit gar nicht mehr und später nur noch dienstlich bereist. Vulkanausbruch und Erdbeben. Die Flüchtlingswelle auf einer Mini-Insel, deren Name klang wie aus Tausendundeiner Nacht. Die funkelnden Abenteuer des erotomanen Premierministers. Spätestens, als ich ein Porträt über Francesco Totti, den römischen Fußballheiligen, schreiben sollte, wurde mir klar, dass jedes Land die Helden hat, die es verdient. Er war ein verdammt netter Kerl, der es in Anwesenheit einer Dolmetscherin fertigbrachte, während eines eineinhalbstündigen Interviews unentwegt in der linken Tasche seiner Trainingshose rumzufummeln.

»Toni, ohne Scheiß, ich brauche einen Survival-Plan.« Ich löffelte apathisch in meinem Cappuccino.

»Jetzt mach mal halblang. Hast du nicht mal bei der Bundeswehr dieses Dings da mitgemacht? Wie hieß das noch? Weißt schon, wo sie euch entführt haben ...«

»*Hostile Environment Training,* meinst du? Ich finde, der Begriff trifft es übrigens für einen Campingplatz ganz gut.«

»Ach geh, was soll dir da schon passieren?«

»Ich sag dir, mit einem deutschen Spießer ist deutlich weniger zu spaßen als mit dem finstersten tschetschenischen Freiheitskämpfer.«

»Als wäre es in deinen überdrehten Ferienclubs besser.«

Damit hatte er einen wunden Punkt getroffen. Ein paar Jahre zuvor hatte ich ihn genötigt, mit mir nach Portugal in einen Club zu fliegen. Björn Borg, der wirklich echte Björn Borg, unterrichtete dort eine Woche lang als Tennislehrer, und jeder Hans und Franz konnte ihn buchen. Toni ließ sich nur bequatschen, weil er beim Tennis immer noch die original Björn-Borg-Klamotten von Fila aus den Achtzigerjahren trug. Er wollte sehen, wie der Meister auf diesen nostalgischen Anblick reagieren würde. Und wohl auch, wie ein Tennisgott, der all seine Kohle für die falschen Frauen auf den Kopf gehauen hat, so drauf ist.

Man hatte uns in einem von geschätzt vierhundert Bungalows einquartiert, die sich einzig aufgrund der Hausnummer unterschieden. Das Konzept des Bargeldes hatte man abgeschafft, dafür gab es ein gefühltes 24-Stunden-Buffet, wenn auch mit eher gering alternierendem Speiseplan. Die Anlage selbst war eine deutsche Enklave an der Algarve. Eine Region, die sonst ja unter der Patronage marodierender Briten steht, die allesamt so aussehen wie Wayne Rooney, sich aber noch furchterregender aufführen. Wir blieben vorsichtshalber immer auf unserer Seite des Zauns.

»Okay, eins gebe ich zu – der Campingplatz ist die ehrlichere Option.«

Toni war bei seinem zweiten Viertelchen angekommen. »Überleg doch mal. Zeltlager, das war doch früher das Größte. Mit den Mädels schmusen und so.«

Im Prinzip stimmte das ja. Camping, das klang in meiner Jugend immer nach Saufen und Kiffen, also ganz klasse. Ich war nur nie dabei. Ich habe mich immer gefragt, warum man das alles nicht auch in einem ordentlichen Hotel machen kann, da stinkt's dann auch nicht so nach feuchten Socken, und du hast nicht dauernd irgendwelches Ungeziefer in der Unterhose.

»Mit den Mädels schmusen«, sagte ich, »fällt ja jetzt wohl flach. Und dieser Urlaub hat auch nix mit Abenteuer und Lagerfeuer zu tun.«

»Alter, es ist ein Hochzeitsgeschenk. Von deinem Schwiegervater. Da bist du moralisch in der Pflicht!«

»Jetzt komm du mir nicht mit Moral.« Ein Typ, der als Werber sein Geld damit verdient, Leuten mit Hochglanzanzeigen und schicken Slogans falsche Versprechen zu machen, ist in etwa so glaubwürdig in Sachen Moral wie ein Bundespräsident, der sich seinen Urlaub bei reichen Freunden erschnorrt.

»Alter«, sagte Toni, »es ist ein Hochzeitsgeschenk. Von deinem Schwiegervater. Punkt.«

Ich begriff, dass ich mein Urteil wohl akzeptieren musste. Ich würde mich aufmachen zu einer Reise in eine fremde, unheimliche Welt. Denn es war der einzige Weg in die Herzen meiner neuen Familie.

Tre

Von der kleinen Landstraße zwischen Campingplatz und dem sogenannten Zentrum Sepianas wirkt unsere Grande-Paradiso-Bucht so traumhaft wie eine mit Photoshop bearbeitete Postkarte. Die Hügel mit alten Bäumen bewachsen, die Felsen mit Moos und grünlichem Gestrüpp. Das Meer atemberaubend *azzurro*. »Wow!«, rutscht mir zu meinem eigenen Erstaunen heraus. Lena sieht immer noch ganz blass aus, und an ihrer Stirn klebt ein notdürftig befestigtes Pflaster. Ihr Blick verrät, dass sie meine Begeisterung für einen schleimigen Versuch hält, mein schlechtes Gewissen zu kompensieren. Dabei meine ich es wirklich ernst: »Schau mal da drüben auf dem linken Felsen – was ist denn das für ein komisches Holzgestell?«

»Das ist der Trabucco. Damit zieht der Fischer die Netze aus dem Wasser und holt den Fang raus. Der hat auch ein kleines Restaurant, das führt Matteo.« Matteo, erzählt Lena, ist der Sohn des Fischers und einer ihrer ältesten Freunde im Dorf. Vor ein paar Jahren hat er eine australische Surferin geheiratet. Jetzt verbringen die beiden die eine Hälfte des Jahres in Sepiana und die andere am Strand von Byron Bay in New South Wales. In der Summe ergibt das beneidenswerte zwölf Monate Sommer. »Wenn du magst, können wir die Tage ja mal bei ihnen essen gehen.«

Hinter weißen Mauern am Ortseingang liegt der kommunale Friedhof, auf der anderen Straßenseite eine Iper-Coop-Filiale. Wir fahren vorbei an bunten Gemüseständen und einem Geschäft für Campingbedarf. »Da, hinter der Schule kannst du rechts reinfahren, wir parken vor der Kirche.«

Die Eglisia San Giovanni hat einen morschen Turm, der vierzig Meter hoch aufragt. Ich bin mir sicher, dass nicht mal der frömmste Glöckner mit dem größten Gottvertrauen sich noch da rauftraut. Hätte mich das Erzbistum in so eine Kirche versetzt, würde ich definitiv nur mit Schutzhelm zur Messe gehen.

Die Altstadt von Sepiana ist kurios verwinkelt und fällt zum Meer hin ab. Überall kleine Steintreppen, die wenigsten mit Geländer, dann kommt wieder die nächste Hausecke, die vorwitzig in eine enge Gasse hineinragt. Sollte es hier je einen Stadtplaner gegeben haben, hat er wahrscheinlich die Kritzeleien seiner Kinder mit dem Bebauungsplan verwechselt.

Wir schlendern ein paar hundert Meter durch diese Kopfsteinpflaster-Idylle, bis Lena vor einem weiß getünchten Haus stehen bleibt. Drei Geschosse, pittoreske hellblaue Lamellen-Fensterläden, und im Gegensatz zu den benachbarten Bauten, die wie nahtlos ineinander übergehen, wirkt dieses hier sogar einigermaßen frisch gestrichen. An einem großen schmiedeeisernen Tor hängt ein Messingschild mit eingraviertem Namen: Dottore Salvatore Cevani.

»Salvatore – heißt das nicht Retter? Ich finde, das klingt sehr vertrauenerweckend.«

Lena hält sich weiterhin den Kopf: »Warte ab, bis wir drin sind. Du warst noch nie beim Arzt in Italien, oder?«

Ist sie jetzt etwa skeptisch oder einfach nur abgebrüht? Andererseits gelten Italiener in der Tat als Weltmeister der glänzenden Oberfläche. Alte Regel: Je besser junge Männer gekleidet sind, umso wahrscheinlicher ist es, dass sie immer noch bei der Mamma wohnen. Die tankt dann auch regelmäßig seinen schicken Wagen voll und betet jede Woche mindestens fünf Rosenkränze, dass irgendeine Frau auf diese Maskerade reinfällt, das Söhnchen heiratet und ihr schließlich den Wäschedienst abnimmt.

Wir gehen durch einen kleinen Vorhof mit Marmorplatten. Eine grüne Holztür, dahinter ein finsteres Treppenhaus. In der ersten Etage klingeln wir erneut. Ein weißhaariger Mann öffnet, und wir stehen unvermittelt im Behandlungszimmer. Er hat sein Handy zwischen linker Schulter und Ohr eingeklemmt und streckt uns zur Begrüßung die Hand entgegen. Mit einem freundlichen Nicken bittet er uns um Geduld, anschließend bedeutet er Lena gestenreich, schon mal auf dem abgewetzten cognacfarbenen Behandlungsstuhl Platz zu nehmen. Der ältliche Dottore wirkt ein wenig gebückt: Wahrscheinlich hat er hier in seinen besten Tagen noch Widerstandskämpfer gegen Mussolini zusammengeflickt. Ich denke: Ein Mann mit Erfahrung. Und: Eine Sprechstundenhilfe scheint er auch nicht nötig zu haben. Hier empfängt der Chef noch selbst. Das finde ich sehr persönlich. »Immerhin kommen wir wohl gleich dran«, sage ich in einem erbärmlichen Versuch, für gute Laune zu sorgen.

Kahle, kalte, weiße Wände, in den Ecken bröckelt die Farbe, etwa so wie der Putz an den Nachbarhäusern. Die Fenster sperrangelweit geöffnet, von draußen klingt der Straßenlärm herein. Irgendjemand scheint sich in der Gasse zu streiten.

»Scusi«, sagt Herr Cevani, als er auflegt und sich Lena zuwendet. Er fragt gar nicht erst, ob wir Italienisch können, sondern rattert in seinem Terrone-Akzent los wie Apuliens Antwort auf Dieter Thomas Heck. Er zieht eine Behandlungslampe herunter und knipst deren funzeliges Licht an, da klingelt sein Telefon schon wieder.

»Pronto«, spricht er in sein Handy.

Ich mache mir allmählich Sorgen. »Hätten wir vielleicht zu einem anderen Arzt gehen sollen?«

»Es gibt nur diesen«, sagt Lena, die von diesem Chaos eher amüsiert als erschüttert wirkt. »Wer in Sepiana was Ernstes hat, nimmt den Krankenwagen. Und bis in den nächsten größeren Ort sind es zwanzig Kilometer.«

»Si, certo. Ho prenotato la tavola, ceeerto«, singt der Dottore in sein Handy.

»Na, das ist ja Weltklasse«, lacht Lena, »der organisiert sein Dinner-Date, während er mich untersucht.«

Immerhin steht inzwischen wohl seine abendliche Verabredung. Ich nehme mal an, er hat mit einer Frau telefoniert, jedenfalls verabschiedet er sich mit den Worten *»un abbraccio forte«* – ich drück dich. Zu meiner Verblüffung streift er sich nun sogar Latex-Handschuhe über, bevor er Lenas Wunde untersucht und wortreich kommentiert.

»Er sagt, dass er nicht nähen muss«, übersetzt Lena, während der Arzt offenbar ergebnislos nach Desinfektionsspray sucht. Sie sagt: »Alles andere als ein Pflaster würde ich von dem allerdings auch nicht nehmen. Wenn der einen näht, erinnert dich die Narbe für den Rest des Lebens an diesen Urlaub.« Tolles Souvenir.

Normalerweise behandelt der Dottore nur leichtere

Verbrennungen von Touristen, die besoffen in der Sonne eingeschlafen sind. Und gelegentlich Durchfallerkrankungen. Für ihn scheint Lenas fieser Cut eine medizinische Herausforderung zu sein. Er schmiert ihr so eine orange-rote Jod-Tinktur auf die Stirn, bis Lenas Kopf ausschaut wie ein fauler Apfel. Dann klebt er ihr eines dieser Tacker-Pflaster über die Delle und setzt zu einem Vortrag an. Ich nehme an, es geht um Pflegetipps und Verhaltensregeln für die nächsten Tage. Lena sieht mit einem Mal stinksauer aus.

»Na toll. Er sagt, ich darf auf keinen Fall in die Sonne. Und ich darf vorerst auch nicht mehr schwimmen, ich darf überhaupt nur bis zu den Schultern ins Wasser.«

»Oh.«

»Vielen Dank. Und das alles nur deinetwegen.«

Ich nuschele: »Sorry.«

»Ja, ja. Super Urlaub.«

»Frag ihn mal, wie lang das Verbot gilt!«

Mindestens eine Woche, sagt Dr. Cevani. »Das darf doch nicht wahr sein«, zischt Lena mit zusammengebissenen Zähnen. Und in meine Richtung.

»Kann ich dir zum Trost vielleicht einen neuen Hut kaufen? Dann ist deine Stirn wenigstens im Schatten, und alles wird super.«

Als wir am Nachmittag wieder zum Grande Paradiso runterkurven, hat sich Lenas Laune zumindest minimal aufgehellt. »In Zukunft überlässt du mir die handwerklichen Dinge, okay?« Sie grinst vom Beifahrersitz herüber, ihren neuen Strohhut schon auf dem Kopf. »Deine Männlichkeit kannst du anderweitig beweisen.«

»Heißt das, du baust das Zelt wieder auf, und ich

wische Staub?« Die Erleichterung war mir wohl anzumerken.

»Irgendwie müssen wir das ja vor Einbruch der Dunkelheit hinkriegen«, sagt Lena.

Wir parken das Auto auf dem freien Stellplatz gegenüber unserer zerstörten Behausung, Lena steigt aus und geht zum Wohnwagen. Ich folge mit dem gebührenden Abstand, den mein schlechtes Gewissen mir empfiehlt. »Was ist das denn?«, höre ich Lena vor mir nur sagen, und weil ich ihren überraschten Tonfall nicht richtig deuten kann, jagt mir ein kalter Schauer über den Rücken. Nicht die nächste Katastrophe! Bitte nicht!

Aber stattdessen sehe ich in unserem Vorgarten nur den Willi und einen Mann mit ähnlich geformtem Bauch, ebenfalls in beigefarbener Bermudahose. Offensichtlich den hiesigen Uniformvorschriften folgend. Und ich sehe unser Vorzelt – es steht bereits in seiner ganzen Pracht. Mit Türen, Folienfensterchen und einem Giebel über dem Eingang. Die beiden Herren wirken allerdings immer noch sehr emsig.

»Das Sonnensegel haben wir auch gleich fertig«, sagt Willi, ohne uns erst groß zu begrüßen, »dann könnt ihr mit dem Einräumen anfangen.« Sein Dialekt hat keine Melodie, das ist schon fast Musik. Schweiß rinnt einem Gebirgsbach ähnlich über Willis nackten Rücken. Ich kenne Lena seit fünf Jahren, und üblicherweise redet sie im Tempo einer Kalaschnikow; ich habe sie noch nicht mal ansatzweise sprachlos erlebt. Bis jetzt.

Willi und sein Kumpel, der sich als Horst aus Düren vorstellt, haben während unseres Arztbesuchs das Trümmerfeld in eine blühende Urlaubslandschaft verwandelt. »Camper-Solidarität«, sagt der Horst triumphierend, während er die letzten Heringe mit einem Hammer in den Boden rammt und kurz darauf ein großes dunkelblaues Stofftuch vor unserem Vorzelt aufspannt.

»Und du«, Lena wendet sich nach einer Kaskade der Dankesworte wieder an mich, »gehst jetzt erst mal vor an die Bar und holst unseren Rettern was Ordentliches zu trinken. Da kannst du auch nichts falsch machen.«

»Nee, lass mal«, sagt Willi, »wir haben alles.« Er klingt nicht nur wie Willi Millowitsch, er hat auch den gleichen Quadratschädel. In einer fließenden Bewegung öffnet er eine Kühlbox und drückt mir eine Flasche Reisdorf Kölsch in die Hand: »So, Jung, jetzt setz dich erst mal hin und trink dir'n Bier.«

Wie schön. In all den Jahren, in denen ich mich bemühe, mit einem überakzentuierten Pseudo-Bayerisch meine rheinische Herkunft zu verleugnen, hatte ich ganz vergessen, dass in meiner Heimat »essen« und »trinken« als reflexive Verben gelten. Und: Es ist kurz nach vier – wenn ich mir jetzt ein Bier trinke, ist mir der Tag um halb fünf gelaufen.

Willi zieht ein anerkennendes Gesicht, bei dem er die Unterlippe nach vorn schiebt, und nickt Lena zu, die er längst als die Chefin des Hauses ausgemacht hat. »Wirklich, nobel geht die Welt zugrunde«, sagt er, immer noch nickend.

Lena und ich verstehen nicht ganz. Was man uns wohl auch ansieht.

»Na, das Vorzelt, das ist doch ein Isabella. Ist das ein Commodore Royal?«

Jetzt bin ich mir trotz meiner rheinischen Wurzeln nicht mehr ganz sicher, dass wir die gleiche Sprache sprechen.

»Keine Ahnung«, sagt Lena, »aber eins weiß ich – ohne euch zwei hätte der Commodore, oder wie das Ding hier heißt, wahrscheinlich am Ende unseres Urlaubs noch nicht gestanden.«

»Ach, hör mal, Mädchen, das war doch gar nix. Paar Handgriffe.« Er schaut zu mir auf dem Campingstuhl, sein Blick verbindet Vernichtung und Trost. »Ich sag immer: Wo ein Willi ist, ist auch ein Weg.«

Wenig später, als Lena uns nicht hören kann, flüstert er verschwörerisch: »Und heute Abend, Jung, spielt Deutschland gegen Österreich. Kommst du zu mir rüber. Kühlschrank ist voll.«

Der Abend bricht herein. Der Abend, das ist nach guter deutscher Sitte so kurz nach 18 Uhr. Ein Geruch von Holzkohle und darauf verbrennenden Nackensteaks legt sich wie ein Tuch mit Blümchenmuster über die Zona Dragone. *Smells like home.*

Unser Wohnwagen steht jetzt lotrecht, wie sich Willi ausdrückte, nachdem er ihn mit seiner Wasserwaage vom Format einer Bahnschranke erneut ausgerichtet hatte. Mir ist es in der Zwischenzeit gelungen, zwei zusammensteckbare Schränke für unsere Vorräte und das Kochgeschirr im Vorzelt aufzubauen. Sie bestehen aus ein paar Stangen und nachtblauem, abwaschbarem Stoff. Vermutlich hatte mir Lena den Job nur deshalb übertragen, weil den selbst ein dressierter Affe mit links erledigen konnte. Und so wie ich in der Mittagshitze unseren Platz planiert habe, stehen die Schränke nun stabiler als Albert Speers steinerne Tribüne auf der Nürnberger Zeppelinwiese.

Ich drehe eine kleine Runde über den Campingplatz. Die wichtigste Lektion des *»Hostile Environment Trainings«* ist ja: Mach dich intensiv mit deiner neuen Umgebung vertraut und such nach möglichen Fluchtwegen.

Das Grande Paradiso drückt sich in eine kleine Bucht, sie ist ein bisschen länger als einen halben Kilometer, schätze ich mal, und an beiden Enden ragt jeweils ein Felsen etwa siebzig, achtzig Meter weit in die Adria hinein. Rein topographisch erinnert das ein bisschen an weit ausgebreitete Arme. Das ist natürlich umwerfend schön, muss man schon zugeben. Wer will schon nicht von der Natur willkommen geheißen werden? Treppenartig ziehen sich Pinien und Aleppo-Kiefern (auf die hatte Lenas Vater bestimmt ein Dutzend Mal hingewiesen) den großen Hügel hinauf, ebenso treppenartig stehen Zelte und Wohnmobile dazwischen. Und Klohäuser mit erdfarbenen Mauern.

Die Zona Dragone, das sind drei Teerwege, die sich auf drei Stufen wie in einer Neubausiedlung schlängeln. Am Rand des angrenzenden Wäldchens steht eine Reihe zweigeschossiger Bungalows; dort wohnen die Nicht-Camper unter den Campern. Alle außer mir. Hätte das zum Einstieg nicht auch gereicht?

Kinder flitzen in der untergehenden Sonne auf ihren Laufrädern und Tretrollern über den Asphalt. Die Erwachsenen schlappen in Bademänteln und mit bunten Kulturbeuteln unter den Achselhöhlen über den Platz, als kämen sie gerade aus einer versteckten Wellness-Oase.

In den hinteren Reihen steht man mit seinem Wagen wie auf einer breiten Treppenstufe. Oder dem obersten Rang einer Stadiontribüne. Man kann über die Wohnwagen der *prima fila* hinweg immer noch direkt aufs Meer schauen. Nur hier und da stören Fahnen auf dem Dach der Wohnwagen den Ausblick; sie hängen schlapp in der lauen Luft und sind mit dem Wappen des jeweiligen Bundeslandes bedruckt, aus dem die Camper kommen. Wenigstens hat keiner die Reichskriegsflagge gehisst.

Deutsche sind für ihr Territorialverhalten international berüchtigt, sie sind geradezu zwanghaft besessen von der Idee, ihr Revier zu markieren. Wie Hunde, die dauernd ihr Beinchen heben. Hier oben, in sicherer Distanz zum Strandtrubel, hat die Campingplatz-Verwaltung dummerweise keine Trennhecken angepflanzt, was einige Besucher, deren Flaggen sie als Bayern und Württemberger ausweisen, vor ein Problem stellt. Und weil es nun mal keine Handtücher gibt, die groß genug wären, um sie hier auszulegen, haben sie kleinere Gartenzäunchen und schulterhohe Windschutzwände aufgestellt. Wobei ich es nicht für ausgeschlossen halte, dass einige Gäste, die lange genug auf ihrem Stellplatz bleiben, längst angefangen haben, blickdichte Büsche einzusäen.

Große Rasenflächen, gesund aussehende Bäume. Im Prinzip sieht es nicht sehr viel anders aus als in den Hotelanlagen, in denen ich sonst immer meinen Sommerurlaub verbracht habe. Der einzige auf den ersten Blick erkennbare Unterschied ist, dass die Menschen hier so wie der Willi ihr eigenes Bier mitbringen. Und natürlich ihre eigenen, nun ja: Häuser.

Es gibt Wohnwagen mit gelblichen, gewölbten Butzenfenstern wie auf der Alm, und vor manchen hängen konsequenterweise auch Blumenkästen mit Geranien. Gern genommen auch das selbst gehäkelte Gardinchen. *Bella Bavaria sul mare.*

Im Prinzip geht es beim Camping genau darum. Du nimmst dein Stück Castrop-Rauxel, Rosenheim oder Rendsburg mit an die entlegensten Winkel Europas oder zumindest bis an die Adria. Dreißig Quadratmeter Deutschland. Und damit das Heimweh nicht deine Seele auffrisst, ist das Prunkstück eines jeden Stellplatzes die sorgsam ausgerichtete Verbindung ins Weltall. Lena hat mir erzählt, dass sich die meisten Camper jeden Sonntag die »Lindenstraße« und später den »Tatort« reinziehen. Das werde ich bei Gelegenheit überprüfen. Jedenfalls hat das Grande Paradiso eine höhere Satellitenschüssel-Dichte als ein Ost-Berliner Plattenbau.

Dass sich auf den ersten Blick alle meine Vorurteile bestätigen, finde ich zunächst einmal beruhigend. Wirklich irritierend ist nur, dass es einen kunstsinnigen Großintellektuellen wie meinen Schwiegervater in dieses erdverbundene Kleinbürger-Milieu zieht. Wenn ich das richtig verstanden habe, dann gefällt es ihm nicht einfach nur – ihm wird sprichwörtlich warm ums Herz. Er ist sogar körperlich ein anderer Mensch, wenn er hier ist. Vielleicht muss ich mich tatsächlich auf das alles ein bisschen mehr einlassen, sonst werde ich es nie verstehen. Weder diesen Campingplatz noch diese Familie.

»Wo warst du?«, fragt Lena, während ihre in Gummihandschuhen steckenden Hände mit einem Schwamm und einem offensichtlich hochtoxischen Spülmittel den schäbigen weißen Plastiktisch unter dem Sonnensegel abschrubben. Ich bin mir nicht sicher, ob ihre Frage schlichtes Interesse oder ernster Vorwurf ist.

Ich deute mit einem Kopfnicken auf den Tisch. »Sag mal, soll ich das nicht machen?« Schließlich entspräche das Putzen wohl am ehesten meiner Veranlagung.

»Passt schon, bin eh gleich fertig.« Lena trägt nicht

mehr als ein Bikini-Oberteil und ein bemerkenswert knappes Höschen, das ich noch nie an ihr gesehen habe. Ihre langen blonden Haare hat sie zu einem recht strengen Sekretärinnen-Pferdeschwanz zusammengebunden, wahrscheinlich damit sie nicht noch die Wunde infizieren. Vielleicht aber auch, um ihre mit einem Pflaster beklebte Stirn noch deutlicher als Mahnmal zu inszenieren.

Sie sagt: »Du kannst nachher ein paar Steinplatten holen.«

»Wofür denn das? Willst du hier eine Terrasse anlegen? Von mir aus besorge ich auch einen Springbrunnen. Was immer du willst.«

Lena schüttet den Putzeimer in der Hecke aus, und vor meinem geistigen Auge sehe ich schon die wenigen grünen Blätter instantartig verrecken und von ihren Ästen segeln. »Wir brauchen zwei Platten, um eine Treppe vom Mäuerchen hinunter zum Strand zu bauen, das machen wir immer so. Und auf eine kommt dann der Kühlschrank.« Sie dämpft die Stimme auf Geheimlautstärke. »Aber warte noch ein paar Minuten, bis die Dunkelheit angebrochen ist – so richtig erlaubt ist das halt nicht.«

Soll ich ihr sagen, dass bei Einbruch der Dunkelheit auch das Länderspiel Deutschland gegen Österreich live übertragen wird? Willis Einladung klang reizvoll.

Lena mixt sich gerade einen *Aperitivo*. Sie hat eine Playlist mit den übelsten Italo-Schmonzetten angestellt und ist offenbar schon im fortgeschrittenen Nostalgie-Groove. Hm. Das schlechte Gewissen nach meiner verunglückten Vorstellung heute Mittag erlaubt jetzt eher keinen Ego-Trip. Lena kann mit Fußball nichts anfangen, sie hasst es, wenn ich am Sonntagmorgen diesen absurden Kicker-Stammtisch im

DSF ansehen will. Kein guter Moment also, gleich den nächsten Streit zu riskieren.

Hinter dem Restaurant, das die Zona Dragone von der Zona Saturno trennt, lagert die Campingplatzverwaltung ein paar Dutzend Steinplatten, die sie bei Bedarf auf die einzige Wiese der Anlage legen, damit man diese auch betreten kann, wenn der Rasensprenger die Grünfläche in eine Matschgrube verwandelt. So hat Lena das jedenfalls dargestellt. Nach einigem Suchen öffnet sie eine Klappe im Boden des Wohnwagens und zieht eine blaue Ikea-Sackkarre raus. Und ich muss sagen, dass mir das Equipment schon imponiert. Ich denke, ihr Vater, der ja kein Auto hat, benutzt die Karre hauptsächlich, um Getränkekästen aus dem kleinen Supermarkt oben auf dem Hügel ranzuschaffen.

»Und lass dich nicht erwischen!«, ruft Lena mir noch hinterher, bevor sie sich mit ihrem Campari Soda auf die frisch geputzte Sonnenliege lümmelt. Nach einem Tag wie diesem frage ich sie lieber nicht nach Handschuhen fürs Verladen der Platten.

Aber wie soll ich das machen: mich nicht erwischen lassen? Der Weg führt vorbei an all den Grill-Maniacs, die in der sogenannten zweiten Reihe nach ihrem Abendessen die Aussicht auf die vor ihnen parkenden Wohnwagen auf den Premium-Plätzen genießen. Der eine oder andere blickt von seinem Bier auf und nickt freundlich. Kurz vor dem Restaurant eine Kurve, dort steht ein wuchtiger Wohnwagen schräg zur Straße, auf der einen Seite mit Blick zum Meer, auf der anderen guter Überblick über das Treiben hier auf dem Platz. Anthrazit-grau und mit dunkel getönten Fensterscheiben – die gigantische Kiste steht da wie ein Mauthäuschen. Davor eine Art Foto-Stativ mit Satellitenschüssel drauf. Ich wette, die ist nicht nur zum Fernsehen. Ob der Besitzer hier auch die Gespräche der Nachbarschaft abhört?

Mein Weg geht weiter in einem langen Bogen um das Restaurant herum, und während ich auf dem kieseligen Parkplatz nach dem Steinplattenversteck suche, schallt aus den Lautsprechern Umberto Tozzis »Gente di mare«, die legendäre Hymne aller italienischen Großstadtmelancholiker, die sich nach Meer und Freiheit sehnen.

Im Schutz der Dunkelheit wuchte ich drei mordsschwere Platten auf die Sackkarre, hübsch hochkant, eine hinter die andere. Gerade als ich um die letzte Kurve in unsere Straße biege, kommt mir vor dem Mauthäuschen einer dieser riesigen Geländewagen entgegen. Das muss ein Toyota Landcruiser sein, und er hat ordentlich Tempo drauf. Der Weg ist schmal, deshalb weiche ich aus, indem ich die Sackkarre nach links reiße. Leider geraten dabei die Steinplatten ins Rutschen und krachen gegen das vor dem geheimnisvollen Wohnwagen aufgebaute Dreibein-Stativ, das seinerseits mit einem metallenen Scheppern umkippt. Ein dickes schwarzes Kabel hängt schlapp vom Wohnwagen herunter und die Sat-Schüssel liegt umgedreht auf dem Asphalt wie ein vom Himmel gefallener Riesen-Wok.

Der Typ mit dem Landcruiser hat nichts mitbekommen und ist weitergedüst. Und noch bevor ich von Herzen »Scheiße« sagen kann, kommt ein kleiner, drahtiger Mann um den Wohnwagen herum geschossen. Er ist etwa 65 Jahre alt und sein Kopf dermaßen hochrot, dass seine Halbglatze unter der Straßenlaterne leuchtet.

»Ja sind Sie denn bescheuert!?« Er sieht sich kurz

das Desaster an, hinter ihm sind jetzt noch ein paar Männer und Frauen seines Alters nachgekommen – offenbar seine Gäste, die er zum Fußballgucken eingeladen hat. Und wenn eines schlimmer ist als Fußball mit warmem Dosenbier, dann ist es Fußball ohne Sat-Empfang. Ich verstehe den Ärger.

Ein Mann vom Format Napoleons im khakifarbenen Hemd und passenden Shorts, wie ein Großwildjäger auf Safari, und immer noch mit knallroter Birne. Hoffentlich hat er seine Flinte nicht dabei. »Sie!«, brüllt er und sticht seinen Zeigefinger in meine Richtung. »Sie! Das wird Ihnen noch leidtun!«

»Es tut mir doch jetzt schon leid, ehrlich.« Ich fühle, wie ich allmählich auf Augenhöhe des aufgebrachten Herrn zusammenschrumpfe. »War wirklich keine Absicht. Sorry. Ist irgendwas kaputtgegangen? Ich ersetz das.«

»Wie soll ich das wissen, ob irgendwas kaputt ist? Sie haben ja alles abgerissen, Sie Idiot!«

Immerhin *Sie* Idiot. Den ganzen Tag lang hat mich jeder sofort geduzt wie eine Tiroler Supermarkt-Kassiererin. Umso erstaunlicher, dass der Herr hier selbst in seinem Furor noch recht förmlich bleibt. Von den Schimpfworten einmal abgesehen. Er betrachtet die verbliebene Steinplatte auf der Sackkarre. Er kneift die Augen zu Schlitzen zusammen, inquisitorischer Blick: »Was machen Sie überhaupt mit den Platten?«

»Ich? Öh, ach, nix weiter. Wir legen nur einen kleinen Steingarten auf unserer Parzelle an, wissen Sie?« Seinen Blick spürend, lade ich die beiden Platten auf die Karre zurück: »Also, wenn Sie wollen, dann helfe ich Ihnen gern beim Wiederaufbau.«

Okay, Ironie ist nicht seine Sache. Er sagt: »Ach,

verschwinden Sie einfach!«, und dreht sich zu seinen sprachlosen Gästen um. »Das wird Ihnen noch leidtun. Merken Sie sich meine Worte!! Leidtun!!«

Mit der linken Hand halte ich die Steinplatten fest, mit der rechten schiebe ich die Karre, gebückt wie der Glöckner von Notre-Dame, weiter zu unserem Wohnwagen. Aus einem der Vorzelte höre ich Jubel. Das war wohl das 1:0.

Quattro

»Buon giorno, signore e signori! Buon giorno, buon giorno!!!« Wer auch immer da gerade völlig entsichert ins Mikro brüllt – seine morgendliche Spitzenlaune bringt beinahe die Lautsprecher zum Platzen, die auf dem ganzen Campingplatz alle zwanzig Meter in den Bäumen hängen. Dann ertönen die ersten Takte von »Final Countdown«.

Es folgt eine Ansage, die so markerschütternd verzerrt ist, dass man weder auf Italienisch noch auf Deutsch ein Wort versteht. Am Ende der Durchsage schreit er noch mal ein langgezogenes »Chu Chu uaaaah!«. Offenbar die Frohsinnsversion von *over and out*. Und wer immer noch seinen Ramazzotti-Kater ausschlafen muss, ist jetzt endgültig wach.

Ich habe gepennt wie ein Stein, trotzdem tut mir irgendwie jeder einzelne Knochen weh. Ob das von der Sandschlepperei beim Einebnen des Platzes kommt? Ich strecke mich und lasse den Kopf kreisen, um meinen steifen Nacken zu lockern. Dann stoße ich die abgewinkelten Ellbogen vor und zurück und versuche, meinen schmerzenden Rücken durchzudrücken. Klar, so ein Wohnwagen ist nicht gerade das Ritz-Carlton, aber ein bisschen erholsamer hatte ich mir meinen Schlaf dann doch vorgestellt.

»Sag mal, hatte dein Vater nicht erzählt, dass er nagelneue Latex-Matratzen eingebaut hat? Ich bin total verspannt«, sage ich zu Lena, die bei dem Lautsprecherterror vorhin ziemlich abrupt hochgeschreckt ist.

»Wie wär's mit einem ›Guten Morgen‹ statt Gejammer?«

Ich drücke ihr einen versöhnlichen Kuss auf die Lippen.

»Affenhitze ist das hier drin«, stöhnt sie und klettert oben ohne über mich drüber, um das Fenster zu öffnen. Draußen knallt die Sonne. In der Zona Dragone geht es schon geschäftiger zu als auf dem Basar von Bagdad. Ein Mann in Shorts und Baseballkappe tapert an unserem Wohnwagen vorbei und starrt meiner halbnackten Frau auf die Brüste: »Moin«, sagt er freundlich.

Hätte ich ihn vielleicht hereinbitten sollen? Auf so einem Campingplatz gelten anscheinend ähnliche Privatsphäre-Regeln wie in einem FKK-Club.

»Oah, mein Schädel«, ächzt Lena, während sie die Ablage absucht und in ihrem Medizin-Kulturbeutel rumkramt, »hast du eine Ahnung, wo die Schmerztabletten sind, die mir Dr. Cevani verschrieben hat?«

Ich öffne die Schiebetür zur sogenannten Nasszelle unseres Wagens: Ein Plaste-und-Elaste-Universum im Kleinen, es gibt sogar einen Duschkopf an einem kurzen Schlauch, der direkt neben der Toilette befestigt ist. Ich habe gerade die Zahnbürste im Mund, als Lena mich tadelnd ansieht. »Was machst du denn da?«, fragt sie entsetzt.

»Äh – Schähne pupfen«, antworte ich wahrheitsgemäß, die Zahnbürste noch immer im Mund. »Wonach sieht's denn sonst aus? Pediküre?«

»Kannst du dafür nicht ins Bad gehen?«

Ich spucke die Zahnpasta aus: »Bin ich doch!«

»Nein, ich mein ins Badehaus. Das Badezimmer hier drin ist nur für Notfälle. Das machen wir immer so.«

Etwas verdattert ziehe ich mit Zahnpasta und Zahnbürste von dannen, ein Handtuch über der Schulter. Seltsam, gestern Abend durfte ich das noch. Aber okay, das war ja auch gestern Abend. Lena hatte mir schon auf der Anreise die grundsätzlichen Geschäftsbedingungen klargemacht: Große Sachen niemals in der kleinen Nasszelle! Das fand ich durchaus plausibel. Aber wenn du nicht mal Zähne putzen darfst, wofür gibt es so eine Nasszelle dann überhaupt? Nur für den Fall, dass man während eines Angriffs mit chemischen Kampfmitteln nicht den Wagen verlassen kann?

Badehaus. Das klang vielversprechend. Doch obwohl ich trotzdem nicht gerade einen Hamam erwartete, erscheinen mir zwei Reihen mit jeweils einem Dutzend Waschbecken, die von azurblauen Milchglasscheiben abgetrennt sind, in ihrer kasernenhaften Schlichtheit dann doch etwas zu sehr bedürfnisorientiert. Immerhin sind sie penibel sauber. Aber andernfalls würden die Deutschen wohl auch auf der Stelle abreisen.

Der Eingang daneben – sogar mit Torbogen – gehört zum Toilettenhaus, das hübsch im Toskana-Stil gestrichen ist. Hinter der ersten Tür befindet sich ein Keramik-Plumpsklo, wie man es aus Südeuropa und arabischen Ländern kennt: zwei Fußtritte und in der Mitte ein Loch, über das man sich hocken soll. Die Nachbarkabine schaut leider genauso aus. Ich öffne gespannt eine Tür nach der anderen, als wäre das hier ein Adventskalender – bis ich am Ende des Raumes einen deutschen Touristen mit einer Art Turnbeutel aus einem Klo rauskommen sehe. Hinter mir höre ich

Schritte und sehe einen Mann, der sogar sein eigenes Klopapier mitgebracht hat.

Showdown. Mit zwei schnellen Schritten drängle ich mich an ihm vorbei in die Kabine. Meiner ersten Erleichterung über die Ideal-Standard-Schüssel folgt ein massiver Schock – es gibt einen verdammt guten Grund, das eigene Klopapier mitzubringen. Für diese Einsicht ist es jetzt aber eindeutig zu spät.

Zehn, fünfzehn Minuten hocke ich planlos da. Starre die Kunststofftür an, zur Neonröhre hinauf, zum leeren Klopapierrollenhalter, der in die weiß gekachelte Wand gebohrt ist. Zum Febreze-Lufterfrischer, der einen verstörenden Aprilfrische-Geruch verströmt. Zu einer Spinne, die oben in der Ecke ihr Netz gespannt hat.

Ich könnte jetzt mit der Hand … Oder das T-Shirt benutzen? Vor der Tür hört man jedenfalls Schritte des allmählich ziemlich ungeduldigen Campingfreundes, den ich eben ausgebremst habe. Er scheint auf und ab zu gehen oder im Kreis wie ein Zoo-Tiger in seinem Käfig.

Ich bringe all meinen Mut auf: »Ähm, huhu? Sind Sie noch da?«

»Aber hallo!«

»Ähm, darf ich Sie um einen Gefallen bitten? Die haben hier wohl vergessen, Klopapier nachzulegen.«

Vor der Tür ein deutlich zu vernehmendes amüsiertes Prusten. Wenig später gibt eine Hand mit goldenem Ehering einen sorgfältig zusammengefalteten Papierfetzen unter der Tür durch. »Reicht das?«, fragt der Mann kurz darauf belustigt.

Wenig später öffne ich verschämt die Tür und sehe in ein grinsendes Gesicht. Mir ist die Situation so peinlich, dass ich vergesse, mich zu bedanken. Mein

Nothelfer grinst immer noch, dann klopft er mir kumpelhaft auf die Schulter: »Das erste Mal hier?«

Etwas indigniert latsche ich zu unserem Wohnwagen zurück. Im Vorzelt riecht es angenehm nach frisch aufgebrühtem Kaffee. Ich würde mich zur Abwechslung gern mal nützlich machen. »Kann man hier eigentlich irgendwo Semmeln kaufen?«

Lena hält mir eine Bäckertüte vor die Nase. Als ich nicht von der Toilette zurückkam, ist sie schnell mit dem Auto zum kleinen Campingplatz-Supermarkt nahe der Rezeption hochgefahren. Sie muss sehr hungrig sein.

Lena stellt den Schinken auf den weißen Plastiktisch. Genau in dem Moment fährt über den Strand vor unserem Wohnwagen ein Traktor, der eine Art riesigen Rechen hinter sich herzieht. Der Trecker fährt jetzt unmittelbar an unserem Mäuerchen vorbei. Ein wie frisch getoastet wirkender älterer Bursche sitzt am Steuer, er trägt Schnurrbart und Goldkettchen, als hätte er seit den Achtzigerjahren bis vorgestern im Wachkoma gelegen.

»Ciao Lena«, brüllt er fröhlich gegen den Lärm des Dieselmotors an, *»come stai?«*

Lena winkt ihm nach. »Das ist Freddie«, sagt sie.

»Wer?«

»Der *bagnino*.«

»Bagnino?«

»Der Bademeister. Keine Ahnung, wie der wirklich heißt, wir nennen ihn immer Freddie, weil er aussieht wie Freddie Mercury.« Lena sagt, dass man ihm jetzt einen jüngeren, viel kräftigeren Kollegen zur Seite gestellt habe, weil niemand dem guten Freddie noch so richtig zutraut, absaufende Touristen aus dem Meer zu ziehen. Aber morgens die Kippen im Strand unterzupflügen, darin ist er nach einhelliger Meinung immer noch ein Großer.

Durch das Plastikfenster unseres Vorzeltes sehe ich, wie gerade hinter Lenas Rücken ein fetter schwarzer Kater auf unseren Tisch gehüpft ist und sich über unseren Schinken hermacht. Die Mortadella allerdings verschmäht er. Warum auch immer. Sollte mir das zu denken geben?

»Ey!«, rufe ich, als ich auf das freche Vieh zuschieße und dabei bedrohlich zu zischen versuche: »Ssssst. Hau ab!«

»Was machst du denn?«, schimpft Lena, während sich die Katze mit gekrümmtem Buckel in der Hecke verkrümelt. »Das ist doch Nero. Der gehört hier seit Jahren zum Inventar. Lass ihn in Ruhe! Der ist total süß und total zahm.«

»Ja, so zahm, dass er unseren Schinken mit seinem Whiskas verwechselt.«

Nero also. Hoffentlich hält der sich von all den Grills hier fern. Nicht, dass der am Ende noch das ganze Gelände hier abfackelt. Andererseits finde ich es ganz beruhigend, dass es in Sepiana nur eine übergewichtige streunende Katze gibt und keine total zahmen Braunbären wie etwa in Kanada, die sich auf Campingplätzen durch die Mülltonnen fressen.

Während wir frühstücken, raschelt Nero immer noch schuldbewusst in der Hecke. Ob er genauso hungrig ist wie Lena? Nachdem ich ihr gestern einen Cut verpasst und später auch noch den Safari-Typen vergrätzt habe, sollte ich mich vielleicht wenigstens mit der Katze anfreunden. Ich nehme eine Scheibe Schinken vom Teller, rolle sie appetitlich zusammen und halte sie vor die Hecke. Aber Nero haut endgültig und unversöhnlich ab. Katzen können ziemlich nachtragend sein.

Lena schäumt die Milch für unseren zweiten Cappuccino auf, als vorne am Strand ein paar Dutzend Leute zusammenlaufen und einen Halbkreis bilden. Vor ihnen bezieht eine durchtrainierte junge Frau Stellung, die nicht mehr trägt als einen Bikini und ein Headset. Schon bollert aus mächtigen Bassboxen ein brutaler Beat. Ich kann ihn an der vibrierenden Wand unseres Wohnwagens förmlich sehen.

Eine Stimme brüllt »Danza Kuduroooo!«, ein Akkordeon ertönt, dann der Gesang: *»Los manos arriba / cintura sola / da media vuelta / danza kuduro«*. Die Bikini-Frau reißt die Arme hoch und führt sie kreisend über dem Kopf, dazu wackelt sie zackiger mit dem Hintern als Jennifer Lopez. Im knietiefen Wasser fuchteln wild entschlossene Campingfreunde ebenfalls mit den Händen in der Luft. Das Hintern-Wackeln sieht allerdings eher nach Reha-Klinik aus.

»Was! Ist! Das! Denn!?«

»Ah, das Animationsteam.« Lena ist mit den Cappuccino-Tassen zurück an unserem Plastiktisch. »Das ist Acqua-Gym. Das machen die hier jeden Morgen. Könnte dir auch nicht schaden.« Sie lässt auch ihren Popo kreisen.

»Nee, oder?« Ich schnappe mir mein iPhone und springe über das Mäuerchen auf den Strand. »Das muss ich mir aus der Nähe angucken!«, rufe ich im Wegrennen. Vor allem muss ich das auf Video festhalten.

Die Vortänzerin marschiert jetzt energisch stampfend auf der Stelle wie ein weiblicher Drill-Sergeant im Bootcamp der israelischen Armee. Der Sänger macht »Oi oi oi, oi oi oi«, und jetzt kapiere ich auch endlich, dass er immer »Danza Kuduro« singt. Ich hatte das Lied während der Fahrt schon mindestens viermal im italienischen Radio gehört und beim Refrain immer »Vaffanculo« verstanden, was mit »Leck mich am Arsch« noch recht freundlich übersetzt wäre.

Lena hatte mir das Grande Paradiso als einen der ruhigsten Orte der Welt beschrieben – am Wohnwagen abhängen, in der Sonne liegen, jeden Tag ein neues Buch lesen. Ab und zu ein Hüpfer ins Meer und abends ein paar Gläschen Gavi oder Barolo. So würde selbst ich mir einen Campingplatz gefallen lassen. Ich muss im Urlaub nicht unbedingt in exotischen Ländern auf Entdeckungsreise gehen. Das mache ich schon beruflich, wenn auch nicht immer in den touristisch reizvollsten Gegenden.

Als ich mir Frau Drill-Instructor und den sie flankierenden DJ in seinem neonorangen T-Shirt so ansehe, kann ich mir das mit der Ruhe nicht so recht vorstellen. Er hat jetzt ein Lied aufgelegt, bei dem die Acqua-Gymnasten eine Hampelmann-Bewegung machen und im Takt klatschen. Sie lassen sich auch nicht davon beirren, dass ein paar Strandspaziergänger unerschüttert zwischen ihnen und der Vorturnerin durchlatschen. Was die Bademoden betrifft, erfreut sich der Slip unter den Herren übrigens immer noch überraschender Beliebtheit.

»Was glaubst du, warum die dicksten Männer immer die knappsten Badehosen tragen?«, frage ich Lena, die bei meiner Rückkehr zum Wohnwagen mit der neuesten Ausgabe der italienischen *Grazia* unter dem Sonnensegel im Liegestuhl fläzt. An den Strand darf sie ja vor Einbruch der Dunkelheit nicht.

»Vielleicht, weil sich Männer nur alle vier Jahre

eine neue Badehose zulegen, ihre Bäuche aber viel schneller wachsen.«

Ich sehe an mir herunter. Ob das auch auf mich zutrifft? Sie sind alt, aber immerhin trage ich zum Schwimmen großzügig geschnittene Shorts, die den halben Oberschenkel bedecken. Ansonsten hat Lena wohl recht. Und wie aufs Stichwort kommt plötzlich der Willi um die Ecke unseres Vorzelts gebogen. In Sandalen, Badehosenslip, Flieger-Sonnenbrille mit Goldrand und einem Trägershirt, auf dem »Hopfen und Malz – rein in den Hals« steht. »Tachchen«, sagt er.

Daran muss man sich auch erst mal gewöhnen: dass auf einem Campingplatz unvermittelt der Besuch direkt im Wohnzimmer steht. Anklopfen wäre allerdings auch schwierig. Andererseits denke ich: Wenn sie um ihre mobilen Schrebergärten schon Gartenzäune ziehen, können die dann nicht auch gleich eine Art Türklingel erfinden? In ihrem Einfallsreichtum, so viel wusste ich schon, kennen richtige Camper noch weniger Grenzen als diese verrückten Genies, die in nächtlichen Teleshopping-Sendungen ihre erstaunlichen Entwicklungen verhökern. Vielleicht sollten wir fürs Erste eine Kuhglocke organisieren und aufhängen.

»Wollte nur mal seh'n, ob noch alles steht.«

Das ist in der Tat eine absolut legitime Frage. Dass ich den Waschbeckenabfluss in der Nasszelle verstopft habe, indem ich die Reste der Bolognese-Sauce wohl nicht ganz fachgerecht entsorgte, habe ich Lena vorläufig noch nicht gebeichtet. Ich wollte mich in einem unbeobachteten Moment um eine Problemlösung kümmern.

»Willi, setz dich doch«, ich umarme ihn, als wäre er

ein alter Freund, den ich seit Jahren nicht mehr gesehen habe.

»Wie geht's denn der Patientin?«

»Ich habe einen Schädel, als wäre ich unter den Strandpflug geraten«, sagt Lena. »Magst du einen Kaffee?«

»Nee, lass mal, das geht mir zu dolle auf die Pumpe. Da muss man aufpassen in meinem Alter.« Er schaut ins Vorzelt, in dessen Mitte der von mir auf die Steinplatte gewuchtete Kühlschrank thront. »Habt ihr'n Bier?«

Na klar, ist ja auch gleich zwölf. Wenn ich mir unseren Freund Willi so anschaue, ist er vermutlich genau die Sorte Typ, die Lena immer einen »Genussmenschen« nennt: Er isst gern und ausgiebig und trinkt gerade so viel, dass er kein Fall für die Anonymen Alkoholiker wird. Mein Schwiegervater ist ein Genussmensch, meine Schwiegermutter, und zumindest nach Lenas Maßstäben bin ich auch einer. So habe ich mich für diese Ehe qualifiziert.

Willi gibt sich auch mit einem lauwarmen Wasser zufrieden. Mehr haben wir einstweilen nicht auf der Karte.

»Sag mal, kann es sein, dass wir uns von früher kennen. Wie lang fahrt ihr denn schon hierher?«, fragt Lena, nachdem sie sein Wasser eingegossen hat.

»Ja sicher. Wannen-Willi, weißt du nicht mehr? Ich kannte dich schon, da warst du kaum größer als das Mäuerchen da vorn. Hattest du nicht auch jede Menge Geschwister, die sich alle in den Wohnwagen gequetscht haben?«

»Exakt, und einer meiner Brüder ist immer darunter gekrochen und hat die Käfer gegessen.« Lenas Augen leuchten. Gute alte Zeit.

»Wannen-Willi!?«, platzt es aus mir raus. Bei uns im Tennisverein gab es mal einen Typen, den haben sie immer »Gletscherspalten-Willi« genannt, weil er beim Skifahren in Sölden von der Piste abgekommen ist und von der Bergrettung aus einem vier Meter tiefen Krater herausgezogen werden musste. »Versteh das bitte nicht falsch«, sage ich, »aber was muss man getan haben, um sich deinen Spitznamen zu verdienen?«

»Keine große Sache. Ich bin Installateur. Sanitärbedarf Wilhelm Krawinkel, Bergisch-Gladbach«, sagt Willi. »Gas, Wasser, Scheiße.«

»Bergisch-Gladbach? Kommt da nicht Heidi Klum her?«

»Ja sicher. Die ist aber auch nur Scheiße.«

Wannen-Willi! Auf einem Campingplatz, erklärt Lena jetzt ein wenig langatmig, hat niemand einen Nachnamen. Du bist der Willi aus Köln (in Italien gehört Bergisch-Gladbach dazu) oder die Lena aus München, und wenn es mal mehrere Willis aus Köln gibt, kriegen sie eben ein Attribut verpasst. Das kann ihr Wohnwagen-Modell sein, wenn es ein besonderes ist, ihr Auto oder ganz einfach ihr Job. Wannen-Willi nickt. Mein Schwiegervater zum Beispiel heißt im Grande Paradiso nur *»il professore«*. Professoren-Peter würde auch zu bescheuert klingen.

»Hast du nicht letztes Jahr meinem Vater die Toilettenspülung repariert?«

»Ja sicher«, sagt Willi, und mir fällt zum ersten Mal auf, dass er so ziemlich jede Frage mit »Ja sicher« beantwortet. Wenigstens sagt er nicht: »Sischer dat.«

»Dein Vater hat damals als Dankeschön einen Ausflug in den Forestra Umbra organisiert. Aber fahren mussten natürlich wir. Hat der immer noch kein Auto?«

»Natürlich nicht. Und? Hat er Vorträge gehalten?« Ich glaube, bei Lena wird gerade ein altes Trauma getriggert oder wie das heißt.

»Mädchen, das kann ich dir sagen, stundenlang. Der kennt ja jede Primel da oben. Ich hab nicht mal die Hälfte von dem kapiert, was der da erzählt hat.«

»Ich kann dir sagen – der kennt auch jedes gottverdammte Insekt und sämtliche Vögel beim Vornamen«, jammert Lena, »ich habe meine halbe Kindheit da oben verschwendet.«

»Ich dachte, du warst immer am Strand«, sage ich.

»Wenn's meinem Vater mit den Jungs zu bunt wurde, hat er mich dorthin verschleppt.«

Und mit seinem unerschöpflichen Biologen-Wissen gefoltert. Die zivile Variante des Waterboarding.

Der Forestra Umbra – zu Deutsch Schattenwald – gilt als die ultimative Touristen-Attraktion für Naturfreunde in der Region Gargano. In Wahrheit ist er eher die einzige Sehenswürdigkeit überhaupt, wenn man von halb verfallenen Kirchen absieht, in denen Padre Pio früher mal das WC benutzt hat. Der Forestra Umbra ist jedenfalls nicht nur der größte Laubwald Süditaliens, er ist ein echter Urwald, in dem man ein Drittel aller Pflanzen finden kann, die es in diesem schönen Land gibt. Und fast alle Vogelarten. Es gibt lauschige Picknickplätze und kilometerlange Wanderpfade, die Lena allesamt schon durchstreift hat. Ich muss sagen, das Grundwissen hat sie immer noch verdammt gut parat.

»Dann lass uns doch diesen Wald mal anschauen. Ist für deine schlimme Wunde eh das Beste. Schatten. Und du kannst ja die Führung übernehmen«, sage ich.

»Im Leben nicht. Lass mich bloß mit diesem Wald in Ruhe!«

Ich atme insgeheim durch und zwinkere Willi zu, der die Botschaft sofort verstanden hat: erfolgreich Interesse geheuchelt, Programm abgebogen.

»Sagt mal«, sagt Willi, »wollt ihr nicht zum Mittagessen zu uns rüberkommen? Meine Frau hat den Kühlschrank voll mit Mozzarella und Tomaten.«

Und Bier, schätzungsweise. Ich glaube, Willi ist auf Entzug.

»Na, dann los!« Lena springt auf. Sie fummelt am Wohnwagenschloss rum und kriegt einfach den Schlüssel nicht gedreht.

»Lass doch offen«, sage ich.

»Spinnst du? Wir sind in Italien!«

Um ehrlich zu sein, fühlt sich das auf dem Campingplatz nicht wirklich so an. Gut, dass sie mich daran erinnert. »Lass mich mal, das muss man mit ordentlich Kraft machen.« Ebenso entschlossen wie tatkräftig nehme ich ihr den Schlüssel aus der Hand.

»Vorsicht!«, sagt Lena ungewohnt heftig, »wenn der Schlüssel abbricht, sind wir total am Arsch. Wir haben nur den einen.«

»Okay«, gebe ich klein bei und ihr den Schlüssel zurück. »Dann drück ich gegen die Tür, und du drehst den Schlüssel. Jetzt!«

»Braucht ihr Hilfe?«, fragt Willi. Wahrscheinlich fängt er schon an zu zittern.

»Nee, passt schon«, ruft Lena. Kurz darauf ist der Wagen endlich zu.

Willi marschiert erleichtert vorweg. Er wohnt drei Wagen weiter, auch in der *prima fila*. Offenbar das Privileg der Stammgäste. Er linst um die Ecke seines Vorzelts, um zu prüfen, ob seine Gattin auch bekleidet ist. Dann trötet er: »Mutti, ich hab Gäste mitgebracht.«

Wir stehen etwas verlegen am Eingang. Wer weiß, ob die Gute auf Besuch eingerichtet ist.

Eine knubbelige kleine Frau mit lustigen Grübchen in ihrem runden Gesicht kommt auf uns zu. Sie sagt: »Mahlzeit.« Dann streckt sie zuerst mir die Hand entgegen: »Rita.«

Nachdem wir uns vorgestellt haben, fragt sie: »Und? Hat er schon euren Grappa leer getrunken?«

»Mensch, Mutti, hör auf!«, sagt Willi. Und dann zu uns: »Kommt, wir machen jetzt erst mal eine Führung durchs Haus.« Er lacht schallend.

»Der ganz neue Südwind«, sagt Willi stolz.

Mir ist nicht ganz klar, wie er das jetzt meint. Draußen geht kein Lüftchen.

»Hallo?«, veralbert mich Lena, »so heißt das Modell. Das ist der absolute Klassiker. Mannmannmann.«

»Deine Frau hat Ahnung. Schau – feinstes Kiefernholz, nicht bloß Furnier. Fußbodenheizung hat er auch«, sagt Willi.

»Wozu brauchst du die denn? Wir haben 32 Grad.«

»Na ja, falls du mal im Frühjahr hier bist. Frag mal deinen Schwiegervater. Der friert sich doch immer seinen«, er macht eine Pause, »Dingens ab.«

Lena schaut sich interessiert das Bad an. Das Waschbecken mit einem gigantischen Schminkspiegel und schicken Staufächern drückt sich in eine Ecke vor der WC-Tür; im Prinzip ein Vorraum wie in einer Gaststätte.

»Darfst du dein Bad benutzen?«, frage ich.

»Ja sicher. Wieso?«

»Och, nur so«, sage ich, während Lena mir diesen Freundchen-pass-bloß-auf-was-du-sagst-Blick zuwirft.

»Kommt ihr?« Rita erlöst mich von diesem aufschlussreichen Fachgespräch.

Sie hat eine weiße Lacktischdecke über den gleichen schäbigen Plastiktisch geworfen, wie wir ihn haben. An den ausgehöhlten dreieckigen Beinen habe ich ihn sofort erkannt. Vermutlich stammt er aus dem Camping-Laden oben am Dorfeingang.

»Wirklich beeindruckend, euer Wohnwagen«, sage ich zu Rita.

»Nach dem Essen zeigt Willi euch auch sicher noch das Vorzelt. Da hat er nämlich vor zwei Wochen eine Küchenzeile mit Gefrierschrank und Spülmaschine eingebaut.« Sie seufzt leicht resigniert. So wie eine unendlich geduldige Frau, die ihren Mann nach 40 Jahren Ehe immer noch von ganzem Herzen liebt und bloß froh ist, dass er noch nicht angefangen hat, im Hobbykeller an einer Atombombe zu basteln.

»Du hast eine Spülmaschine?« Da ist selbst Lena geplättet.

»Ja sicher. Die Mutti hat mich immer zum Abwaschen zu den ganzen Weibern geschickt. Hält doch keiner aus! Mach ich nicht mit!«

»'tschuldigung«, sage ich und stehe kurz auf, auch wenn's unhöflich ist. Aber dieses Meisterwerk der mobilen Tischlerkunst will ich jetzt sofort sehen. Es ist nicht zu glauben: Willi hat da eine Arbeitszeile errichtet, wie ich sie mir für unsere Küche daheim erträumen würde. Schnörkellos, Vollholz geölt. Rheinische Wertarbeit.

»Unfassbar«, sage ich. Willi strahlt. »Und wie baust du das wieder ab? Irgendwann ist doch so ein Urlaub auch mal zu Ende.«

»Ich hab da überall Scharniere dran. Ziehst du einfach ein paar Schrauben raus, klappst ratzfatz alles wieder zusammen und ab in den Wohnwagen.«

»Den ganzen Winter über hat er an Plänen und Zeichnungen gesessen«, erzählt Rita, »der hat gesägt und gehobelt und gekloppt …«

»… und wisst ihr, was das Beste ist?«, fällt Willi ihr ins Wort. »Den Gefrierschrank kann man sogar an eine Zwölf-Volt-Steckdose im Auto anschließen.«

Lena verschluckt sich vor Lachen fast an einer Tomatenscheibe.

Jetzt bin ich mir endgültig sicher: Willi ist einer von diesen Leuten, die dich samstags im Baumarkt umherirren sehen und dann ausführlich beraten, obwohl sie gar nicht dort arbeiten. Ein Herz wie ein Bergwerk und zwei rechte Hände. Der kann wahrscheinlich sogar mit den Zehen einen Schraubenzieher bedienen.

Für ihn sollte es doch kein Problem sein, mir eine Camping-Klingel zu bauen. Allerdings würde ich ihn gern zuerst auf mein kleines Abflussproblem ansprechen, sobald Lena mal außer Hörweite ist. Abflüsse, denke ich, sind bestimmt Willis Spezialgebiet.

Ich schaue zwischen Lena und Willi hindurch zum Strand hinüber. Dort spielt ein älteres Ehepaar in der prallen Mittagshitze Boccia. Sie müssen auch schon länger in Sepiana sein. So braun, wie die sind, können sie sich zumindest keinen Sonnenbrand mehr einfangen.

Die beiden scheinen Profis zu sein. Werfen elegant aus dem Handgelenk und in hohem Bogen, mit Rückwärtsdrall. Und nach dem Wurf verharren sie in ihrer Position, bis die Kugel gelandet ist. Der Mann trägt khakifarbene Shorts und ein kurzärmeliges Hemd. Ich zucke unweigerlich zusammen. Der Safari-Giftzwerg, dessen Sat-Anlage ich zertrümmert habe! Und das muss seine Gattin sein. Die hat gestern Abend ja noch versucht, ihn und die unglückliche Gesamtsituation zu beruhigen.

Als alle Kugeln im Sand gelandet sind, zieht er einen Zollstock aus der aufgesetzten Tasche an seinem Oberschenkel, um den Abstand zwischen dem Ziel und seiner Kugel und eben jener seiner Frau auszumessen.

Ich denke, hoffentlich werden wir nicht auch irgendwann so eine Ehe führen, wenn wir noch öfter auf dem Campingplatz Urlaub machen.

»Guckt euch mal die beiden Boccia-Profis an. Ich wette, wenn die Frau gewinnt, reist ihr Mann sofort ab.«

»Der reist leider bestimmt nicht ab«, sagt Rita mit leicht zynischem Unterton. Lena und Willi drehen sich fast synchron um.

»Der Bürgermeister«, sagt Willi.

»O mein Gott, ja«, sagt Lena, »den musst du unbedingt kennenlernen.«

»Hab ich schon.« Ich halte verlegen den Kopf schräg, aber so wie mich alle drei jetzt ansehen, habe ich das Gefühl, da steht »schuldig« auf meiner Stirn. Ich erzähle ihnen, was gestern Abend passiert ist. Dass ich für meine Verhältnisse mannhaft zu meinem Malheur gestanden habe und mich im Prinzip Lena mal wieder in die Scheiße geritten hatte mit ihrem Steinplatten-Auftrag.

»Das ist nicht wahr«, sagt sie.

»Äh.«

»Das ist doch ein Witz, oder?«

»Nein. Ernsthaft, so was kann doch mal passieren. Aber ich hab ihm sofort angeboten, beim Wiederaufbau zu helfen.«

Willi muss vor Lachen dermaßen prusten, dass er der Rita fast einen Schluck Bier ins Dekolleté spuckt. Dann sagt er: »Sobald der rausgefunden hat, zu welchem Wohnwagen du gehörst, nimmt er dir die Steinplatten höchstpersönlich wieder ab.«

»Wieso gibt es hier überhaupt einen Bürgermeister«, frage ich, »und noch dazu einen deutschen?«

Der Typ, erklärt Willi, ist seit mindestens 15 Jahren Stammgast im Grande Paradiso. Er steht immer auf dem gleichen Platz, und einmal, als ausgerechnet ein Holländer dort stand, hat er aus Protest zwei Tage lang direkt neben der Rezeption geparkt und so lange den armen Massimo genervt, bis der unter fadenscheinigen Gründen dem Holländer einen neuen Platz zugewiesen hat.

»Das ist ein pensionierter Lehrer, ich glaube, der hat früher mal Erdkunde unterrichtet oder so was«, sagt Willi, »und jetzt geht er hier jedem auf den Keks, der seinen Wohnwagen nicht vorschriftsmäßig aufgestellt hat oder sein Auto wäscht.«

Wie ich erfahre, kommt der Bürgermeister aus einem Kaff auf der Schwäbischen Alb und heißt Helmut. Aber Helmut darf offenbar nur seine Frau zu ihm sagen. Die Camper-Duz-Regel gilt eigentlich für alle – außer für den Bürgermeister. Den siezt jeder. Vielleicht aus Respekt vor seiner Funktion als Würdenträger. Wahrscheinlich aber eher, weil ihn keiner mag.

»Also eine Art Blockwart?«, frage ich.

»Exakt«, sagt Lena, »ich frage mich nur, wie der an so eine junge Frau gekommen ist. Die ist doch locker zwanzig Jahre jünger als er.«

»Ohne Witz«, sagt Rita, »die hat er als junges Mädchen bei einer Anti-Atomkraft-Demo kennengelernt.«

Sie wirkt jetzt regelrecht triumphal. Offenbar ist dies die Sorte Klatsch und Tratsch, die sich die Frauen in der Damentoilette oder an der Gemeinschaftswaschmaschine erzählen.

Helmuts Gattin wirkt so ausgemergelt wie ein Flüchtling nach drei Wochen im Schlauchboot auf See. Wahrscheinlich ist sie Vegetarierin. Wir sehen ihnen amüsiert und lästernd zu, und auf diesem Weg lerne ich, dass die Dame, die der Bürgermeister erobert hat, nicht nur bedeutend jünger ist, sondern auch eine geradezu kongeniale Partnerin. Susanne, so heißt sie, wird hier von allen nur »Sagrotan-Susi« genannt, weil sie nahezu täglich mit der reizenden Toilettenfrau Rosella in einen Streit über die hygienischen Zustände im Grande Paradiso gerät. Und das, ohne dass diese Rosella auch nur ein Wort Deutsch spricht. Ich bin mir sicher, meine Mutter würde sich prächtig mit dieser Susanne verstehen.

»Bürgermeister«, sagt Willi, »ist er auch nur hier bei uns. Drüben in der Zona Saturno hat er nichts zu sagen.«

Ich bin beruhigt, es gibt also auch noch italienisches Leben auf diesem Campingplatz. Massimo hatte bei unserer Ankunft erzählt, dass nach dem Ende von *Ferragosto*, den landesweiten Ferien, der Platz nur mehr zu einem Viertel belegt sei. Und etwa 80 Prozent der Gäste sich in unsere Ecke quetschen. Also viel zu tun für den Bürgermeister.

Gerade erst hat er bei der Campingplatz-Verwaltung durchgesetzt, dass etwa alle 50 Meter kleine Spender aufgestellt wurden, aus denen sich Hundehalter diese Kacka-Tüten rausnehmen können. Vorausgegangen war ein gut zweijähriger Streit, in dessen Verlauf er Unterschriften für ein totales Hundeverbot im Grande Paradiso gesammelt hatte. Die Tüten waren der kleinste gemeinsame Nenner, bevor man einen Vermittlungsausschuss hätte bilden müssen.

Zu seiner Funktion war dieser Helmut durch Zufall gekommen. Weil er in all den Jahren wirklich jedem ohne Bevollmächtigung Vorschriften gemacht hat, haben sie ihn irgendwann Bürgermeister genannt.

»Das Problem ist«, sagt Willi, »er nimmt das ernst.«

»Und auf eins kannst du dich verlassen«, sagt Rita, »der wird dir den Urlaub zur Hölle machen.«

»Dafür braucht es keinen Bürgermeister«, seufze ich. Verschweigend, dass ich diesen Urlaub grundsätzlich für die Hölle halte.

Lena dreht sich noch mal zum Strand um, offenbar in Sorge, mit mir gesehen zu werden. Dann sagt sie: »Du bist so bescheuert. Ausgerechnet beim Bürgermeister …«

»Punkt eins – es war keine Absicht«, wehre ich mich gegen die Vorwürfe. »Und Punkt zwei – woher soll ich wissen, dass er der böse Bürgermeister ist? Steht ja nirgendwo Rathaus an seinem Wohnmobil.«

Nach diesem Plädoyer der Verteidigung hole ich mir jetzt doch mal ein Kölsch aus Willis Kühlschrank. Und als wir wenig später gehen, drehe ich mich noch einmal zu ihm um. Am Heck von Willis Wohnwagen entdecke ich einen großen knallgelben Aufkleber mit roter Schrift: »Gott beschütze uns vor Sturm und Wind. Und vor Campern, die keine sind.«

Cinque

Das Meer liegt vor uns wie eine Badewanne. Es hat auch einen ähnlichen Wellengang. Nämlich gar keinen. Nach und nach trudeln auch die ersten Mittagsschläfer wieder am Strand ein, sie klappen ihre praktischen Leichtmetallstühle wieder aus und spannen die quietschbunten Sonnenschirme auf. Ich gehe in unseren Wohnwagen und schlüpfe zurück in meine Badehose. Hoffentlich guckt nicht wie heute Morgen wieder jemand zum Fenster rein und schaut mir, wie Willi das wohl formulieren würde, auf meinen Dingens.

»Kannst du mir mal den Rücken eincremen?«, frage ich, während ich die drei Treppenstufen aus dem Wagen herausklettere.

»Kann ich schon machen, aber wieso? Wir müssen doch erst noch einkaufen gehen.«

»Was müssen wir?«

Allmählich geht mir das auf den Keks. Wir sind seit 36 Stunden hier, und ich habe von den zehn Büchern, die ich fein säuberlich im Regal aufgereiht hatte, noch keine einzige Zeile gelesen. Vor allem war ich bisher nicht einmal im Meer. Dabei habe ich noch nie näher dran gewohnt. Tür auf, Sand, Meer. So könnte das gehen. Könnte. Ich fühle mich wie ein Hund, den man vor der Metzgerei angebunden hat.

»Das ist hier nicht wie in einem Hotel«, belehrt

mich Lena. »Kurz einchecken und fünf Minuten später mit einem Gin Tonic im Liegestuhl abhängen ist nicht.«

»Aber ich würde gern Urlaub machen.«

»So geht Camping aber nicht. Zuerst muss man den Wohnwagen richtig aufstellen. Okay, das haben wir schon. Dann Wasser auffüllen, einkaufen und so weiter. Tut mir leid – erst kommt die Rödelei. Das machen wir immer so.«

»Das machen wir immer so«, äffe ich sie ein bisschen zu infantil nach.

»Du könntest natürlich auch zuerst spülen gehen«, ernte ich eine entsprechend schnippische Reaktion.

Also Badeschlappen aus, Turnschuhe an. Shorts über die Badehose und dann ein T-Shirt angezogen. Auch wenn wir garantiert die Einzigen sind, die bekleidet in den Supermarkt gehen.

Wir steigen eine lange Treppe aus verwitterten Natursteinen hinauf, der Boden ist kieselig braun, die Luft erfüllt vom Duft der links und rechts des Weges wuchernden Kräuter und Unkräuter. Den Unterschied erkennen sicher nur Einheimische. Oder mein Schwiegervater. Die Sonne brennt mir auf den Hinterkopf, das Licht ist so grell wie Halogenscheinwerfer. Vielleicht hätte ich mir auch so einen Strohhut wie Lena kaufen sollen. Ich schwitze wie ein Stahlarbeiter. Auf dem Rückweg werde ich die Stufen zählen. Fakten für die Anklage sammeln.

Zweimal muss ich auf dem Weg zum Supermarkt stehen bleiben und durchschnaufen. Einmal lasse ich mich überschwänglich wie ein altdeutscher Heimatdichter über die phänomenale Aussicht aus, beim zweiten Stopp zünde ich mir umständlich eine Zigarette an. Als wir endlich ankommen, erlebe ich ein Déjà-vu – der Supermarkt sieht im Prinzip genauso aus wie all die Toilettenhäuschen: der gleiche ockerfarbene Anstrich, die gleichen orange-roten Schindeln auf dem Satteldach. Allerdings ist das Ensemble hier zur Abwechslung in U-Form angeordnet, woraus sich eine Art *piazza* ergibt. An deren Rand die wahrscheinlich letzte Telefonzelle der *Telefonino*-Nation Italien steht. Die macht allerdings auch Sinn im wahrscheinlich letzten Funkloch Europas.

Vor dem Supermarkt steht, quasi als Hauptattraktion, ein grünes Baldachin-Zelt, unter dem ein paar Dutzend Strandliegen und -stühle aus Plastik lagern. Der *Café-del-mar*-artige Chill-out-Sound im Inneren des *mercato* passt ganz vortrefflich zur angenehmen Kühle. Ich liebe Supermärkte im Ausland. Die Farben, die exotischen Produkte. Supermärkte funktionieren wie ein Spiegel der nationalen Seele. Und dieser hier ist wie der Campingplatz selbst: ein Panoptikum. Gasbehälter neben dem Nutella- und Marmeladenregal, Moskitonetze, Autobatterien, Flickzeug für Gummiboote. Kondome direkt neben Hello-Kitty-Spielzeug und Barbiepuppen. Im Kühlregal gibt es außer knallbunten Limonadeflaschen ein Dutzend verschiedene Biersorten, sie haben sogar naturgetreue Warsteiner-Fässchen im Angebot.

Frosta-Fertiggerichte, vorpanierte Schnitzel, Nürnberger Rostbratwürste aus der Produktion von Uli Hoeneß. Dieser Seelenspiegel-Supermarkt erzählt wenig über das Land, aber eine Menge darüber, wie die Italiener ihren deutschen Gästen deren Heimatprodukte kredenzen und sie mit dieser Arschkriechmethode gleichzeitig abzocken. An jedem zweiten Produkt klebt ein rotes *offerta*-Schildchen, um die Schnäppchenjäger heißzumachen.

Ich stehe vor der Tiefkühltruhe und bin fassungslos. »Hast du das gesehen?«

»Was denn?«

»Die verkaufen Iglo Fischstäbchen. Mitten in einem Fischerort. Wie degeneriert ist das denn?«

»Na und? Die Kinder müssen doch mal was anderes essen außer Pizza, Pasta, Pommes.«

Zumindest verkaufen sie italienische Nudeln und Barilla-Saucen, aber die kennt man ja auch in Deutschland.

Lena ist gerade in eine intensive Konversation mit der Frau an der Wurst- und Brottheke vertieft. Wenn ich das richtig verstehe, reserviert sie gerade irgendetwas.

»Das ist Markus, mein Mann«, sagt Lena auf Italienisch, gefolgt von einer Geschichte über unser erstes Kennenlernen und die Hochzeitsfeier in den Bergen. Die Bäckerin ist ganz entzückt. Im Gegensatz zu unseren Landsleuten, die hinter uns Schlange stehen und unruhig auf der Stelle treten. So wie daheim, bevor sie dann »Ey! Zweite Kasse!« brüllen.

»Prima volta?«, fragt die Bäckersfrau ungläubig. Wirklich das erste Mal in Sepiana? Sie trägt eine gelbe Schürze mit dem Logo des Supermarktes und auf dem Kopf eine Art transparente Duschhaube. Sie streift ihre hygienisch korrekten Plastik-Fäustlinge ab und streckt mir die Hand entgegen: *»Piacere. Sono* Elisa«, sagt sie, und alles, was folgt, kann ich nur aus der Kombination von Gestik und Wortfetzen deuten. Der Akzent hier wirft mich in meinen Italienisch-Kenntnissen gefühlte drei Jahre zurück.

»Bei Elisa holst du morgen unsere Cornetti ab«, sagt Lena auf dem Weg zur Kasse.

»Backen die hier nur auf Zuruf?« Die Vorstellung,

dass man hier seine Semmeln so reserviert wie andere Leute auf Mallorca ihre Sonnenliegen mit einem Handtuch, finde ich bedrückend.

»Nee, aber Camper sind Frühaufsteher. Bis du wach bist, ist hier alles leer gekauft. Und jetzt tu nicht dauernd so, als wäre das alles super spießig.«

»Schon klar. Ihr macht das immer so.«

Die Kassiererin schlägt jeweils zwei Plastiktüten ineinander, bevor sie unseren umfangreichen Einkauf darin einpackt. Ich verfluche Lena schon jetzt, da steuert sie auf den Gemüsestand am Rande der Supermarkt-Piazza zu. Auch der ist – Überraschung! – wie alle befestigten Gebäude im Toilettenhäuschen-Stil gebaut. Hat aber ein grünes Dach. Gemüsestand eben.

Der Stand ist folkloristisch mit langen Knoblauchzöpfen und getrockneten Peperoni dekoriert, die appetitlich von der Decke hängen. Der Verkäufer heißt Luigi und trägt ein rosafarbenes Lacoste-Polohemd, wie sich das wohl nur Italiener trauen. Der Schwanz des Krokodils zeigt dermaßen erigiert in die Luft, dass er schon kaum mehr wie eine plumpe Fälschung wirkt, sondern als ein eigenes ironisches Logo.

Gerade verjagt Luigi die in der Hitze etwas träge gewordenen Fliegen, dann sprüht er mit der Blumenspritze Wasser über das Obst. Er ist der Neffe der Bäckersfrau und quasi mit Lena aufgewachsen. Der Gemüsestand oben im Ort in der Kurve gehört auch seiner Familie, und das in dritter Generation. Vor einem Jahr hat Luigi die Geschäfte übernommen und ist jetzt der Peperoni-Pate von Sepiana.

Lena bestellt ein paar Äpfel und ein Pfund Tomaten. Während Luigi anscheinend jeden Apfel einzeln umdreht, um die schönsten auszusuchen, ratschen die beiden über alte Zeiten. Ich habe das Gefühl, dass meine Arme in der Zwischenzeit drei Zentimeter länger geworden sind. Also stelle ich vorerst mal die schweren Einkaufstüten ab und zünde mir noch eine Zigarette an. Zum Schluss versucht Luigi, eine monströse Wassermelone in eine Plastiktüte zu pfriemeln, was ihm aber trotz allem Ächzen misslingt.

»No, no, solo un pezzo«, sagt Lena. Nur ein Stück.

»Ma, Lena!« Luigi reißt die Arme flehend in die Luft wie ein Nachwuchsschauspieler in der Mailänder Scala, *»è un regalo.«*

Ich bin irritiert: »Regalo? Was meint er mit Regal?«

Lena kichert, und dann erzählt sie Luigi irgendwas extrem Lustiges, jedenfalls lachen sich jetzt beide schlapp. Bis mir dämmert, dass sie über mich lachen.

»*Regalo*, das heißt Geschenk«, sagt Lena mit einem Blick, den Frauen bei kleinen Hundewelpen aufsetzen, während sie ihnen den Kopf tätscheln.

In dem Moment drückt mir Luigi auch schon die Melone in den Arm. Sie hat das Format eines Medizinballs und wiegt ungefähr genauso viel.

»Okay«, sage ich, »ich hol dann jetzt mal das Auto. Und du kannst dich ja noch ein bisschen unterhalten.«

»Autofahren ist bis 15.30 Uhr verboten«, sagt Lena und grinst verlegen. »Sorry! Komm, ich nehme dir eine Tüte ab.«

Die Melone unterm linken Arm, zwei Einkaufstüten in der rechten Hand, gehen wir wieder in Richtung Strand. Es sind übrigens genau 83 Stufen. Mit der Medizinball-Melone auf den Treppen komme ich mir vor wie beim Konditionstraining mit Felix Magath.

Als wir bei dem Ristorante in der Kurve angelangt sind, rumpelt ein roter Renault-Kangoo an uns vorbei, ein Wagen, den in Deutschland bevorzugt Blumenhändler fahren. Und die von den Ostermärschen übriggebliebenen Friedensaktivisten. Der Wagen hält auf dem Parkplatz vor dem Restaurant und zieht eine Staubwolke hinter sich her wie ein Paradejet bei einer Flugshow.

»Wieso darf der mit seiner Öko-Karre hier fahren, und wir schleppen den ganzen Scheiß zu Fuß?«, sage ich empört und denke im gleichen Moment an die Ikea-Sackkarre, die wir wenigstens hätten mitnehmen können.

Lena ignoriert wie üblich mein Gemecker. »Hier, halt mal!« Sie stellt ihre Einkaufstüte auf dem Boden ab und rennt völlig enthemmt auf das Auto zu. Ein gemütlicher dicker Mann um die fünfzig mit Halbglatze und einer ausgeprägten Hakennase steigt aus und fällt ihr um den Hals. Lass mich raten – ein alter Freund?

Die Hakennase gehört Ercole, und der hat sich, wie ich sogleich erfahre, vom einfachen Pizzabäcker zum Besitzer des zentralen Restaurants im Grande Paradiso hochgearbeitet. »Aber er macht immer noch die beste Pizza der Welt«, sagt Lena.

Zu meiner Verblüffung schließt Ercole auch mich sofort ähnlich impulsiv in den Arm. »Bist du also Markus«, sagt er strahlend in einem eigenartigen Akzent, der das klassische Gastarbeiter-Deutsch mit einem lustigen hessischen Singsang untermalt. Ercole packt mich an beiden Schultern und hält mich an ausgestreckten Armen. Und während er mich mit fröhlicher Miene und Prüferblick ansieht, habe ich Angst, dass mir meine Mega-Melone aus dem Arm rutscht. »So siehste also aus«, sagt Ercole. Und natürlich hat er schon viel von mir gehört. Die Frage ist bloß: von wem?

Ercole ist nach Massimo der zweite Mann hier, der lange Hosen und richtige Schuhe trägt. Das macht ihn erst mal sympathisch anders. Ich frage mich, ob Italiener wohl auch kurze Hosen tragen, sobald sie in Urlaub fahren. Bei uns Deutschen gehören Bermudashorts zu den Ferien wie der Frühbucher-Rabatt. Es ist Teil unserer Reise-DNA – ungefähr so wie bei Amerikanern, die wegen ihrer Thrombose-Paranoia ein Flugzeug anscheinend auch nur in Trainingshosen und klobigen Turnschuhen besteigen können.

Vor dem Restaurant ist ein riesiger Langnese-Aufsteller mit den Bildchen von gut drei Dutzend verschiedenen Eissorten aufgebaut. Ein zweiter wirbt für die Highlights der Tageskarte, ein dritter trägt weithin sichtbar das Warsteiner-Logo. Auf der dazugehörigen Tafel steht: »Ab jetz auch frische Lowenbrau von Fas«. Lena erzählt von unserer endlosen Anreise, und wie es ihren Eltern so geht. Dankenswerterweise verschweigt sie den kleinen Unfall. Wahrscheinlich ist Ercole eh schon im Bilde.

Eine großgewachsene Frau mit langen blonden Haaren und überraschend blasser Haut steht im Eingang des Restaurants. »Ercolääää!«, brüllt sie, als würde sie einen schwer erziehbaren Köter anpfeifen. *»Vieni! Subito!«*

Ercole zuckt zusammen. »Oha. Die Chefin!«, entschuldigt er sich. »Sehen wir uns heute Abend.« So wie er jetzt mit eingezogenem Kopf wegdackelt, macht es wohl auch keinen Sinn mehr, ihn zu fragen, ob er uns nicht noch schnell unsere Tüten zum Wohnwagen fahren kann. Wenn er schon als Einziger hier sein Auto benutzen darf.

»Meinst du, beim Abendessen könnten wir uns an einen Zweiertisch setzen«, frage ich, während Lena mit dem Schlüssel unser Wohnwagenschloss bekämpft. Den Nachmittag haben wir statt im Meer im Kreise fideler Rentner verbracht, die mit Wonne Lenas Einladung zum Melonen-Essen angenommen hatten. Wir saßen da wie zwischen Onkel und Tanten, und Lena hat es genossen.

»Stell dich doch nicht so an. Erstens kenne ich die alle schon ewig. Und zweitens haben sie dir gestern erst den Arsch gerettet.«

Vermutlich nicht zum letzten Mal.

Lena hat sich ein schlabbriges langes T-Shirt übergeworfen, bei dem ich nicht sicher bin, ob es nicht in Wahrheit ein sehr kurzes Kleid ist. Sie schaut amüsiert an mir herunter. Das frisch frisierte Haar, mein azurblaues Hemd mit dem gestärkten Kragen und die Schuhe mit Ledersohle. »Hast du dich für mich so schick gemacht? Ich fürchte, du bist ein bisschen overdressed für Ercole.«

Ich finde, Restaurant ist Restaurant. Auch auf dem Campingplatz. Es ist eine Frage des Respekts. Diese Haltung gerät allerdings ins Wanken, als wir durch den Matsch auf der Wiese vor Ercoles Terrasse stapfen. Der Rasensprenger läuft Amok, er spritzt rotierend und unkontrollierbar in alle Richtungen. Auch die Steinplatten auf dem triefend nassen Rasen helfen da nur wenig.

Und in der Tat – ich bin der einzige Gast, der ein langärmeliges Hemd trägt.

Aus den Lautsprechern empfängt uns der schmachtende Gesang von Al Bano & Romina Power. »*Felicità è un bicchiere di vino / con un panino – la felicità.*« Vertraute Klänge und gleichzeitig ein Versprechen:

Ein Gläschen Wein? Na klar. Nur würde ich dem *panino* einen gegrillten Fisch vorziehen. Dann wäre auch ich glücklich.

Auf der Terrasse steht eine unzählbare Menge an Alu-Bistrotischen und den passenden Stühlen dicht an dicht beisammen. Ein Mobiliar, das ich seit den frühen Neunzigern nicht mehr in einem Lokal gesehen habe. Innen eine gut zwanzig Meter lange Glastheke, wie ich sie von der dampfenden Kantine in unserem Verlagshaus kenne. In der Hochsaison, wenn der Campingplatz so voll ist, dass Neuankömmlinge ohne Reservierung schon mal vor der Einfahrt campieren müssen, stellen sie hier mittags auf Selbstbedienung um. Dann, versichert Lena, brummt der Laden wie ein ganzer Hummelstaat.

Von der Decke bescheinen Neonröhren das Restaurant, das auf diese Weise den Charme einer tschechischen Schraubenfabrik ausstrahlt. Der Fliesenboden erinnert mich an das kommunale Schwimmbad in der Kleinstadt, aus der ich stamme.

»Sag mal, kann es sein, dass ich die Zeitschleuse übersehen habe, durch die wir gerade gegangen sind?«

»Was denn?«, faucht Lena.

»Ich meine, dieses, äh, Retro-Ambiente hier.«

»So sieht es hier schon immer aus. Und das wird sich hoffentlich auch nie ändern.«

An der Wand hängen Werbefotos von den Tremiti-Inseln, die hier in der Nähe am Vormittag von Tagesausflüglern heimgesucht werden. Mir war schon im Supermarkt ein Prospekt in die Hände gefallen. Hochglanz. Die Bilder hier sind schon sanft verblasst und stammen wohl aus einer Zeit, als Lenas Geschwister in Sepiana das Laufen lernten.

An der Kasse sitzt gelangweilt die blasse Blondine,

vor der Ercole heute Nachmittag so zusammengezuckt ist. Die Frau heißt Tanja und ist Ercoles Gattin. Sie kommt ursprünglich aus Niedersachsen und ist in Sepiana hängen geblieben, und wenn ich Lena glauben darf, dann kriegt sie alle paar Wochen einen Gastronomen-Koller und droht, Sepiana und damit auch den armen Ercole zu verlassen.

Von der Pizza-Theke kommt er jetzt auf uns zugeschossen – mit der gleichen Albatros-Geste, wie ich sie bei Rezeptions-Massimo kennengelernt habe. Der sitzt zu Lenas großer Freude mit einem Glas Ramazzotti an der Bar.

»Können wir uns nach draußen setzen?«, flüstere ich. Es ist mehr ein Betteln. »Allein sein!«

»Lass uns kurz hallo sagen, okay?«

Massimo empfängt Lena mit einem fulminanten Doppel-Bussi. Seine Frisur sitzt 1a. Allerdings erkenne ich erst jetzt die tiefen Furchen, die Sonne und Wind Süditaliens in sein Gesicht gegraben haben. Lena schmiegt sich in seinen Arm. Sie sieht glücklich aus, wie jemand, der endlich angekommen ist. Seit wir zusammen sind, war sie nur noch ein einziges Mal in Sepiana, und zwar notgedrungen mit ihren Eltern, weil ich, statt wie geplant mit ihr in den Sommerurlaub zu fliegen, etwas kurzfristig zu einer Dienstreise aufgebrochen war.

»Magst ein Campari?«, fragt Ercole.

»Super gern. Was empfiehlt denn der Chefkoch heute?«

»Sepia a la Sepiana. Spezialität von da. Weißt du – ist das Dorf nach der Fisch benannt.«

»Ah verstehe, sehr schön.« Ich drehe mich zu Massimo: »Und du, hast du schon gegessen?«, frage ich, um Lena aus seiner Umklammerung zu lösen. Und auch weil mir der Magen inzwischen auf Höhe der Kniekehlen hängt. »Wir gehen raus auf die Terrasse.«

Er winkt dankend ab. »Sonst komm doch auf einen *vino* nach«, sage ich im Gehen.

Lena knufft mir lachend in die Seite. »Du mieser kleiner Heuchler!«

Auf dem Weg nach draußen hake ich sie unter. »Wieso? Ich komme jetzt so langsam in den Sepiana-Groove.« Na gut, ehrlicherweise hat mich der Campari fröhlich gemacht.

Auf der Terrasse ist es erstaunlich voll geworden. Der letzte freie Zweiertisch ist neben den Boxen, aus denen immer noch das Liedgut von Al Bano & damaliger Gattin säuselt. Best-of-Album, schätze ich mal.

Eine junge Kellnerin mit atemberaubender Lockenpracht und fester Zahnspange reicht uns die Speisekarte, bevor sie sich raschelnd daranmacht, mit Plastikklemmen eine weiße Papiertischdecke zu befestigen. Gute Idee eigentlich – wahrscheinlich hatte Ercole die Nase voll davon, dass gelangweilte Kinder seine Stofftischdecken bemalen.

RISTORANTE PICO BELLO ist in den braunen Kunstleder-Einband eingestanzt. Und ich muss sagen: Allmählich gefällt mir dieser Ercole wirklich. Was für ein großartiger Humor! Lena hat erzählt, dass er mehr als zehn Jahre lang in Deutschland gearbeitet hatte, erst in einer Reifenfabrik in Hanau, dann bei Opel in Rüsselsheim. Kein Wunder, dass er jetzt so ein seltsames Auto fährt. Auf jeden Fall muss er dort sein putziges Deutsch gelernt haben – vor allem auch dieses deutscheste aller Phantasie-Wörter: pico bello.

In dem Moment, als Ercole persönlich unsere Teller serviert, reißt die gedämpfte Al-Bano-&-Romina-Power-Endlosschleife abrupt ab, stattdessen trötet die gleiche Final-Countdown-Fanfare los, die mich schon in der Früh aufgescheucht hatte. Jetzt bin ich nicht minder erschreckt.

Unterhalb der Terrasse ist eine kleine Piazza aus Terracotta-Boden angelegt; eher ein Forum mit einer zweistufigen Tribüne. Und davor fällt mir jetzt auch die große Bühne auf, die notdürftig aus braunem Holz zusammengehämmert ist und mit einem Mal in grelles Scheinwerferlicht getaucht wird. Unter einer hölzernen Palme, die aussieht wie die Laubsäge-Arbeit eines ambitionierten Achtklässlers, sitzt der gleiche DJ, der schon heute Vormittag für den Strandterror verantwortlich war. Noch immer im selben neonorangen T-Shirt. Er reckt den linken Zeigefinger in die Luft, mit dem rechten fährt er von seinem Laptop die Fußball-Hymne »Waka Waka« ab, und in diesem Augenblick betritt ein Animateur in einem Tintenfischkostüm tänzelnd die Bühne. Er presst seine Tentakel so yogamäßig vor der Brust zusammen und lässt dann die Hüften kreisen wie Shakira in ihrem Musikvideo.

Vor der Bühne laufen jetzt ein paar Kinder zusammen und imitieren den Tintenfisch-Tanz. Die Musik ist ohrenbetäubend laut, lässt sich aber immer weiter steigern, wie der DJ sehr schnell unter Beweis stellt. Ich sehe Lena verängstigt an, meine Lippen formen ein *What the fuck!*?

»Wie cool«, ruft sie, »den gibt's immer noch!«

»Wen?«, brülle ich gegen die Lautsprecher an.

»Na, Seppi, das Campingplatz-Maskottchen. Den gab's schon, als wir noch Kinder waren.«

Während ich den köstlichen Tintenfisch auf meinem Teller bearbeite, steigt jener aus Plüsch von der Bühne und mischt sich unter die quietschenden Bambini.

»Wehkomme zu die Baby-Dance«, kräht der DJ. Er hat keine Ahnung, wie treffend »wehkomme« klingt.

Er spielt ein Lied, das beginnt wie ein Militärmarsch, und die Kids singen dazu: »Chu Chu ua, chu chu ua«, und dann watscheln sie tapsig im Kreis, indem sie sich nach vorn beugen und den Hintern ausstrecken. Sie halten die Arme nach vorn, recken die Daumen, dann stampfen sie wieder auf. »Chu Chu ua, chu chu ua.«

Lena wippt im Takt von links nach rechts, zwischendurch schiebt sie sich ein Stück Pizza Rustica in den Mund. Es sieht so aus, als könne sie sogar rhythmisch kauen. »Chu Chu ua, chu chu ua, chu chu ua ua ua!«

Die Musik wird noch lauter. Laut ist lustig in Italien. Und sehr laut ist eben extrem lustig. Die Kids hopsen und toben zwischen den Animateuren umher, und ihre Eltern filmen das Treiben stolz mit ihren Handys.

Ich hatte wirklich mit allem gerechnet, was diesen Urlaub betrifft. Allerlei Ungeziefer in den Waschräumen, Ameisen-Straßen durch mein Bett, blutrünstige Moskitos, die durch den Wohnwagen schwirren. Dass ich mit deutschen Spießern um Schatten-Parkplätze würde streiten müssen. Alles einkalkuliert. Kein Problem. Aber ein singender, springender Tintenfisch fehlte auf meiner Liste der Horror-Visionen.

»Magst du noch was trinken?« Ich murmele meine Frage erschöpft vor mich hin.

»Was?!«

Mit der rechten Hand forme ich ein Glas und kippe es vor den Lippen.

»Mehr Wein«, schreit Lena.

Ein albernes italienisches Kinderlied wummert jetzt aus den Boxen. Ich verstehe kein Wort. Der

Tintenfisch geht voran, und alle Kinder bilden eine Schlange hinter ihm. Während sie an den Tischen vorbeiziehen, reihen sich fröhlich Eltern und Rentner ein. »Ey, der Club-Tanz«, kreischt Lena und steht auf und klatscht mit den Händen über dem Kopf. Plötzlich beugt sie sich zu mir rüber und singt mir ihre deutsche Übersetzung ins Ohr: »… bis ich auch mal ein großer Schwimmer bin, so wie Tintenfisch Sääà-ppi.«

Die Polonaise hat jetzt auch unseren Tisch erreicht. »Na los!«, ruft Lena. Ich breche vor Lachen fast zusammen und winke kopfschüttelnd ab, während Lena zum Seppi-Song davonwackelt.

Und da sitze ich also, vor einer Karaffe mit einem halben Liter säuerlichem Weißwein, und die Frau, die ich vor knapp fünf Wochen geheiratet habe, die bis vor ein paar Tagen noch abwechselnd von ihrem iPhone oder ihrem Blackberry verspannten Fernsehnasen schräge Show-Formate verkauft hat, meine Lena tanzt gerade hinter einem Tintenfisch her durch die apulische Nacht.

Mir war von Beginn an klar, dass dies alles ein Trip in ihre Vergangenheit werden würde, eine Art Entdeckungsreise zu den Untiefen einer Seele, die ich zu kennen glaubte. Aber das hier ist mehr als Nostalgie. In mir steigt ein Gefühl auf, als würde ich geradewegs per *time warp* statt in die Vergangenheit in die Zukunft katapultiert. Wenn ich Lenas Sehnsuchtsblick richtig deute, sieht sie uns schon mit unseren Kindern hinter Plüsch-Seppi herziehen. Ich höre eine biologische Uhr ticken wie den Zeitzünder einer alles verändernden Bombe.

Massimo kommt mit einer weiteren Weißwein-Karaffe auf mich zu. Ganz nüchtern wirkt er nicht mehr. Entweder taumelt er ganz leicht, oder es ist seine besonders lässige süditalienische Art zu gehen. *»Permesso?«*, fragt er, als er seinen Glaskrug auf unserem Tisch abstellt und vom Nachbartisch einen Stuhl ranzieht.

»Na klar«, sage ich und strecke meine Hand aus wie ein Platzanweiser.

Er hält mir eine Packung rote Marlboros hin.

»Danke.« Ich stecke mir eine an.

»Du tanzt nicht?«

»Muss mich erst mal akklimatisieren.« Ich lasse mich mit dem Rücken tiefer in den Alu-Stuhl fallen. Allmählich tut mir auch der Hintern weh von den Leichtmetall-Streben der Sitzfläche. »Na ja, und den Text vom Club-Tanz kann ich auch noch nicht.«

Massimo lacht. Er glaubt mir kein Wort. »Du warst noch nie auf einem Campingplatz, oder?«

»Wie kommst du denn darauf?«

»Schau dich an. Solche Klamotten tragen nicht mal unsere Bungalow-Gäste.«

»Okay. Fehlgriff, gebe ich zu. Aber ich hab auch kurze Hosen dabei. Kann ich dir morgen zeigen.«

»Hey, ihr zwei!« Lena plumpst schwungvoll auf ihren Stuhl zurück. Der Seppi-Song ist vorüber und mit ihm auch die Polonaise. Es entsteht ein unerwarteter Augenblick der Stille. Nichts außer Meeresrauschen. Gar nicht weit weg. Lena nimmt ihr Glas: »Prost!«

»Signore e signori«, ruft der DJ, *»Stassera* – heut Abend – iste große Swinger-Night in Grande Paradiso.«

»Donnerwetter«, sage ich und schaue Massimo verblüfft an. »Dieser Campingpatz steckt voller Überraschungen. Dass die alten Leute so was mitmachen … Hut ab!« Diese Outdoor-Freunde lassen offenbar nichts anbrennen.

Und noch bevor er etwas erwidern kann, spielen sie »Stompin' at the Savoy« von Duke Ellington, und der Gute-Laune-Commander auf der Bühne schnipst vor seinem Laptop swingend mit den Fingern. Auf der Terrasse finden sich die ersten Pärchen zum Tanz ein. Okay. Missverständnis. Ich bin erleichtert.

Jetzt kommt auch noch Ercole mit einer neuen Karaffe *vino casa*. Unser Tisch sieht aus, als hätten sie die Bar kurzfristig hierher verlegt.

»Jungs, ihr habt ganz schön was vor«, sagt Lena und gießt allen die Gläser bis kurz unter den Rand voll.

»Auf Sepiana«, sage ich. »Und den Tintenfisch. Ich meine den vom Grill.«

»Marco, hab ich gehört, was du mit der Burgermeister gemacht hast«, sagt Ercole und stößt noch mal an. *»E un coglione.«*

Corleone habe ich schon mal gehört. Michael Corleone. Der Pate. Ich schaue Lena fragend an. Weiß sie mehr als ich? »*Coglione*, das heißt Arschloch«, sagt sie.

»Wieso?«

»Könnt ihr euch an diesen verrückten Minister vor ein paar Jahren erinnern? Stefano Stefani?«, fragt Massimo.

»Secretario«, grätscht Ercole dazwischen, »nicht Minister.«

»Ist auch egal, jedenfalls der Typ, der gesagt hat, alle Deutschen sind blonde Bestien?«

»O ja«, sage ich. Und zwar nur zu gut. Das muss im Sommer 2003 gewesen sein, es war jedenfalls weder Fußball-WM noch -EM. Stefani war ausgerechnet Staatssekretär im Tourismus-Ministerium und hatte in einem Beitrag für die Parteizeitung der Lega Nord deutsche Urlauber als einförmige, supra-nationalistische Blonde verunglimpft, »die lärmend über die

Strände herfallen« und »keine Gelegenheit auslassen, unverschämt zu werden«. Die »Bild« ist wie immer in solchen Momenten des dröhnenden Chauvinismus groß drauf eingestiegen. Und Kanzler Schröder hat daraufhin seinen Italien-Urlaub storniert.

»Damals hat der Bürgermeister hier ein *grandissimo casino* angerichtet, Riesenchaos«, sagt Massimo. Er schenkt noch mal Weißwein nach.

Massimo und Ercole erzählen, wie der Bürgermeister die Deutschen zur größten Demo in der Nachkriegsgeschichte Sepianas angestiftet hat.

»Ich hab ihm noch gesagt, dass wir doch nix damit zu tun haben, was so ein Nazi von der Lega Nord schreibt«, erzählt Massimo, »gerade wir im Süden.«

Aber der Bürgermeister blieb unversöhnlich. Die Deutschen zogen mit gut zweihundert Leuten und etlichen Transparenten über den Corso und blockierten anschließend zwei Tage lang mit ihren Autos die Einfahrt zum Grande Paradiso. Bis endlich der apulische Tourismus-Minister seinen Hintern von Bari nach Sepiana bewegte, um sich persönlich und auch stellvertretend für seine ganze Nation bei den *Tedeschi* zu entschuldigen.

»Und ich musste eine Party machen mit *wurstl con crauti* und bayerisches Bier«, sagt Ercole. Er grinst Massimo säuerlich an. *»Mille grazie!«*

Lena flüstert mir zu, dass Ercole damals maximal genervt war: Erstens fand er, dass der Staatssekretär recht hatte, zweitens ist er glühender Berlusconi-Verehrer.

»Was, du wählst Berlusconi?«, frage ich entsetzt.

»Certo«, sagt Ercole. »Ist eine stinkereiche Kerl. Und wenn er in dem Alter noch jede Tag Sex mit die junge Dinger macht, kann er gar keine schlechte Mann sein.«

Als Lena und ich schwankend zum Wohnwagen zurückschlendern, kommen wir auch am Wohnwagen des Bürgermeisters vorbei. Seine beknackte Flagge flattert im Wind. Drinnen brennt immer noch Licht.

»Ich frage mich, warum selbst Massimo so einen Schiss vor diesem Idioten hat. Der ist doch der Chef hier.«

»Er ist nur der Verwalter«, sagt Lena, »und wenn dieser Helmut einen Furz quersitzen hat, geht er gleich zum *direttore*. So einfach ist das.«

Zähneputzen fällt aus. Im Bett höre ich die Wellen rauschen. Und irgendwie fühlt sich die Matratze an, als würden auch wir draußen im Meer treiben. Es ist ordentlich Seegang. Der viele Wein, das Wasser, der Kaffee – der Druck auf meine Blase schmerzt, als steckte ein Samurai-Schwert in meinen Eingeweiden. Ich weiß, ich darf hier drin nicht pinkeln, darf nicht pinkeln, darf nicht pinkeln. Ich versuche einzuschlafen, aber die Karussellfahrt in meinem Kopf hält mich wach.

Irgendwann stehe ich leise auf, ziehe mir eine Hose und ein T-Shirt über. So schleiche ich ins Vorzelt hinaus und suche polternd meine Badeschlappen. Der Blasendruck wird heftiger, drängender, und bis zum Toilettenhäuschen, so viel ist klar, schaffe ich's garantiert nicht mehr. Am Ende unseres kleinen Teerweges ist eine Grotte, in der ich mich kurz erleichtere. Wobei Erleichterung definitiv das falsche Wort ist. Immer noch dreht sich alles, ich muss würgen, so lange, bis ich mich an Ort und Stelle abrupt übergebe.

Meine Kehle brennt bestialisch von der Magensäure, die meinen Körper durchflutet hat wie ein Tsunami. Und ich glaube, Galle riechen zu können – als ich plötzlich im Kegel einer Taschenlampe stehe, die drohend von hinten auf mich gerichtet ist. Es ist das klassische Grenzpatrouillen-Szenario.

»Hey Sie! Was machen Sie da?«, brüllt eine erboste Männerstimme hinter mir. Eine Stimme und ein Tonfall, die mir nur allzu vertraut sind.

Sei

Lena fegt das Vorzelt aus. Seit unserer Ankunft bestimmt zum achten Mal. So wie sie bei uns daheim mit ihren Handys verwachsen zu sein scheint, hat sie hier in einem Besenstiel die passende Alternative gefunden. Vorhin hat sie schon mit so einem Tischstaubsauger den Teppichboden im Wohnwagen gesäubert. Dabei halte ich mich seit dem ersten Tag sklavisch an das erste Gebot des Campers: Schuhe aus!

Ich suche den Kühlschrank nach einer kalten Flasche Wasser ab. Obwohl ich mir schon zweimal die Zähne geputzt habe, fühlen sich meine Schleimhäute immer noch so an, als hätte ich einen Hamster gefrühstückt.

»Gehst du mal auf die Seite?« Lena stößt mit dem Feger gegen meine nackten Füße. »Nein, nicht da hin, da hab ich doch gerade erst sauber gemacht! Mann!«

»Können wir heute mal nach Italien fahren?«, frage ich resigniert.

Um ehrlich zu sein, schlägt mir diese Deutschtümelei schon nach ein paar Tagen brutal aufs Gemüt. Die Flaggen, der bekloppte Bürgermeister und im einzigen Restaurant ein tanzender Tintenfisch – keine Ahnung, wie ich das noch zweieinhalb Wochen aushalten soll. Ich fühle mich wie E.T.: auf einem fremden Planeten gelandet. Und obwohl ich mein Handy bei mir trage, keine Chance, nach Hause zu telefonieren.

Nach dem Vorfall gestern Nacht hat Lena am Ende einer überraschend konstruktiven Diskussion der Option zugestimmt, dass ich nun doch unser Badezimmer benutzen darf. So richtig mit Zähne putzen und Pipi machen. Ich musste ihr nur versprechen, dass ich alle drei Tage das Bad putze, den Frischwassertank wieder auffülle und den Abwassertank entleere. Was auch immer sie damit meinte.

Während meiner Beichte hat sie nur ungläubig den Kopf geschüttelt und die Hände vors Gesicht geschlagen. Dass mich der Bürgermeister in finsterster Gestapo-Manier noch am Tatort einem brutalen Verhör unterzog und mich dabei mit der Taschenlampe blendete, fand sie zwar auch komplett daneben. Aber meine Vermutung, dass er mir aufgelauert habe, hält sie für reichlich übertrieben. Ich glaube, sie macht sich nur ernsthafte Sorgen, dass ich den Ruf ihrer Familie nachhaltig beschädigen könnte.

»Was meinst du damit – nach Italien fahren?«

»Hoch ins Dorf halt. Cappuccino trinken, *pizza al taglio* essen, speckige Toiletten benutzen. Solche Sachen.« Wir würden im Straßencafé abhängen, ich mit der *Gazetta dello Sport*. Auch wenn ich maximal die Hälfte verstehen könnte.

»Klar können wir das machen. Aber erst gehst du spülen. Ich darf ja nicht – wegen der Sonne.« Sie spitzt spöttisch ihren Mund.

Die Spülbecken ziehen sich in einer langen Reihe von den Duschen bis hinüber zu jenem Toilettenhäuschen, das ich in der letzten Nacht nicht mehr so ganz erreicht habe. Weiße Keramikbecken mit Ablageflächen, die gerippt sind wie ein Waschbrett. Wahrscheinlich ist es sogar eines. Wär doch ganz praktisch für alle, die, statt stundenlang vor der einzigen Miele-Maschine zu warten, ihre Klamotten lieber per Hand waschen.

Als ich am Damen-WC vorbeischlurfe, sehe ich Bürgermeisterfrau Susanne gerade mit einer Flasche Frosch-Reiniger in der Hand auf die bedauernswerte Rosella einquatschen. Gott sei Dank hat sie mich nicht bemerkt.

»Du nehme das hier. Verstanden? Ist nix giftig so wie deine Putzmittel. Capito?« Die Susi führt einen 1a-Buana-und-Bimbo-Dialog mit der Toilettenfrau, der es nun aber offenbar vor Entsetzen die Sprache verschlagen hat. Wenig später stürmt Rosella nach draußen. Unter einem knorrigen Feigenbaum bleibt sie stehen und zündet sich mit zittriger Hand erst mal eine Zigarette an. Sie hat Tränen in den Augen.

In jede einzelne der Toilettenkabinen sind nach außen hin etwa 30 Zentimeter hohe und einen Meter breite Belüftungsschlitze statt Fenster eingelassen. Und wenn Lena recht damit hat, dass die Frauentoilette quasi der Marktpatz für den neuesten Campingplatz-Tratsch ist, dann sind die Spülbecken der ideale Ort, um diese Gespräche zu belauschen. Den Stimmen nach zu urteilen, redet Frau Bürgermeister auf eine etwas wortkarge ältere Schwäbin ein. Nachdem sie ihre Tirade auf die unschuldige Rosella beendet hat, geht es nun um einen fürchterlichen Rüpel aus München. »Dass so was zu einer Professoren-Familie gehört«, schimpft sie, »ist doch nicht zu fassen!«

Oha! Hatte ich doch geahnt, dass dieser Campingtrip weniger eine Hochzeitsreise als ein Charaktertest sein würde. Und nun habe ich mir in Lenas Camping-Idyll schon nach ein paar Tagen einen übleren Ruf erworben als Karl-Theodor zu Guttenberg unter deutschen Akademikern.

Leider habe ich nur ein paar Tassen, Frühstücksteller und Gläser abzuwaschen. Und so lasse ich extra wenig Spülwasser einlaufen, um die wesentlichen Teile der Unterhaltung nicht zu verpassen. Bestimmt hilft mir das auch, die Erinnerungslücken zu füllen. »Einen Camping-Nazi hat er meinen Helmut genannt«, echauffiert sich die Susi. Ich muss grinsen. Wie gern würde ich ihr verhärmtes Gesicht dabei sehen. »Und Blockwart hat er auch noch gesagt.«

Das klingt plausibel. Wäre ich nüchtern gewesen, hätte ich ihn allerdings wohl eher als Gauleiter bezeichnet. So wie sich der *coglione* hier aufführt, wäre das präziser gewesen.

Rosella ist derweil mit ihrem Putzeimer abgezischt. Und aus der Toilette höre ich erst, wie eine Kabinentür krachend ins Schloss fällt und dann verriegelt wird. Gefolgt von beängstigenden Darmgeräuschen, die bei Frauen auch nicht eleganter klingen als bei uns Männern. Ich denke, es ist jetzt wohl höchste Zeit zu verschwinden, bevor mir die Susi nachher noch mit einer Ladung Sagrotan-Spray die Augen verätzt.

Kurz vor der Kurve beim Ortseingang von Sepiana, etwa auf der Höhe von Luigis Obst-und-Gemüse-Imperium, bimmelt mein Handy wie ein Glücksspielautomat, der gerade ein paar Freispiele ausgibt. Bing, bing, bing … Sechs Nachrichten auf dem Anrufbeantworter, 28 E-Mails, zwölf SMS. Wenn ich das richtig sehe, markiert die *Frutteria* also die Grenze zwischen Zivilisation und wilder Archaik, jedenfalls aus telekommunikationstechnischer Perspektive.

Vielleicht ist das Grande Paradiso doch kein so übler Platz. Durch meinen Job musste ich meine Urlaube oft genug entweder kurzfristig verschieben oder absagen. Manchmal auch spontan abreisen, weil große Umweltkatastrophen und blutige Staatsstreiche naturgemäß ziemlich überraschend kommen. Da ist so ein Funkloch ohne Frage der sicherste Ort, um plötzlich hereinbrechender Arbeit zu entgehen.

Wir stellen den Fiesta an der gleichen Kirche ab wie am ersten Tag, als wir Dr. Cevani konsultiert haben. Gleich nach dem Aussteigen schicke ich unserer engelsgleichen Sekretärin eine schnelle SMS: »Grad zum ersten und vielleicht letzten mal handyempfang. Wundert euch nicht, wenn ihr mich nicht erreicht. Alles liebe & bis bald, m.«

»So, jetzt geht der Urlaub richtig los«, sage ich, während ich mein Telefon wieder in der Hosentasche verschwinden lasse.

»Weil wir in Italien sind?«

»Auch.«

Lena nimmt meine Hand und führt mich durch die Gässchen der Altstadt. Wenn sie mich jetzt stehen ließe, würde ich so schnell nicht wieder zurückfinden. Die Gassen sind kaum breiter als eine Bobbahn und angeordnet wie ein Labyrinth. Vor allem sehen sie alle gleich aus. Die quadratischen Häuschen mit ihren hübschen Bögen über Fenstern und Türen sind wahrscheinlich ein Resultat der Sarazenen-Eroberungsfeldzüge. Die Souvenirläden mit ihrem mediterranen Töpferkitsch dagegen eher stumme Zeugen der Neokolonialisierung durch deutsche Urlauber.

Kabel und Drähte hängen kreuz und quer von einem Haus zum anderen. Sieht nicht so aus, als hätte sich das Konzept der Glasfaserleitung hier schon durchgesetzt. Eine junge Mutter quält sich mit ihrem Kinderwagen über das unregelmäßige Kopfsteinpflaster, der Wagen hoppelt und bockt wie ein Bulle beim Rodeoreiten. Und das Baby wird durchgeschüttelt wie ein guter Wodka Martini.

Auf den Treppenstufen vor einem Touri-Laden hockt ein braungebrannter Mann Ende dreißig. Er trägt ein verwaschenes blaues T-Shirt, eine schlabbrige Yoga-Hose und Flip-Flops. Seine Sonnenbrille thront auf seinem Haupthaar. Er wirkt wie einer dieser Aussteiger, die irgendwann genug hatten von tantrischem Gruppensex in entlegenen Bauernhäusern und jetzt ihr inneres Gleichgewicht im Kunsthandwerk suchen. Mit Spachtel und einer Feile bearbeitet er laut Aushängeschild selbst geschnitzte Schüsseln aus lokal geschlagenem Holz.

Mit der rechten Hand macht er eine einladende Geste in Richtung Ladentür. Lena nimmt die Einladung wortlos lächelnd an und zieht mich mit hinein. Das Geschäft ist klaustrophobisch klein und so dunkel wie eine Hamburger Hafenspelunke, bevor die Immobilienspekulanten kamen. Vor allem ist es komplett überladen mit Holzgeschirr und Besteck.

»Also, wenn der das alles selbst geschnitzt haben will – wann schläft er denn dann mal?«

»Natürlich kommt der ganze Kram irgendwo aus China oder Thailand«, sagt Lena. »Aber glaubst du, Erna aus Recklinghausen merkt das?« Sie hält eine aus einem einzigen Holzstück gearbeitete Vase in die Höhe. »Und der Typ hier mit dem Schnitzmesser ist auch nur das Vorzeigekasperl. Der Ladenbesitzer liegt wahrscheinlich unten am Strand in der Sonne.«

Zweimal am Tag, erzählt Lena, legen die Ausflugsboote aus den anderen Ferienkäffern entlang der Küste unten am Hafen an und spucken kurzbehoste Urlauber aus. »Nebenan kannst du dann die total handgemachten Ledersäcke kaufen, um den ganzen Quatsch zu transportieren.«

Gegenüber ist ein Geschäft für Bademoden, wobei Mode selbst in Italien ein durchaus relativierungsbedürftiger Begriff sein kann. Die Spanne zwischen Prada-Anzügen und Hawaii-Hemden ist verdammt groß. Jedenfalls habe ich jetzt einen begründeten Verdacht, woher die Herren im Grande Paradiso ihre neckischen Schwimm-Slips beziehen.

Wir holen uns ein Eis und spazieren durch ein kleines verwittertes Stadttor. Gleich daneben bröckelt ein mittelalterlicher Turm vor sich hin, an dessen grau vernarbter Fassade die Leuchtreklame für eine Pizzeria angebracht ist. Der neongrüne Pfeil sieht mehr aus wie ein Blitz und soll wohl bedeuten, dass das beworbene Restaurant um die Ecke liegt. Vor uns eine weitere Kirche. »Das ist der Stadtpark«, sagt Lena und zeigt auf eine Piazza mit dem üblichen Terrakottaboden, einigen Palmen und Pinien. Sie ist nicht viel größer als der durchschnittliche Garten eines Reiheneckhauses.

Ein paar alte Männer in grauen unförmigen Hosen schwatzen auf einer Parkbank im Schatten einer noch viel älteren Pinie. Einer von ihnen beugt sich nach vorn zu seinen Kumpanen und stützt sich dabei auf seinem Gehstock auf.

Direkt neben ihnen haben afrikanische Straßenhändler ihre Tapeziertische ausgeklappt, auf denen allerhand grotesk gefälschtes Designer-Zeug feilgeboten wird: Gucci-Gürtel mit Schnallen so groß wie Gully-Deckel, Louis-Vuitton-Bags, bei denen nicht mal die Typo der beiden Buchstaben stimmt. Ich schätze, wenn ich die Jungs mal höflich frage, besorgen die mir innerhalb von zehn Minuten auch so ein schräges Lacoste-Polo wie das von Luigi gestern.

»So«, sagt Lena irgendwie bedeutsam, »und hier beginnt der Corso.« Die Flaniermeile. Ich blicke eine kurze Straße hinunter, auf der sich gerade ein Vespa-Fahrer an einem VW Polo vorbeiquetscht. Und zum ersten Mal habe ich das Gefühl, dass selbst Lena ihr geliebtes Sepiana mit einer gewissen Ironie betrachtet.

Der Corso ist traditionell der Mittelpunkt des Lebens einer jeden Gemeinde. Egal ob in Rom oder Sepiana, wobei er in Rom ein bisschen imposanter ausfällt. Man spaziert im Tempo eines Berner Sennhundes bis ans Ende vor, bleibt kurz stehen und schaut. Dreht sich um und geht wieder zurück. Wie auf dem Laufsteg in diesen dösigen Casting-Shows.

Italienische Männer, vor allem wenn sie erst kürzlich das Rauchen aufgegeben haben, fummeln während dieser *passegiata* gern an Rosenkränzen rum, die sie in der schlapp herunterbaumelnden Hand halten. Oder sie kramen unschuldig in der Hosentasche. Echte Profis kombinieren auch beides.

Links und rechts der Straße reihen sich ein paar Geschäfte aneinander. Vor den meisten stehen die Verkäufer antriebslos in der Sonne und rauchen. Der obligatorische Telecom-Italia-Laden, eine winzige Bäckerei, Geschäfte für Kräuter und Olivenöl. Und eine kleine Drogerie, in der mir zur Begrüßung erst mal eine Packung Pampers auf den Kopf purzelt. »Da ist sie ja! Geil! Albicocca!«, jubelt Lena. Anscheinend löst in Sepiana sogar Sonnencreme Euphorie in ihr aus.

»Albicocca?«

»Das heißt Pfirsich. Die einzige Creme, von der ich keine Sonnenallergie kriege.«

Dafür bekomme ich Ausschlag, als ich einen Blick auf das Preisschild werfe.

Wir bahnen uns einen Weg durch den kurios zusammengewürfelten Laden bis zur Kasse, an der sich die Verkäuferin gerade die Nägel lackiert. Lena legt gleich drei Flaschen ihrer Creme auf die Theke.

»Hey, ich dachte, du darfst gar nicht in die Sonne!«

»Mit dem Hut schon. Hast du doch selbst gesagt. Außerdem nehme ich die mit nach Hause.«

»Weil bei uns im Herbst die Sonne so brutal brennt?«

Am Ende des Corso ist ein winziges Ketten-Karussell auf einem kleinen Platz aufgebaut, der wie eine zu groß geratene Terrasse wirkt. Immerhin ist der Ausblick aufs Meer phantastisch. Für einen Euro werden gerade drei Kinder gemächlich in der Sonne gedreht und müssen versuchen, während der Fahrt ein Ledersäckchen von einem Haken zu rupfen. Aber egal wie sehr sich die Kids auch strecken, sie reichen an das Ding nicht heran. Entweder ist die Zentrifugalkraft zu gering, oder ihre Arme sind einfach zu kurz. Jedenfalls sehen sie von Runde zu Runde unglücklicher aus.

Als wir zurückgehen, hat sich an der Ecke vor einem Geschäft eine große Traube von Männern jeden Alters gebildet. Die jüngeren hocken mit dem Sturzhelm am Ellenbogen auf ihren Motorrollern. Autos parken mit laufendem Motor in der zweiten Reihe – bis hoch zur nächsten Kreuzung. Entweder ist Sepiana der einzige Ort in Italien ohne Auto-Diebstahl, oder die Wagenbesitzer müssen sehr einflussreiche Leute sein.

»Was ist denn da los?«

»Ah, heute ist wieder Lotto. Habe ich dir nicht mal die Geschichte vom Jackpot erzählt?«, fragt Lena. »Das da ist die Annahmestelle.«

Stimmt, da klingelt was. Von Sepiana hatte ich in

der Tat schon mal gehört, noch bevor ich Lena kennengelernt habe. Das muss vor mehr als zehn Jahren gewesen sein. Damals gelangte der Ort mal kurz zu Weltruhm, weil praktisch das ganze Dorf gemeinsam den bis dahin größten Jackpot der europäischen Lottogeschichte geknackt hatte.

»Komm, wir gehen mal hin«, sagt Lena, »da kannst du dir auch deine Fußball-Zeitung kaufen.«

Direkt neben dem Eingang ist eine Marmortafel in die Wand eingelassen. »1 – 21 – 30 – 61 – 73 – 84«. Darunter steht ein Satz, den ich nicht ganz verstehe. Lena liest auf Deutsch vor: »In diesem Kiosk hat am 31. Oktober 1998 die Göttin mit den verbundenen Augen 99 Spieler geküsst und so dem ganzen Dorf Sepiana 63 Milliarden geschenkt.« Lena sagt: »Lire.«

»Göttin mit den verbundenen Augen? Ich dachte immer, das wäre Justitia.«

»Die auch. In der römischen Mythologie verteilt Fortuna das Schicksal, die guten und die schlechten Dinge im Leben. Und damit sie niemanden bevorzugt, hat sie ebenfalls verbundene Augen. Ganz simpel.«

Fortuna oder Justitia – wenn ein paar bettelarme Fischer und Ziegenhirten über Nacht stinkreich werden, dann hat das ja auch irgendwie mit beidem zu tun: mit Glück und Gerechtigkeit.

Der Laden heißt jedenfalls Millecose, was auf Deutsch Tausendsachen bedeutet, mit Krimskrams-Bude aber auch nicht schlecht übersetzt wäre. Er ist ungefähr so groß wie ein gewöhnliches deutsches Wohnzimmer und bis unter die Decke vollgestopft mit irrem Zeug. Von der Wäscheklammer und Plastikspielzeug über Furzkissen und Hera-Lind-Romane bis zum Schul- oder auch Pornoheftchen kriegt man hier im Prinzip alles. Nur keine Zigaretten. Dafür hat der *sale e tabacchi* auf der anderen Straßenseite ein Monopol.

Hinter der Theke, eingeklemmt zwischen einer Spielesammlung für stolze 27,50 Euro und einem Plüschteddy ohne Preisschild hängt noch eine weitere Tafel: »*Vendiamo ogni cose. Anche la fortuna.*« – »Wir verkaufen alles. Auch das Glück.«

»Ciao Franco«, sagt Lena.

»Ey, come va?«, sagt der Mann hinter der Theke. Und: »Lange nicht mehr hier gewesen!«

Franco, also Francesco, ist der Besitzer des Ladens. Ein Computerfreak, der mit seinem inzwischen verstorbenen Schwager anhand allerlei Statistiken die Zahlenkolonnen für einen Systemschein entwickelt hatte. Und eine Tipp-Gemeinschaft von 99 Leuten aus Sepiana hat dann jede Woche gespielt, mittwochs und samstags, der Schein kostete umgerechnet 12,50 Euro. Genau ein Jahr lang ging das so, und dann, bumms: Fortunas Kuss.

Noch in derselben Nacht ist damals die Dorfkapelle mit Pauken und Trompeten gleich hier vorne über den Corso gezogen, Autos und *motorini* fuhren wild hupend durch die schmalen Straßen. Es war ein Tanz wie nach dem Gewinn der Fußball-Weltmeisterschaft. Und der Legende nach sind auch ein paar alte Mütterchen vor Aufregung in Ohnmacht gefallen.

So wurde aus Sepiana in aller Welt »Das Dorf der Millionäre«, was allerdings bestenfalls in Lira-Kategorien zutraf. Jeder Mitspieler hat damals etwas mehr als 300 000 Euro kassiert. Sepiana hatte seinerzeit wie heute rund 4000 Einwohner, die allesamt irgendwie untereinander verschwägert sind. Wenn also knapp hundert Leute im Lotto gewonnen haben, bedeutet das so viel wie: Alle haben gewonnen. Unverhoffter

Reichtum wird nach alter Sitte umgehend im Kreise der *famiglia* aufgeteilt, und Verwandtschaft wird in Italien nicht annähernd so eng definiert wie bei uns.

Wer damals trotzdem nicht dabei war, arbeitet heute vermutlich bei der Stadtreinigung oder tuckert am späten Abend traurig mit seinem Bötchen zum Fischen auf die Adria hinaus. Man kann die Lichter der Boote auch von unserem Wohnwagen aus sehen.

Noch heute sperrt Franco seinen Laden jeden Morgen um sechs Uhr auf und erst kurz vor Mitternacht wieder zu. Dabei ist er der reichste Mann im ganzen Ort. Wenn nur ein Bruchteil der Gerüchte stimmt, dann ist er damals ausgerechnet in jener Woche nicht alle Lottoscheine losgeworden, und im Dorf erzählt man sich, dass der gute Franco sie eben für sich selbst behielt und so zu mindestens zehn Spielscheinen kam. Oder anders ausgedrückt: zu etwas mehr als drei Millionen Euro. Er hat das immer bestritten, aber wer wie viel kassiert hat, das weiß nur einer ganz genau. Und zwar Franco.

Er kann wunderbare Anekdoten erzählen, witzige, traurige, tragische. Wie zum Beispiel die Geschichte von dem armen Tropf, der das ganze Jahr über seine paar Kröten brav zu ihm, Franco, getragen hat. Nur eben nicht an jenem schicksalhaften Tag. Und dann war da noch der bekannte Hotelbesitzer, damals der reichste Mann im Ort und der Einzige, der je einen Ferrari fuhr. Nachdem er ein paar Kleinigkeiten eingekauft hatte, bekam er von Franco statt seines Wechselgeldes einen Lottoschein in die Hand gedrückt. Und nach einigem Palaver ist er achselzuckend damit abgezogen.

»I soldi vanno sempre con i soldi«, heißt es in einem resignativen und somit für Süditalien typischen

Sprichwort. Und sehr mutig übersetzt heißt das so viel wie: Der Teufel scheißt immer auf den größten Haufen.

Lotto ist jedenfalls neben knallbonbonbunten Fernsehshows, die sogar RTL zu peinlich wären, das zentrale Element der italienischen Alltagskultur. Das »SuperEnalotto« wirbt regelmäßig mit Gewinnen, von denen sich spielend eine Fußballmannschaft unterhalten ließe. Zumindest in der *Serie B*. Deshalb ist es auch kein Wunder, dass Millecose seit inzwischen einem Vierteljahrhundert so etwas wie das Gemeindezentrum Sepianas ist: Als Mittelpunkt des sozialen Lebens ist die Lottobude auf jeden Fall wichtiger als die windschiefe Kirche, vor der unser Fiesta parkt.

Inzwischen geht es zu wie im Taubenschlag, dabei stehen diesmal nur vergleichsweise bescheidene acht Millionen zur Ausschüttung. Lena durchstöbert in aller Seelenruhe das üppig ausgestattete Yellow-Press-Regal. Ein Kerl mit Pferdeschwanz und Ziegenbärtchen trägt sein Rubbellos von der Kasse bis vor die Tür wie eine Reliquie vor sich her, dann reibt er die Flächen an der Marmortafel frei. Mir war schon klar, dass es in italienischen Dörfern, was den Aberglauben betrifft, mitunter so wirkt, als hätte es Kant, Voltaire und die ganze Aufklärung nie gegeben. Aber diese Nummer befremdet mich schon.

»Hast du den gesehen?«

»Ja. Und? Wenn der Jackpot nur groß genug ist, kommen die Leute scharenweise aus zig Kilometern Entfernung angereist, um hier ihren Lottoschein zu kaufen. Der Laden ist ein richtiger Wallfahrtsort.« Das Altötting des italienischen Glücksspiels. Lena lacht. »Dabei kannst du bei Franco längst online spielen. Von überall.«

Ein Spiel, genau das ist es. Wahrscheinlich geht es den meisten Leuten gar nicht mal so sehr ums Gewinnen, sondern mehr um die bloße Möglichkeit. Lotto ist in diesem Land mehr noch als anderswo Sehnsuchtsmaschine und Traumgenerator zugleich. Die Italiener, das hat Lena mir einmal gesagt, leben gern im Konjunktiv. Und sie lieben einfach diese Idee, reich zu werden, ohne etwas dafür tun zu müssen.

»Das mit dem Schild kapier ich trotzdem nicht. Ich dachte, für so was haben die ihren Padre Pio.«

»Quatsch. Ich hab's dir doch eben schon erklärt. Fürs Glücksspiel brauchst du Fortuna. Vater Pio ist in der Regel eher für körperliche Gebrechen zuständig. Vom Sodbrennen bis zur Querschnittslähmung.«

Lena steht mit der aktuellen Ausgabe von »Oggi«, der übelsten aller Gossip-Gazetten, an der Kasse, als ein Typ mit glänzenden schwarzen Haaren schwungvoll den Laden betritt, freilich ohne seine D&G-Sonnenbrille abzusetzen. Er grüßt mit so einer *Yo-Bro'*-Geste in die Runde, dann bleibt er unvermittelt stehen und stutzt. Bewegt sich nach links und betrachtet Lena von der Seite. Er stellt sich hinter sie, tippt ihr auf die Schulter, und als sie sich umdreht, drückt er ihr einen Kuss auf die Wange. Wahrscheinlich hat er ihre Lippen einfach nur verfehlt.

»Ey, Mozzarellina«, brüllt Capt'n Gelhaar. Er biegt seinen Oberkörper nach hinten und breitet gleichzeitig die Arme aus, den Kopf leicht schräg gelegt. Das letzte Mal, das ich so eine Bewegung gesehen habe, war in einem Musikvideo von Falco. Der hatte auch so eine ähnliche Frisur. Und von mir aus könnte dieser Typ hier auch gleich mit seinem Sportwagen von der Straße abkommen, so wie er meine Frau anstarrt.

Lena wird schlagartig so knallrot im Gesicht, als wäre sie am Strand eingeschlafen. »Fabio?« Sie zögert einen Augenblick, bevor sie ihn in den Arm schließt. »Was machst du denn hier?«

»Ey, ich bin zurück«, kräht Fabio, »back in town!« Und sein Ton klingt, als müsste seine Stimme eine Treppe hochspurten.

Er schaut mich an und sagt zu Lena: »Und das ist Felix, oder? Dein Bruder?«

»Nee, Markus, mein Mann.«

In Fabios Miene macht die anfängliche Euphorie tief empfundener Enttäuschung Platz. Für einen Süditaliener ist Fabio recht groß gewachsen. Bestimmt 1,75. »Wie, du bist verheiratet?«, sagt er. »O Mann, du trägst sogar einen Ring! Ja *merda*.«

»Freut mich auch, dich kennenzulernen«, sage ich, weiterhin meine Hand zur Begrüßung ausgestreckt.

»Mozzarellina?«, frage ich.

Lena schaut etwas säuerlich: »So haben mich die Surfer-Jungs am Strand immer genannt, weil ich wegen meiner Sonnenallergie nie vor dem Nachmittag ans Wasser durfte.« Sie macht eine Kunstpause. »Weiß wie ein Stück Mozzarella, verstehst du?«

Fabio war einer dieser Surfer-Jungs, erklärt Lena, und auch einer der glücklichen 99 vom Millecose. Als das Geld endlich auf seinem Konto war, überwies er seiner Mamma ein paar Tausender und verschwand mit dem Rest der Kohle sofort nach Wien, um eine Segafredo-Bar in der Nähe des Naschmarktes zu eröffnen.

»Weißt eh«, sagt er, »ich hatte damals die Schnauze voll von Sepiana.« Keine gescheiten Clubs, es gibt nicht mal ein Kino, und die nächste echte Stadt, Foggia, ist 120 Kilometer auf einer kurvigen Landstraße entfernt. »*Culo al mondo*«, sagt Fabio. Der Arsch der Welt.

»Und warum bist du dann wieder hier, wenn's so furchtbar ist?«, frage ich.

»Lange Geschichte«, antwortet Fabio, »*prendiamo un caffè?*«

Noch bevor Lena ihr »Oggi«-Heft bezahlen kann und Fabio seinen Lottoschein, hat sich ein älterer Herr vorgedrängelt, der sein Fußball-Toto-Ticket wenig später ebenfalls an der Marmortafel reibt. Armer Kerl, denke ich. Spätestens seit dem Skandal um einen schmierigen Gesellen namens Luciano Moggi von Juventus Turin weiß die ganze Welt, dass für die Fußball-Ergebnisse in Italien weder Fortuna noch Padre Pio verantwortlich sind. Sondern Schiedsrichter, die noch korrupter sind als Fifa-Chef Sepp Blatter.

Ein paar Meter weiter den Corso runter, gleich gegenüber des Stadtparks, lassen wir uns unter der Markise eines Straßencafés nieder. Fabio veranstaltet mit dem Kellner eines dieser aufwendigen Abklatsch-Begrüßungsrituale, die selbst den Ghetto-Kids aus der Bronx inzwischen zu blöde sind. Er bestellt Campari Soda und steckt einen Zahnstocher in den Mund. »Ich versuche gerade, mit dem Rauchen aufzuhören«, sagt er, »die Mamma mag das nicht im Haus.«

Ich zünde mir eine Gauloise an und blase den Qualm in seine Richtung.

Fabios ulkiges Deutsch ist diese Schlawiner-Mixtur aus übertriebenem Pizzabäcker-Akzent mit fein eingestreuten Ösi-Redewendungen. Seit dem Frühsommer ist er also wieder zurück in Sepiana. Die Segafredo-Bar, erzählt Fabio, ist natürlich super gelaufen. Die heißesten Frauen der Stadt hatten sie zu ihrem zweiten Wohnzimmer gemacht, es war jeden Tag voller als im Mailänder Abflugterminal während des Lotsenstreiks. Die *chicas* quetschten sich in die Bar wie Hühner in der Legebatterie. »Zu viel Stress, weißt eh«, jammert Fabio, »und mir hat all das hier gefehlt, das Meer, der Strand, der Corso. Auch wenn's am Ende der Welt ist.« Er säuselt: »Ist doch so. Du weißt erst, was du liebst, wenn es nicht mehr da ist.« Fabio beugt sich verschwörerisch nach vorn: »So wie du, *bellissima*.«

Lena schmilzt förmlich dahin.

Jedenfalls lebt Fabio wie jeder unverheiratete Italiener jetzt wieder daheim. Also, das Haus gehört natürlich ihm, sagt er, und die Mamma wohnt umsonst dort. »Weißt eh.«

»Und was machst du jetzt?«, fragt Lena.

»Immobilien!«

Ich muss mich zusammenreißen, um nicht vor Lachen zu platzen. Ein Immobilienmakler in einem verrotteten Fischerkaff, der bei Mutti wohnt. Das ist vermutlich das italienische Pendant zur sogenannten digitalen Bohème von Berlin, wo man in schicken Cafés vor seinem MacBook sitzt und »irgendwas mit Medien« macht.

»Was ist eigentlich aus all den anderen Lottogewinnern geworden«, versuche ich das Gespräch in eine neutrale Richtung zu lenken.

Fabio grinst. »Einer hat am Ende seiner Weltreise den Rest seiner Kohle in Las Vegas verspielt.« Er hatte offenbar seine innige Beziehung zu Fortuna für langfristiger gehalten. Ein anderer, ein kleiner verpickelter Typ, der selbst in Sepiana immer ein Außenseiter war, hat sein ganzes Geld fröhlich in Huren und Koks investiert. Nach zwei Jahren war der Gewinn perdu.

Und mit ihm alle seine neuen Freunde. »Aber der ist immer noch der Glücklichste von uns allen«, sagt Fabio mit großem Respekt in der Stimme, »der hat alles gegeben.«

Wenn es einen Katalog für Klischee-Italiener gäbe, wäre Fabio hundertprozentig der Coverboy. Alles an ihm ist gerade den einen Tick zu viel. Das Gel, das braune Gesicht, die gigantöse Sonnenbrille.

»Die meisten Leute«, erzählt er, »haben sich ein Haus gekauft. Oder ein Restaurant oder eine Pension eröffnet.« Sie hatten ziemlich schnell überrissen, dass der Gewinn nicht groß genug war, um sich von den Touristenlümmeln unabhängig zu machen. Und so wollten die Klügeren unter den Glückspilzen zumindest die Infrastruktur schaffen, um im Feriengeschäft noch effektiver ihre Kohle zu scheffeln. Quasi eine Urlauber-Melkmaschine.

Ein Mann in weißer Leinenhose und weißem Hemd schlendert an unserem Tisch vorbei und grüßt recht freundlich. Er sieht aus wie Helmut Dietl in seinen besten Jahren.

»Habt ihr den gesehen? Das ist Peppino. Der spielt immer noch jede Woche. Und er gewinnt fast immer. Selbst wenn in ganz Italien niemand drei Richtige hat.« Vor ein paar Jahren hat er noch mal 100 000 Euro gemacht. In Sepiana gilt er seitdem als eine Mischung aus Heiligem und Dorf-Weisem. Und alle, die erfolglos mit ihren Tippscheinen die Marmortafel vor Millecose gestreichelt haben, gehen jetzt zu Peppino und küssen ihm die Hand. Wie dem Papst. Oder einem Paten.

»Aber die ärmste Sau«, fährt Fabio in seiner Erzählung fort, »ist Carlo.«

»Der mit der Waschanlage?« Lena kennt ihn natürlich auch.

»Esatto.« Genau.

Im Prinzip hatte dieser Carlo eine grandiose Geschäftsidee. Er hatte beobachtet, wie sich einer nach dem anderen aus dem Dorf ein nagelneues Auto bestellte. Was, so ganz nebenbei, die Deutschen in den Wahnsinn trieb, weil ihr Monopol auf schicke Autos mit einem Mal gebrochen war.

Man kennt das jedenfalls aus dem Nahen Osten – die narkotisierende Wirkung des Öl-Reichtums. Plötzlicher Wohlstand verführt zur Faulheit. Und die zwingende Carlo-Logik war: Wer wäscht da sein Auto noch selbst?

Also kaufte er eine vollautomatische Waschstraße mit zwei Walzen und zwölf Bürsten. Was er in seinem Businessplan nicht ganz einkalkuliert hatte, war die doch eher magere Einwohnerzahl Sepianas. Und selbst die deutschen Touristen mieden die Anlage des vermeintlichen Millionärs großräumig. Denn wenn es ein Gefühl gibt, das bei uns noch stärker ist als die Liebe zum frisch geputzten Auto, dann ist es der Sozialneid. Nicht nur, dass wir ihn praktisch erfunden haben, mir ist auch keine andere Sprache geläufig, in der es ein Wort dafür gäbe.

Die Nässe und die Kälte in seinem Monstrum haben bei Carlo recht bald eine schlimme Gicht verursacht. Und seinem ältesten Sohn fielen von den Chemikalien irgendwann die Haare aus. Also hat Carlo die Anlage nach knapp drei Jahren wieder verschrotten lassen, und heute poliert sein kahlköpfiger Sohn die Autos mit umweltgerechten Putzmitteln von Hand. Und wenn es stimmt, was Fabio berichtet, dann trinkt Carlo inzwischen mehr Grappa, als sein Arzt erlaubt.

Pünktlich, nachdem er seinen zweiten Campari Soda geleert hat, klingelt Fabios *telefonino*.

»Sorry, Leute, ich muss los. Termine!«

Natürlich verschwindet er nicht einfach, ohne sich Lenas Handynummer geben zu lassen. Als alter Profi ruft er auch sofort an: Um zu checken, ob die Nummer wirklich stimmt. Und um seine eigene zu hinterlassen.

Der Kellner kommt, und ich zahle die Getränke. Natürlich auch die von Lottogewinner Fabio. Bevor wir losgehen, drückt Fabio Lena zum Abschied seinen Lottoschein in die Hand. Er sagt: »Für dich, *principessa*. Wenn du gewinnst, lässt du dich scheiden und ziehst zu mir.«

Sette

Auf dem Rückweg zum Auto kommen wir an einer Metzgerei vorbei. Fabio hat erzählt, dass der Fleischer damals auch zur Tippgemeinschaft gehörte, was ihn allerdings umgehend ins gesellschaftliche Unglück stürzte. Kaum dass er sich in seinem neuen 911er um die Schlaglöcher im Straßenpflaster bis zu seinem Laden geschlängelt hatte, wanderten die Neider im Ort allesamt zu seinem Konkurrenten ab. Und die Neider, das waren verdammt viele. Erst verschwanden also die Kunden, dann der Porsche. Beide kamen nie wieder.

»Wollen wir heute Abend vielleicht grillen? Wir laden Willi und die Rita ein!«

»Meinst du das ernst?«, fragt Lena skeptisch. »Du wirst doch nicht etwa gesellig, oder?«

»Im Leben nicht. Aber ich mag den Willi, und ich glaube, er mag uns auch.«

Die Wahrheit ist, dass ich dem Willi noch ein bisschen was schulde. In einem unbeobachteten Moment hatte ich von meinem Abfluss-Malheur erzählt, und er hatte mir heimlich eine Flasche Flüssigreiniger gereicht, als würden wir auf dem Bahnhofsklo einen Drogen-Deal abwickeln.

»Pass auf mit dem Zeug«, hatte er gesagt. Es war irgendein Spezialreiniger für Profis aus dem Gas-Wasser-Scheiße-Gewerbe, den es im Handel aus guten

Gründen gar nicht erst zu kaufen gibt. Aggressiver als ein Kampfhund und giftig wie der Biss einer Kobra.

»Und du bist sicher, dass mir das Zeug nicht die billigen Plastikrohre zerfrisst?«

»Glaub schon.«

Nun, so viel Italiener bin ich inzwischen geworden, dass der schiere Glaube meine Bedenken überwiegt. Und so habe ich das Zeug dann ebenfalls heimlich und sehr erfolgreich zur Anwendung gebracht.

Wir betreten die Metzgerei, und nach den ganzen Lottogeschichten habe ich das gute Gefühl, zur Resozialisierung eines ausgestoßenen Glückspilzes beizutragen. Von seinem Gewinn kann er allerdings nicht viel in die Einrichtung seines Ladens investiert haben. Zwei spärlich gefüllte Regale, eine übers Eck gehende Vitrine. Ansonsten eher eine Atmosphäre wie in der Pathologie. Ein dicker Mann mit blutbefleckter Schürze zerlegt gerade mit seinem Beil ein Lamm.

»Ich will auf jeden Fall *salsiccia*«, sagt Lena.

Das war mir klar. Frauen wollen beim Grillen immer nur Würstchen, und am liebsten legen sie auch noch Gemüse aufs Feuer. »Auberginen und Zucchini hat der hier leider nicht«, sage ich und bestaune mit einem wohligen Schauer die mächtigen Fleischbrocken in der Auslage. »Aber schau dir das mal an!« Ich studiere die kleinen Schildchen unter den einzelnen Fleischsorten: *filetto d'agnello, bistecca di manzo, punta di pollo* – alles Begriffe, die ich schon aus meinem ersten Lehrbuch kenne. Da sticht mir ein sehr vertrautes Wort ins Auge. »Da steht wirklich Nackensteak.« Du kleiner Gauner, denke ich, Respekt. So erschließt man also neue Zielgruppen.

Kurz nachdem wir Luigis Obststand passiert haben, schaue ich auf mein Handy-Display. Tatsächlich: »Kein Signal«. Ich finde, sie sollten hier Schilder aufstellen wie früher im geteilten Berlin: *You are now leaving the Telecom-Italia-Sector.*

Ich muss an Fabio denken. Was für ein grandioser Blender! Ich mag vielleicht ein Neuling in Sepiana sein, aber eines weiß ich: Wenn ein Italiener in dem Alter wieder zu Hause einzieht, dann hat er irgendwas Gewaltiges ausgefressen. Entweder die falsche Frau geschwängert und ihre gefährlichen Brüder sind hinter ihm her. Oder er hat ein Kreuzfahrtschiff auf ein Riff gesetzt.

Bei Fabio tippe ich mal auf eine heißblütige Ivana aus dem Gemeindebau im 10. Bezirk von Wien. Und jetzt wollen Branco und Zlatan, dass ordentlich geheiratet wird.

»Geiler Typ, der Fabio«, lüge ich.

»Echt?«, staunt Lena. »Ich hätte schwören können, du hasst ihn.«

»Wieso? Ich kenn den doch gar nicht.«

»Aber so, wie der mich angebaggert hat …«

»Hat er das?«

Als wir im Grande Paradiso ankommen, steht Massimo mit einem deutschen Pärchen vor der Rezeption. Ihr Wohnmobil haben sie auf der anderen Straßenseite abfahrbereit geparkt. Die drei scheinen in ein intensives Gespräch verwickelt zu sein, aber Massimo winkt uns zu und macht eine Wartet-mal-Geste.

Ich ahne schon, was auf mich zukommt.

Wir steigen aus, und Massimo sagt: *»Un attimo.«* Einen Augenblick.

Die beiden Deutschen zeigen auf das Display ihrer

Medion-Kamera. »Hier, siehst du das? Das ist Schimmel!«, erregt sich der Mann.

»Und die Abflüsse in den Duschen waren auch jeden Abend verstopft. Jeden Abend!«, sekundiert seine Gattin sichtlich erschüttert.

Massimo blickt zum Himmel, als würde er um Gottes Gnade flehen. Oder um einen Blitzschlag, der ihm die beiden Nervensägen für immer vom Hals schafft.

Ich schaue Lena amüsiert an: »Das haben sie nun von ihrem Camping-Urlaub. Da gibt es eben keinen Reiseleiter, bei dem man sich dreimal am Tag beschweren kann.«

»Dafür haben sie hier Massimo«, sagt Lena, »und der führt solche Gespräche mehr als dreimal täglich. Da kommt ständig einer angeschissen.«

Notorische Nörgelei gehört bei Deutschen zum Urlaub genauso dazu wie die kurzen Hosen. Sie ist sozusagen die nachträgliche Variante für alle, die den Frühbucher-Rabatt verpennt haben. Ich bin mir ziemlich sicher, dass die meisten in Wahrheit ihre Kameras nicht etwa kaufen, um damit romantische Urlaubsfotos zu schießen, sondern um irgendwelche Makel in der Hotelanlage zu dokumentieren und später den Reiseveranstalter zu verklagen.

»Okay«, sagt Massimo, »ich kann euch einen *sconto* anbieten. Sagen wir 100 Euro?« Ich wette, das kalkulieren sie im Grande Paradiso bei der Preisgestaltung schon mit ein.

Das Pärchen berät sich kurz, dann zieht der Mann einen Kunstlederbeutel mit Sparkassen-Logo aus dem Rucksack zu seinen Füßen. Er zählt umständlich die ausstehende Summe ab und reicht Massimo ein Bündel Bares.

»Und nix für ungut«, sagt der Mann, während er sich bei geöffneter Tür auf den Fahrersitz fallen lässt.

Während die beiden um die Kurve verschwinden, atmet Massimo kräftig durch. Wenn auch nur kurz. Dann sieht er mich so streng an wie das Frankfurter Fräulein Rottenmeier die kleine Heidi aus den Schweizer Bergen: »Marco, sei bloß froh, dass der *direttore* heute seinen freien Tag hat – nachher hätte der euch noch vom Platz geschmissen.«

Schon in der Früh, erzählt er, ist der Bürgermeister hinauf zur Rezeption gestapft. Dort wartete er in seinem Wüstenfuchs-Rommel-Outfit bereits mit verschränkten Armen vor der verschlossenen Tür und blickte vorwurfsvoll auf die Uhr, als Massimo in seinem verbeulten Fiat Tipo um fünf nach neun gemütlich zur Arbeit gerollt kam.

Massimo versuchte wortreich, ihn zu beschwichtigen. Das sei doch bestimmt alles nur ein Missverständnis. Aber Herr Helmut blieb unversöhnlich, er drohte mit Abreise und einem gepfefferten Beschwerdebrief beim ADAC. Er oder ich, hat er gesagt. Es klang wie ein Ultimatum des Weltsicherheitsrates.

»Dann ist doch alles super. Eine bessere Gelegenheit, diesen Idioten loszuwerden, kommt so schnell nicht wieder«, sage ich.

Lena stöhnt. Ihre Sorgen um die Familien-Reputation sind offensichtlich längst von der Realität überholt worden.

Auch Massimo verdreht die Augen. Würde man den Bürgermeister vergraulen, gibt er zu bedenken, würde der doch keine 24 Stunden später sämtliche Camping-Foren des deutschsprachigen Internets mit eindrücklichen Warnungen vor Reisen ins Grande Paradiso überschwemmen. Und da muss ich Massimo ein großes Kompliment machen: Nach 30 Jahren im Dienste des teutonischen Urlaubsvergnügens hat er die Eigenarten seiner Kunden erstaunlich präzise analysiert. Bürgermeister Helmut ist in der Tat genau die Sorte Quälgeist, die auch jede Woche die Lokalzeitung seines Heimatortes mit entrüsteten Leserbriefen penetriert.

»Also, offiziell habe ich dir jetzt einen schweren Verweis erteilt«, sagt Massimo, bevor er in einen fraternisierenden Tonfall wechselt. »Aber unter uns – mir war auch kotzübel. Vor allem von Ercoles Limoncello. Und meine Frau hat mich sofort aus dem Schlafzimmer geschmissen und aufs Sofa geschickt.«

Im Prinzip wäre jetzt der Moment gekommen, endlich mal zu überprüfen, ob das Meer nur so ausschaut wie eine Badewanne oder sich auch so anfühlt. Denkt man sich als Novize. Aber, wie hatte Lena gesagt: So geht Camping nicht. Kein Vergnügen ohne Arbeit. Wir sind ja nicht zum Spaß hier.

Sie drückt mir eine große grüne Gießkanne in die Hand und schickt mich zum Wasserholen. »Damit kannst du dir dann die Füße waschen, wenn du vom Strand kommst.«

»Aber es gibt doch eine Dusche auf dem Strand.«

»Und dann läufst du mit nassen Füßen durch den Sand und schleppst ihn ins Vorzelt.«

»Hm.« Immerhin hätte sie dann wieder was zu fegen.

An jeder Treppe, die in den oberen Teil der Zona Dragone führt, haben sie einen kleinen Wasserhahn ins Mauerwerk eingelassen. Als Trinkwasserspender. Ich fülle die Kanne und schleppe sie zurück zum Wagen, dabei komme ich mir vor wie ein Depp.

»Warum wäscht man sich die Füße nicht einfach unter dem Wasserhahn?«, frage ich. »Dann spart man sich die Schlepperei.«

»Aber das ist doch Trinkwasser. Wir sind im Süden, da ist Wasser kostbar.«

»Ja und? Jetzt ist es Trinkwasser in einer schweren Gießkanne. Ist es dadurch weniger kostbar?«

»Natürlich nicht, aber es sieht nicht jeder.«

Sosehr ich Camper für ihren ungeheuren Pragmatismus bewundere – manchmal sind sie einfach nur umständlich. Oder es geht in Wahrheit um was ganz anderes. Um das Gefühl des Ursprünglichen. Du gehst mit Eimern und Kannen an den Dorfbrunnen, das ist wie in der Vormoderne.

Lena erzählt, dass es früher regelmäßig zu erbittertem Streit zwischen Deutschen und Italienern kam. Wegen der Füße. Der Bürgermeister hat daraufhin eines Tages Schilder gemalt: ein Fuß unter einem Wasserhahn in einem roten Kreis, durch den ein roter Verbotsstrich ging. Und die Schilder hingen angeblich so lange, bis kein Italiener es mehr wagte, mit seinen sandigen Füßen die deutsche Zone zu betreten.

Am Strand hat die Terrorgruppe vom Animationsteam ihre Arbeit wieder aufgenommen und bringt beschwingte Partylaune in den eben noch dahindösenden Nachmittag. Sie veranstalten gerade eine Art Limbo-Tanz-Wettbewerb und beschallen die kleine Bucht mit Madonna-Hits aus einer Zeit, als Al Bano & Romina Power noch ein glückliches Ehepaar waren. Vom fröhlichen Tintenfisch übrigens nichts zu sehen, was allerdings eher den tropischen Temperaturen geschuldet sein dürfte.

Meine Mozzarellina, wie ich Lena von jetzt an nur noch nenne, hat es sich mit ihrer Stirnwunde notgedrungen im Schatten gemütlich gemacht. Sie sieht trotzdem zufrieden aus. Im Prinzip ist diese Bucht ein gigantischer Nichtschwimmer-Bereich. Ich wate gute fünfzig Meter ins azurblaue Meer, bis mir endlich das Wasser bis zum Hals steht. Die Distanz zum Strand dämpft den Lärm aus den Boxen, der Bürgermeister scheint eine Galaxie entfernt, und zum ersten Mal fühlt sich das alles an wie – Urlaub.

Eines dieser lustigen Tretboote mit kleiner Plastikrutsche am Heck dümpelt vorbei, während ich zu einem überdimensionalen Trampolin hinüberschwimme, das wie ein Ponton auf der Wasseroberfläche treibt. Ich lege mich drauf und brutzele ein wenig in der Sonne. In der Hoffnung, dass man auf dem Wasser schneller braun wird als an Land, wie das immer so heißt.

Als ich mich wieder aufrichte, sehe ich Freddie, den sogenannten *bagnino*, unter dem Vordach seines grünen Bademeisterhäuschens rumlümmeln. Lena hat erzählt, dass der Gute den ganzen Winter über in einem Brandenburger Spaßbad arbeitet, wo sie die Investitionsruine einer ehemaligen Luftfahrtwerft in ein überdachtes Tropenparadies verwandelt haben, das ein wenig ausschaut wie das Dschungelcamp von RTL. Und an dessen künstlichen Stränden sorgt so ein original süditalienischer Bademeister natürlich für die authentische Exotik.

Hier auf dem Campingplatz hält er sich jetzt schon länger im Amt als Husni Mubarak, für sein Alter sieht er auch noch ziemlich knackig aus, wenn er den Bauch einzieht. Aber seit sie ihm diesen jungen Muskelprotz zur Seite gestellt haben, darf er nur noch mit dem Fernglas den Wachturm hochsteigen. Und ansonsten Urlauberinnen den Rücken eincremen.

Vom Meer aus wirkt das Grande Paradiso tatsächlich so, als wäre der Name mehr als ein hohles Versprechen. Hunderte bunter Sonnenschirme am Strand, hinter denen die Wohnwagen und Reisemobile zu verschwinden scheinen, dazu ein paar motorisierte Schlauchboote, die garantiert nicht rein zufällig direkt vor dem *bagnino*-Häuschen im Sand aufgebockt sind. Zusammen wirkt das wie eine große Naturbühne, und im Hintergrund dienen Orangen- und Zitronenbäume als Kulisse, an denen die Früchte jedes Jahr so lange hängen bleiben, bis sie verrottet herunterplumpsen. Auf dem Markt kriegst du sie eh so gut wie geschenkt, also macht sich niemand die Mühe, sie zu pflücken.

Erst jetzt fallen mir auch die zwei Olivenhaine auf, von denen mein Schwiegervater vor unserer Abreise geschwärmt hat. Seit Jahren träumt der alte Romantiker in ihm davon, wenigstens einmal bis November mit seinem Wohnwagen hier stehen bleiben und dann bei der Ernte helfen zu dürfen. Leider schließt der Platz immer Mitte Oktober, und wenn ich das jetzt so betrachte, bin ich mir sicher: weil Massimo und seine Leute einfach die Oliven für sich selbst behalten wollen.

Am Strand ist jetzt auch wieder *bella passegiata* angesagt. Das haben sich die Deutschen offenbar von ihren Gastgebern abgeschaut. Die Bucht im knöcheltiefen Wasser auf und ab flanieren wie oben im Dorf auf dem Corso, nur eben in Badehose und mit Schlappen in der Hand statt Rosenkranz. Besonders putzig sieht das aus, wenn die Spaziergänger die Arme hinter dem Rücken verschränkt halten und gleichzeitig die Kugelbäuche nach vorn drücken.

Ich sitze auf dem schwimmenden Trampolin und

lasse die Füße ins Wasser baumeln. Der leichte Wellengang bringt die Konstruktion sanft zum Schaukeln. Ich schätze, genau so muss sich ein Baby im Fruchtwasser fühlen.

Plötzlich erkenne ich den Bürgermeister am Strand, wie er wild gestikuliert und auf einen Italiener einredet, dessen gigantische Designer-Sonnenbrille sein halbes Gesicht verdeckt. Zu seinen Füßen hockt irgendwie schuldbewusst ein Golden Retriever. Eine Hunderasse, die inzwischen als Modeaccessoire für Mütter aus Hamburg-Eppendorf erheblich an Popularität eingebüßt hat.

Der Bürgermeister hat heimtückischerweise seine Uniform gegen einen Badehosenslip getauscht, wodurch er in der Masse der Strandspaziergänger quasi anonym untertauchen konnte. Er hält jetzt einen seiner berühmten Gassi-Säcke in die Höhe, dann zeigt er wieder auf den Hund, fuchtelt weiter mit der Hand in der Luft, deutet auf den Beutel, auf den Hund und zu etwas, das der Hund offenbar unterwegs verloren hat.

Das einzigartig Elegante an der italienischen Sprache ist ja, dass man sie auch bequem aus 50 Metern Entfernung verstehen kann, weil sie zur Hälfte auf Gesten basiert. Der Bürgermeister, das muss man ihm lassen, gibt sich allergrößte Mühe. Nur scheint es ihm nicht direkt zu gelingen, die Bedeutung seiner Botschaft zu vermitteln. Der Italiener zuckt mit den Schultern und breitet die Arme aus, als wollte er sagen: *»Mi scusi, ma che cazzo vuoi?«* Seine Körpersprache erinnert dabei an Luca Toni, wenn der mal wieder Richtung Stadiondach gezielt hatte, statt den Ball an seinen freistehenden Mitspieler weiterzupassen: *Tut mir leid, aber was zum Teufel willst du eigentlich?*

Der Bürgermeister kniet sich in den Sand, die Plastiktüte über die Hand gezogen, und ich vermute mal, dass er gerade erklärt, wie diese phantastischen Beutel zu benutzen sind. Mit dem ausgestreckten Arm deutet er auf all die Bäume, an denen er die Dinger hat aufhängen lassen. Es ist ein wundervolles Bild: zwei Männer im Sand, die niemals die gleiche Sprache sprechen werden – selbst wenn sie sich auf Englisch verständigen könnten.

Genau in diesem Moment versucht es der Hund mit einer letzten Charme-Offensive. Erst streckt er vorsichtig ein Pfötchen Richtung Bürgermeister aus, dann lässt er sich mit angezogenen Beinen auf den Rücken fallen.

Ich traue meinen Augen nicht, aber der Bürgermeister beugt sich zu dem Golden Retriever herunter, streichelt ihn kurz und entfernt den Haufen.

Lena deckt den Tisch fürs Abendessen, während ich immer noch damit beschäftigt bin, den kleinen Fernseher zurechtzurücken, den ich in der Früh etwas überraschend im Kleiderschrank unseres Wohnwagens entdeckt habe. Ich denke, Lena hat mir dessen Existenz ganz bewusst verschwiegen. Gerade befestige ich mit Klebeband die Kabel auf unserem hässlichen Kunststoff-Teppichboden, damit niemand darüber stolpert. Meine Missgeschicke lassen mich allmählich etwas paranoid werden.

Dass heute schon wieder ein Länderspiel übertragen wird, hatte ich auch erst wieder auf dem Schirm, nachdem Willi etwas umständlich rumdruckste angesichts unserer gutgemeinten Einladung. Er ist dann mit Hilfe einer Leiter auf das Dach unseres Campers geklettert, um die völlig verrostete Satellitenschüssel auszurichten. Der Theorie nach sollte das zwar auch über eine Teleskopstange im Wagen gelingen, in etwa so, wie man das Guckrohr eines U-Bootes manövriert. Aber dieses Ding hier ließ sich nicht mal einen Millimeter weit bewegen. Um weitere Schäden für Mensch und Material zu verhindern, nahm sich Willi der Sache lieber selbst an. Aus Eigennutz natürlich auch.

Nero, der schwarze Kater, streicht nun auch wieder über unseren Stellplatz, als wüsste er genau, wann es wo etwas zu essen gibt. Wahrscheinlich hat sich der kleine Schnorrer seit zwei Stunden von Wohnwagen zu Wohnwagen gefressen. Ein Wunder, dass er überhaupt noch laufen kann.

Der Fernseher läuft jedenfalls zuverlässig, da kommt auch schon Rita um die Ecke gebogen, hinter ihr der Willi. Und auf dem Arm trägt er eines dieser naturgetreuen Warsteiner-Fässchen aus dem Supermarkt. Er wiegt es so sanft und liebevoll im Arm, als wär's sein erstgeborener Enkel.

Wenn der Abend etwas weiter fortgeschritten ist und wir alle einen im Tee haben, muss ich ihn unbedingt mal fragen, woher er bloß immer diese T-Shirts kriegt. Heute trägt er ausnahmsweise mal ein langärmeliges. Es zeigt einen überschäumenden Bierkrug, und darunter steht: »Dick & Durstig«.

»Und?«, sagt er statt einer Begrüßung. »Brennt euer Grill? Ich riech nix.« Er ist offenbar hungrig. Oder misstrauisch. Das kann ich ihm auch nicht verdenken.

»Brennen ist vielleicht das falsche Wort«, sage ich schüchtern. Unser Grill ist nämlich ein sogenannter Teppanyaki-Grill, also eher eine Art heißer Stein, aber immerhin war er vor knapp zehn Jahren mal Sieger bei der Stiftung Warentest.

Ich habe ihn damals gekauft, nachdem es ein bisschen Ärger mit den Nachbarn gegeben hatte wegen meines ersten und einzigen Holzkohlegrills. Obwohl ich ja kein ausgeprägtes Händchen fürs Feuermachen habe, hatte ich damals fulminante Flammen entfacht. Allerdings auf dem Balkon einer Hamburger Mietwohnung. Es brannte, als hätte ein Treibstofflager Feuer gefangen. Der Qualm zog ausgerechnet zu unseren bescheuerten Nachbarn rein, und als die glaubten, an einer Rauchvergiftung zu sterben, alarmierten sie die Polizei. Und die hätte meinen kleinen Kugelgrill vermutlich sofort konfisziert, wäre er nicht so heiß gewesen. So geriet ich jedenfalls an den sagenhaften Teppanyaki-Grill, von dem mein Schwiegervater sofort dermaßen begeistert war, dass er gleich zwei Stück kaufte – einen für daheim und einen für Sepiana.

»Das da, das ist unser Grill«, sage ich mit dem größtmöglichen Stolz und zeige auf eine sechseckige Teflon-Platte mit Plastikrand drum herum, die auf einem Höckerchen thront, »einfach Stecker rein, und ratzfatz ist der heiß.«

»Was ist das denn?« Willi scheint verunsichert zu sein, ob er unter diesen Bedingungen überhaupt sein Bier-Baby vom Arm nehmen soll. »Nee, ne?«

»Sieht vielleicht ein bisschen komisch aus, ist aber viel gesünder als Holzkohle. Ohne Schmarrn. Bei der Holzkohle entstehen Giftstoffe, die ich nicht mal aussprechen kann. Hab ich neulich erst gelesen. Das geht aufs Herz, die Nieren, schädigt das Gehirn. Ehrlich. Holzkohle-Grills machen dumm.«

Immerhin. Rita ist neugierig geworden. Sie beugt sich über die Platte und betrachtet den Temperatur-Regler. »Interessant.«

Lena stellt ein Tellerchen mit Gemüse-Spießen

daneben: »Und das wird damit ganz zart und bleibt trotzdem knackfrisch.«

So wie Willi guckt, scheinen in seinem Kopf die Synapsen zu rotieren wie ein gewaltiges Räderwerk. Ob ich ein Typ bin, der am Berg immer mit Handbremse anfährt und Tempo-Taschentücher mit Aloe vera benutzt – diese Frage stellt er sich wohl schon lange nicht mehr. Ich glaube, der Elektrogrill ist für ihn bloß die letzte Bestätigung.

Um einen Rest von Männlichkeit zu demonstrieren, gebe ich jetzt meine Meinung zur aktuellen Entwicklung der polnischen Nationalmannschaft zum Besten. »Weißt du noch, wie die sich vor ein paar Jahren aufgeregt haben, dass wir ihnen den Klose und den Podolski weggenommen haben? Und jetzt? Bringt der Klopp in Dortmund ihren besten Leuten das Kicken bei!«

Als Zeichen seines guten Willens stellt Willi jetzt endlich das Bierfässchen ab. Womöglich haben ihn auch die gigantischen Fleischlappen, die Lena auf den Tisch stellt, endgültig überzeugt. Im Fernseher spielt ein Musikcorps jetzt die Nationalhymnen, und ich stelle mir gerade vor, wie der Bürgermeister drüben in seinem Vorzelt aus dem Klappstuhl hochschnellt und Haltung annimmt. Wahrscheinlich singt er sogar mit.

»Zu blöd«, sage ich, »dass wir keine Flagge auf dem Dach haben. Wenigstens heute.«

Lena dreht sich beschämt weg. »So, setzt euch. Ihr müsst doch sterben vor Hunger.«

»Die Gemüse-Spieße sehen ja köstlich aus«, sagt Rita. Ich denke, so etwas kriegt sie daheim nicht.

Nachdem Willi das Bierfass angestochen hat, betrachtet er skeptisch die Konstruktion aus Verlängerungskabeln, die ich verlegt habe, als ich aus der überschwemmten Dusche zurückkam. Der Sat-Receiver, der Fernseher, ein elektrisches Anti-Mücken-Lämpchen, die Lichterkette, die Lena über das Vorzelt geschwungen hat. Ich finde, es ist ein sehr hübsches Ensemble geworden. Und das mit nur einer einzigen Steckdose, die an der Außenwand des Wohnwagens angebracht ist.

Ich schalte mit der großen Geste eines Zirkusdirektors den Grill auf die höchste Stufe und drücke den Netzstecker in den verbliebenen Platz der Verteilerdose. Ein paar Funken sprühen kurz auf, ein Kribbeln durchfährt meinen Körper, ich ziehe zuckend meine Hand zurück, und mit einem Mal macht es *fomp,* und alles wird dunkel.

Der Fernseher ist aus, die Mückenlampe, das Licht im Wohnwagen, die Laternen in unserer kleinen Straße leider auch. *»Oh shit«,* sagt Lena, und Rita ächzt beinahe synchron: »Mein Gott.«

Ich höre, wie Kater Nero erschrocken aufmaunzt und durch die Hecke flüchtet. In der Dunkelheit glaube ich zu erkennen, wie Willi kopfschüttelnd die Augen schließt. Ich muss an den Sturm-und-Wind-Aufkleber an seinem Wohnwagen denken und daran, dass er sich bestimmt längst dafür verflucht, uns je beim Aufbau geholfen zu haben.

»Das ist ein Kurzer«, sagt Willi knapp und fachmännisch. Auf die Einschätzung wäre ich allerdings auch selbst gekommen. »Jung, das haben wir gleich.«

Wir stehen rätselnd vor meiner Kabelkonstruktion, und während der Willi die Stecker überprüft, werfe ich einen vorsichtigen Blick über die Hecke. Die gesamte Zona Dragone ist mittlerweile finster wie ein Kohlenkeller. Nach einer Weile leuchten auf dem Teerweg die ersten Taschenlampenkegel wie fette

Glühwürmchen. Ich höre Männer derb fluchen. Während ihre Gattinnen vermutlich ganz erleichtert sind.

»Scheiße, was machen wir denn jetzt?«, frage ich. »Hast du eine Ahnung, ob es so eine Art Generalschalter gibt, den man einfach nur wieder anknipsen muss?«

Ich fürchte, unsere Vertreibung aus dem Grande Paradiso steht unmittelbar bevor. Ich mag ja viel genörgelt haben, aber so habe ich das auch nicht gewollt.

»Ich rufe Massimo an, der soll den Elektriker herschicken«, sagt Lena.

»Wie willst du das machen? Wir sind hier im Funkloch. Vergessen? Außerdem ist dann doch sofort klar, wer das hier verbockt hat.«

»Sei mir nicht böse«, sagt Rita, »aber der Verdacht liegt auch so ziemlich nahe.«

Willi zündet mit meinem Feuerzeug eine Kerze an, um sich in deren Schein ein frisches Pils zu zapfen. Ich nehme an, das hilft ihm beim Nachdenken.

Wenig später strahlt ein Lichtkegel über die Hecke. »Das waren Sie doch schon wieder, oder?«, schwäbelt eine wütende Stimme, die mich allmählich bis in meine Träume verfolgt. »Sind Sie eigentlich völlig irre?«

»Jetzt mach mal 'ne Pause«, donnert Willi genervt zurück, unter Missachtung des Siez-Gebotes.

»Genau, wie kommen Sie überhaupt dazu?«, sage ich in gespielter Empörung.

Von der Straße her kommt eine Stimme aus der Dunkelheit: »Ist doch nix passiert. Einer holt den Massimo und fertig. Blasen Sie sich mal nicht so auf!«

Der Bürgermeister schiebt ein paar Heckenzweige beiseite, um einen besseren Blick auf den Tatort zu haben. »Sie sind ein Saboteur«, bellt der Bürgermeister, »ich kenne solche Leute.«

Lena protestiert: »Jetzt reicht's aber.«

Ich versuche, ganz ruhig zu bleiben. »Jetzt passen Sie mal auf, Sie Schlaumeier. Wir wollten hier in Ruhe grillen und Fußball gucken. Okay? Was soll ich da sabotieren?« Ich sage: »Wir sind hier in Italien, da gibt's nun mal den ein oder anderen Stromausfall.«

»Nicht hier«, insistiert der Bürgermeister. Der Lichtkegel seiner Taschenlampe fällt jetzt auf die Fünfer-Steckdose und mein improvisiertes Kabelgewirr. »Das sehe ich doch von hier aus, dass Sie damit den Kurzschluss verursacht haben.«

Er zieht die Taschenlampe aus dem Gebüsch. Aus dem Dunkel höre ich ihn im Weggehen schimpfen. »Das hat ein Nachspiel. Verlassen Sie sich drauf.«

Willi stößt seinen Bierkrug an meinen. »Prost, mein Lieber. Da hast du dir einen Feind fürs Leben gemacht.«

Pünktlich zur zweiten Halbzeit geht das Licht wieder an. Irgendwer muss dann doch den Generalschalter gefunden haben. Wahrscheinlich hing der Elektriker noch bei Ercole an der Bar rum und hat sich erst um das Problem gekümmert, als auch beim Italien-Spiel Pause war. Im Restaurant hatten sie jedenfalls keinen Blackout, wie Willi rausgefunden hat, als er in der Zwischenzeit zu seinem Wohnwagen ging, um den Holzkohlegrill zu holen. Dessen Feuer hat auch erst mal für ein wenig Beleuchtung gesorgt.

Willi wendet das Fleisch, dann hockt er sich wieder vor den Fernseher. Fleisch, Fußball, Fleisch, Fußball. Ich glaube, mir hat er diese Aufgabe nicht mehr übertragen wollen. Das Spiel ist gemessen an den Fußballfesten der jüngeren deutschen Nationalelf-Geschichte ein miserables Gegurke. Kurz vor dem Ende verwandeln die Polen noch einen Elfmeter und feiern, als wären sie schon jetzt Europameister. Aber mitten in die polnische Party schummelt Cacau mit dem Schlusspfiff den unverdienten Ausgleich für Deutschland ins Tor.

»Sollen wir vielleicht noch die Gemüse-Spieße auf unseren Teppanyaki-Grill legen? So als Dessert?«, frage ich nach dem Spiel und inzwischen schon erheblich angeheitert von drei Bieren auf nüchternen Magen. »Jetzt haben wir ja wieder Strom.«

Lena lacht: »Noch so ein Kurzschluss, und der Typ besorgt sich eine Waffe.«

»Es ist doch so«, sage ich, »ich hab überhaupt kein Problem damit, mich zu entschuldigen, wenn ich irgendwas vermasselt habe. Seit ich sprechen kann, bin ich die Entschuldigung auf zwei Beinen. Aber dieser Kerl geht mir auf die Nerven. Wieso lasst ihr euch das gefallen von dem?«

Willi gerät ins Grübeln: »Keine Ahnung. Vielleicht, weil es immer schon so war.«

»Aber das ist doch kein Argument!« Es mag am Bier oder am Fußball liegen, jedenfalls schlage ich jetzt einen ziemlich pathetischen Tonfall an. »Wisst ihr, ich war dabei, als die Tunesier auf den Barrikaden standen und Ben Ali zum Teufel gejagt haben. In Ägypten haben sie ihren Präsidenten in den Knast gesteckt. Der war auch immer da und hat sie unterdrückt. Oder nimm Libyen, da haben sie einen Bürgerkrieg geführt für ihre Freiheit. Irgendwann musst du dich mal wehren.«

Willi sagt: »Eigentlich hast du recht, Jung. Dem müssen wir mal einen reinwürgen. Ich wollte dem schon immer mal das Maul stopfen. Aber was willst du mit ihm machen? Seinen Wohnwagen anzünden?«

Die Rita schlägt erschrocken die Hand vor den Mund.

»So weit würde ich noch nicht gehen«, sage ich. Kann auch sein, dass ich es lalle. »Aber kleine gezielte Anschläge fände ich schon gut. Versteht ihr? Guerilla!«

Lena isst ihre Gemüsespieße jetzt roh. Jedenfalls die Paprika und die Kirsch-Tomaten. »Du hast einen Knall«, sagt sie.

»Wieso denn? Man kann sich doch nicht im Urlaub von so einem Kasper tyrannisieren lassen. Lass uns mit Ercole und Massimo reden und unsere Strategie besprechen. Die hassen den Kerl doch auch. Da machen bestimmt noch einige Leute sofort mit.«

»Also, der Horst ist garantiert dabei«, sagt Willi. »Und morgen kommt auch der Herbert mit seinem neuen Wohnmobil. Schon bisschen älter, aber ein guter Mann.«

Von Herbert hat Willi schon erzählt. Muss ein guter Typ sein, ein ruhiger Norddeutscher, der gerade eine Viertelmillion Euro in ein gigantisches Wohnmobil investiert und erste Fotos gemailt hatte.

»Wisst ihr was?«, sage ich. »Ich hab hier nie hergewollt, aber mittlerweile gefällt es mir richtig. Und bevor dieser Typ uns vertreibt, vertreiben wir ihn. Was die Araber können, das können wir auch. Dann gibt's eben den apulischen Frühling.«

Lena schüttet ein Glas Weißwein nach. Sie sagt: »Falls ihr's noch nicht bemerkt habt – in drei Wochen beginnt der Herbst.«

Otto

Auf unserem weißen Plastik-Campingtisch steht eine Blume. Also eigentlich ist es eher ein bescheidenes buntes Bouquet, das aussieht wie frisch selbst gepflückt. Und es wuchert aus einem Glasgefäß heraus, von dem ich mich schon seit unserer Ankunft frage, ob es eine Vase ist oder ein von Luigi Colani entworfener Bierkrug. Rosen sind dabei und ein paar Pflanzen, von denen ich keine Ahnung habe, wie man sie wohl nennt. Außerdem glaube ich eine Orchideenart zu erkennen.

In Ihrer Liebe zur Flora werden die Italiener ja allenfalls von den wie irre gärtnernden Briten übertroffen. Das Grande Paradiso verfügt, wie mir schon aufgefallen ist, trotz der Hitze und der extrem trockenen Sommermonate da und dort über bezaubernde Gartenflächen, vor allem oben an der Rezeption. »Einen Campingplatz ohne Blumen würde ein Italiener auch niemals betreten«, hat mein Schwiegervater mir vor unserer Abreise erklärt. Und der ist ja vom Fach.

Lena liegt unter dem schattigen Dach des Sonnensegels und ist in ein Buch vertieft, auf dessen barbiepuppenpinken Cover »Die Heiratsschwindlerin« steht. Ob das wohl die ideale Lektüre für eine sogenannte Hochzeitsreise ist?

»Heimlicher Verehrer?«, frage ich und nicke mit dem Kopf in Richtung Bierkrug-Vase.

»Heimlich eher nicht. Und Verehrer?« Lena zuckt wurschtig mit den Achseln. »Fabio war eben hier, er wollte wissen, wie's uns geht. Und mal den Wohnwagen sehen.«

»Den Wohnwagen sehen. Jaja. Will er hier einziehen? Ich dachte, der will, dass *du* zu ihm ziehst.«

»Du bist doof. Ich finde das total süß. Ich mag Blumen, und du bringst mir ja nie welche mit.«

Fabio stand laut Lena mit seiner knatternden Vespa da, schwarzer Metallic-Lack und cognacfarbene Lederbezüge. Sie wünscht sich genau dieses Modell – und zwar ungefähr seit sie 16 ist und einen Führerschein hätte machen können, wenn ihr Vater es damals nicht verboten hätte.

Das Bild hätte ich zu gern gesehen, wie Fabio einhändig auf der Vespa angebraust kommt, den Helm spätestens oben am Rezeptions-Schlagbaum in die Armbeuge gezogen. In der anderen Hand die Blumen. Ich bin mir sicher, Italiener müssen das draufhaben. Ich würde die Nummer ehrlich gesagt nicht mal auf dem Fahrrad richtig hinkriegen. Weil ich die ganze Zeit Angst hätte, dass ich umfalle.

»Okay, und was wollte er wirklich?«

»Uns besuchen, ganz einfach. Und er hat gefragt, ob wir heute Abend auch bei Ercole zum Essen sind. Er hat da anscheinend gegen sieben einen Termin und danach Zeit.«

Dass der Zeit hat, wundert mich nicht. Als Immobilienmakler in Sepiana.

»Ach ja, und er hat gesagt, wie schade es ist, dass du nicht da bist.«

Ganz genau, denke ich. Und: Die Blumen hat er garantiert aus einem der Beete hier auf dem Platz gestohlen.

Ich war gleich nach dem Frühstück zu Ercole rübergegangen, um ihn ganz vorsichtig in unsere Pläne einzuweihen und als Teil der Guerilla-Truppe zu rekrutieren. Schließlich ist er bestens mit der Umgebung vertraut. Also genau unser Mann. Lena fand das alles so daneben, dass sie sogar lieber auf den Cappuccino verzichtete und am Wagen geblieben ist. »Kindisch wäre ein zu nettes Wort für eure Schnapsidee«, hat sie gesagt, »peinlich übrigens genauso. Es ist mehr als das.«

Ercole war da ganz anderer Meinung. Als ich im Pico Bello ankam, saß er unter dem schmalen Vordach seines Restaurants wie ein missgelaunter U-Bahn-Fahrgast an einem Montagmorgen. Erschöpfte, glasige Augen, und wenn er doch von seinem *Corriere de la Sera* aufblickte, sah er auf eine frustrierend leere Terrasse.

»Was ist los?«, fragte ich, als ich mich an seinen Tisch setzte. Vorher hatte ich von der Theke noch eine Packung Streichhölzer gemopst.

»Nix los. Siehst du ja.«

Ein leidenschaftlicher Wirt in einem leeren Restaurant ist ein mindestens genauso deprimierender Anblick wie ein trauriger Clown.

Ich bestellte einen Cappuccino bei seiner Lockenkopf-Kellnerin: »Wo sind denn alle?«

»Sitzen vor ihren Wohnwagen und trinken ihren Filterkaffee«, meckerte Ercole. In der Tat hatte ich auf meinem Weg überall die Kaffeemaschinen blubbern und spotzen gehört. Es klang wie im Vorspann der großartigen Büro-Serie »Stromberg«.

»Weißt du, habe ich zehn Jahre in eurem Land gelebt, habe ich eine deutsche Frau – aber ich werde euch nie verstehen. Warum trinke das Zeug?«

»Gute Frage«, sagte ich. Ganze Generationen von Büromenschen haben sich schon den Magen von »Jacobs Krönung« asphaltieren lassen, bevor sie die Plörre über sämtliche Körperöffnungen wieder ausdünsten. Aber solange der Grammpreis von Nespresso in etwa dem von Sterling-Silber entspricht, wird sich daran auch nichts ändern. »Wahrscheinlich hängt das mit dem Krieg zusammen«, versuchte ich eine plausible Erklärung. »Bei uns hängt doch alles mit dem Krieg zusammen. Ich glaube, dass es erst mit dem Wirtschaftswunder wieder richtigen Kaffee gegeben hat, also aus Bohnen und nicht dieses Instant-Zeug. Deshalb ist der auch ein wichtiges Symbol für Freiheit und Wohlstand. Das ist bei den Ossis heute immer noch so, die haben ihn ja nur zu Weihnachten von Verwandten aus dem Westen bekommen. Verstehst du?«

Um ehrlich zu sein, machte er nicht den Eindruck, als würde er mich verstehen. Ich glaube, er war schon beim Begriff Wirtschaftswunder ausgestiegen. In Italien gibt es diese Gründungsmythen nicht – auch wenn man sich dort oft genug über die Wirtschaft wundert.

Wahrscheinlich hatte Ercole einfach nur den klassischen Saisonende-Blues. Ich kenne das aus den Tiroler Bergen: wenn der Stress weniger wird und mit ihm das Adrenalin, wenn die Gastronomen und Hotelangestellten nur noch die Tage abzählen. Wie ein Knasti, der auf seine Entlassung wartet.

Aus den Lausprechern dudelte das Programm von Radio Swiss Pop, und ich fragte mich, wie er den Sender wohl empfängt, hier am Zipfel von Europa. Ercole hat sich ja an vieles gewöhnt im Laufe seiner vom Pizzabäcker-zum-Pizzabackenlasser-Karriere: dass die Deutschen tagsüber grundsätzlich mit nicht viel mehr als ihren Badeklamotten bekleidet sind, wenn sie sich zum Essen auf seiner Terrasse niederlassen. Dass sie nur abgezähltes Geld dabeihaben und immer getrennt zahlen. Egal wie wenig es ist. All das lässt er sich klaglos gefallen, aber dass sie seinen köstlichen Cappuccino verschmähen, macht ihn fertig. Dabei kostet der nur 1,20 Euro.

Zumindest hellte sich seine Stimmung ein wenig auf, als ich von unserem Plan erzählte. Es war ja – im Gegensatz zu Lenas Einschätzung – mehr eine Bieridee. Den Schnaps hatten wir Gott sei Dank weggelassen.

»Weißt du, wie wir solche Leute wie den Burgermeister nennen?«, fragte Ercole.

»Keine Ahnung.«

»*Feldmaresciallo*. Immer alles besser wissen und rumkommandieren. Musst du ihn mal sehen, wenn er mit seiner Frau hier zum Essen kommt. Meckert immer rum, wenn du mal was vergesse und es nix schnell genug geht.«

Feldmaresciallo. Ich wusste, dass es einen Fußballtrainer gibt, dem man in Italien diesen Spitznamen verpasst hatte: Fabio Capello, der mit Juventus Turin ein paarmal Meister geworden war und als England-Coach genauso versagt hatte wie alle seine Vorgänger seit 1966. Aber Feldmarschall, das passt zu unserem Helmut in der Tat ganz wunderbar.

Je länger wir darüber sprachen, umso mehr schien sich Ercole für den anarchischen Charme möglicher Sponti-Aktionen zu erwärmen. Er versprach, sich ein paar Gedanken zu machen. Und für den Moment schien seine September-Depression kuriert.

»Komm, ich creme dir den Rücken ein«, sage ich zu Lena, um sie kurz von ihrem Roman abzulenken. »Du kannst bestimmt auch wieder ins Wasser gehen. Die Wunde ist doch super verheilt.«

Mit der Albicocca-Creme an den Fingerspitzen lasse ich meine Hände von beiden Seiten unterhalb ihrer Schulterblätter nach vorne gleiten und schließlich unter ihrem Bikini-Oberteil verschwinden.

»Och Hase«, sagt Lena in so einem tröstenden Tonfall, wie ich ihn von Müttern kenne, die an der Supermarktkasse mit ihren Kindern wegen Kaugummi, Überraschungseiern oder Hello-Kitty-Traubenzucker verhandeln. »Nicht jetzt. Nicht hier.«

Schwer zu sagen, wie oft ich über Paare gelästert habe, die einander Tier-Kosenamen zusäuseln. Seit ich ein Hase bin, habe ich damit jedenfalls aufgehört.

»Wir können ja reingehen, Vorhänge zu, und dann lassen wir den Kasten mal so richtig schaukeln.«

»Du spinnst.«

Sosehr mich die Zwangs-Geselligkeit eines Campingplatzes nervt – bisher war es ja nicht so, dass wir gänzlich auf intime Momente hätten verzichten müssen. So ehrlich sollte ich sein. Aber man hört ja immer die tollsten Geschichten über Flitterwochen: von Pärchen, die eine Woche lang das Hotelzimmer nicht mehr verlassen. Wir haben da eher einen Mittelweg gewählt. Aber tagsüber?

»Komm, stell dich nicht so an. Oder gibt's fürs Kuscheln hier auch feste Zeiten?«

Meine Hände liegen noch immer auf Lenas Brüsten, als sie sagt: »Was ganz anderes – wie oft warst du jetzt eigentlich schon auf dem Klo? Ich glaube, man müsste mal den Tank auswaschen.«

Dieser Themenwechsel irritiert mich jetzt. Liegt das an mir oder an diesem Ambiente, dass meine frisch angetraute Frau die schiere Möglichkeit von Geschlechtsverkehr mit dem Hinweis auf Klo-Ausleeren beantwortet? Irgendwas läuft falsch. Ich ziehe meine Hände zurück. Und damit gewissermaßen auch meinen Vorschlag.

Man müsste mal ist ja die Übersetzung für *warum hast du noch nicht?*

»Ich wusste gar nicht, dass man diesen Tank ausleert.«

»Was dachtest du, was damit passiert?«

Ich zucke mit den Schultern. Habe ich nie drüber nachgedacht. Hoteltoiletten muss man jedenfalls auch nicht ausleeren.

Lena legt lächelnd ihr Buch beiseite und rappelt sich auf. »Komm, ich zeig dir, wie das geht«, sagt sie mit dem Enthusiasmus eines Pfadfinderleiters, der ein ganz verwegenes Abenteuer ankündigt. Vor dem Heck des Wohnwagens kniet sie sich auf den Boden und öffnet eine Luke.

»Boah«, sagt sie, »das wurde aber auch Zeit. Das sind bestimmt ein paar Liter.«

»Appetitliches Thema.«

Zu den vielen Dingen, die ich bislang über die fröhliche Welt des Campings gelernt habe, gehört auch, dass es weder Privatsphäre noch Tabuthemen gibt. Vor ein paar Tagen saß ich während Ercoles Happy Hour mit einem Typen an der Bar, der sich hinter einem steinernen Maßkrug vor seinen kleinen Kindern versteckte. Und noch ehe er mir seinen Namen nannte, erzählte er schon von der Vasektomie, die er erst kürzlich hatte vornehmen lassen. Offenbar reichten ihm »die beiden Monster«, wie er die Kinder nannte, bereits jetzt völlig.

Lena schnallt den Tank mit zwei Spanngurten aufrecht auf die Ikea-Sackkarre.

»Das darf niemals umfallen, hörst du?«, sagt sie.

»Schon klar. Aber die Spanngurte hättest du mir auch mal früher geben können. Zum Beispiel, bevor mir die Steinplatten in Bürgermeisters Sat-Anlage gekracht sind.«

»Stimmt.«

Es ist natürlich mein Job, die Karre zu ziehen. Erstens, weil ich immer noch der Mann bin, obwohl ich täglich zu den sogenannten »Waschweibern« zum Spülen geschickt werde. Und zweitens tauge ich einfach besser zum Sündenbock, falls mit unserem Pipi-Kanister doch noch etwas, nun: danebengehen sollte.

Das berüchtigte WC Kimik, in dem man seine Exkremente entsorgt, liegt direkt hinter dem Männer-Badehäuschen. Auf dem Weg dorthin passieren wir ein gutes Dutzend Wohnwagen, deren Besitzer allesamt zunächst aufs Meer schauen, dann aber auf uns. Die ersten sagen schon »Mahlzeit«.

Ich kann mir ehrlich gesagt nicht viele Dinge vorstellen, die noch entwürdigender sind, als meinen gesammelten Urin vor den Augen anderer Leute spazieren zu fahren. Aber Lena sagt, das geht ohne weiteres: »Wenn du drüben in der Zona Saturno wohnst, dann ist das WC Kimik direkt gegenüber von der Strandbar.«

Die Italiener, sagt sie, tragen dabei zumindest coole Ray-Ban-Sonnenbrillen und tun so, als würden sie telefonieren. Was es aber auch nicht viel eleganter macht. »In der Bar sehen wirklich alle, wie du ein paar Kilo Scheiße an ihnen vorbeirollst.«

»Das ist dann wenigstens für beide Seiten unangenehm.«

Als wir an den Toiletten vorbeikommen, sitzt eine ältere Frau auf einem Klappstuhl vor der Waschmaschine, sie liest ein Heftchen, das aussieht wie das *Neue Blatt*. Gibt es alles hier auf dem Platz im Supermarkt zu kaufen.

»Meinst du, wir sollten ihr sagen, dass so eine Maschine automatisch läuft?«, frage ich. Die Frau tut mir leid. Andere tollen am Strand herum, und sie sitzt neben dem Klo.

»Die wartet nicht auf ihre eigene Wäsche, die will nur verhindern, dass sich jemand vordrängelt, sobald die Maschine durch ist.«

»Ist nicht wahr!«

»Doch. Das wirst du auch noch erleben, wenn wir die Bettwäsche waschen müssen. Das ist wie Krieg.«

Na ja, sagen wir mal: Kalter Krieg.

Auf jeden Fall ist Camping ein Urlaub für Leute, die eigentlich keine Ferien ertragen. Du hast dauernd was zu tun: waschen, putzen, kochen, spülen. Im Prinzip ist es der gleiche Lebensrhythmus wie zu Hause. Und so gesehen macht es auch eine Menge Sinn, dass alle gleich ihr rollendes Eigenheim mitbringen, inklusive der Häkelgardinchen. Und die reinigen sie dann alle zwei Wochen in der Waschmaschine hier.

Allmählich dämmert mir auch, warum Camping bei Holländern so beliebt ist. Es ist definitiv die calvinistischste aller Urlaubsformen: Vor jeder Freude steht die Arbeit. Und vor dem Sex das WC Kimik.

Das befindet sich ganz am Ende der Sanitäranlagen. Wer eine gute Nase hat, kann es auch ohne den entsprechenden Holzwegweiser nicht verfehlen. Eigentlich wäre dies ein lauschiger Platz. Man hört die Ziegen meckern, die auf dem Hügel gleich nebenan grasen. Ein paar Feigenbäume wachsen aus dem Steinfußboden, aber dass jemand ausgerechnet hier zwischen den Bäumen eine Wäscheleine gespannt hat und seine Klamotten zum Trocknen aufhängt, finde ich dann schon eher speziell.

Erst als ich mir die Kleider näher ansehe, begreife ich, wie speziell: Da hängt die beigefarbene Rommel-Uniform unseres Freundes. Und zwar in zweifacher Ausführung.

»Okay«, sagt Lena und deutet auf den Pipi-Kacka-Behälter. »Hier ist der Ausgießstutzen. Wenn es zu schnell rauskommt, spritzt es. Dann musst du zur Seite springen.« Sie sagt: »Es sieht halt immer irgendwie scheiße aus, wenn man die Dinger leert.«

Ich hebe den Container von der Sackkarre runter. Er wiegt so viel wie eine ordentlich bestückte Langhantel. »Wahnsinn, ist das schwer!«

»Deswegen sage ich ja – immer ein bisschen mitrechnen beim Pieseln und lieber öfter ausleeren. Dann ist der nicht so schwer.«

»Na super.«

Das WC Kimik sieht aus wie diese Steh-Toiletten, die ich eh hasse. Es riecht nur noch ein bisschen krasser.

»Und jetzt«, sagt Lena, »halt besser die Luft an, wenn du da reingehst, und versuch einfach, nicht zu atmen.«

Ich beuge mich nach vorn und verrenke mir fast die Arme. Ich lasse den Tankinhalt extra langsam herauslaufen, was allerdings auch bedeutet, dass ich länger als nötig in der Kabine stehe. Ich denke noch: Jetzt bloß nicht in Ohnmacht fallen!

Das mit dem Kuscheln ist dann irgendwie ausgefallen. So viel also zur calvinistischen Logik des Campens. Immerhin ist Lena am Nachmittag mit mir ins Meer gegangen. Aus Furcht vor Salzwasser-Spritzern hat sie dabei allerdings immer den Hals gereckt und den Kopf gestreckt wie ein stolzer Schwan. Es sah sehr anstrengend aus. Und das war es bestimmt auch.

Auf unserem Weg ins Ristorante sehen wir am Horizont, wie die Sonne als knallroter Feuerball ins Meer rutscht. So ähnlich wie in dem Lied von den Capri-Fischern. Auf der Wiese müssen wir wieder den richtigen Moment erwischen, um einigermaßen trocken die Rasensprenger zu passieren. Und kurz bevor wir die Terrasse erreicht haben, sehe ich schon einen Mann mit einer Gitarre auf der kleinen Mauer sitzen und singen. Er trägt eine weiße Leinenhose, und sein weißes Hemd ist exakt um einen Knopf zu weit geöffnet.

Fabio.

Er singt einen italienischen Schlager und ist umringt von ein paar kleinen Mädchen und einem Trio reiferer Damen. Als er uns kommen sieht, fängt er eine Schnulze an, bei der es offensichtlich mehr auf den Text ankommt, jedenfalls gehört es wohl dazu, dass er nur ganz gelegentlich, aber dafür umso dramatischer an den Saiten zupft. Er singt: *»Ti amo davvero / ti amo lo giuro / … ti amo ti amo davvero!«* Ich liebe dich wirklich / ich schwöre, ich liebe dich / … ich liebe dich wirklich!

»Oooooh, das ist ›Piccolo Grande Amore‹«, ruft Lena, »von Claudio Baglioni, mein absolutes Lieblingslied!« Sie beginnt mitzusingen, und zwar erstaunlich textsicher. Dabei sieht sie Fabio an. Und lächelt.

Mir ist schon klar, dass Lena nicht zu den Frauen gehört, die auf die Tanzfläche stürmen, wenn die Sex Pistols laufen, aber das hier ist mir echt eine Spur zu schmalzig. Und Fabio singt so leidenschaftlich, als ginge es um sein Leben. Am Ende klatschen die Mädels ganz verzückt, und er lässt erschöpft die Gitarre sinken.

Es ist, als würde sein Herz jetzt offen auf dem Pflasterstein liegen.

»Wow! Respekt!«, sage ich, als Fabio langsam von der Mauer steigt. Wir machen einen Skifahrer-Handshake, so Faust an Faust. »Und du bist also der Ramazzotti von Sepiana, oder?«

Fabio nickt dankbar. Vermutlich hat er das als Kompliment fehlinterpretiert.

Um ehrlich zu sein, muss ich an das Lied »Fürstenfeld« von STS denken, einem absoluten Austropop-Klassiker. Darin geht es um einen armen Jungen aus der steirischen Provinz, der mit seiner Gitarre in Wien auf der Kärtnerstraß'n steht und einsam »Blowin' in the Wind« spielt. Und am Ende will er doch nur wieder heim. Diese Kärntnerstraße liegt übrigens keine zwei Minuten vom Naschmarkt entfernt, wo der Fabio seine Segafredo-Bar hatte.

»Oida«, sagt Fabio in feinstem Österreichisch, »bei mir in der Bar haben die Mädchen geweint, wenn ich das gesungen habe.«

»Aber ihre Schlüpfer haben sie angelassen, oder?«, frage ich.

Fabio grinst und schweigt. Die älteren Damen halten den kleinen Mädchen die Ohren zu und blicken mich vorwurfsvoll an.

»Ich liiiebe ›Piccolo Grande Amore‹«, seufzt Lena, »wusstest du das noch?«

»Bellissima, ich weiß sogar noch, wie dein Parfüm gerochen hat.«

»*Va bene*«, sage ich, »dann gemma an Schnitzel essen!«

In Fabios zurückgegeltem Haar steckt eine Sonnenbrille, aber eindeutig eine andere als neulich. Ich glaube ja, dass Typen wie er mindestens so viele verschiedene Sonnenbrillen wie Unterhosen besitzen.

Es ist erstaunlich voll heute Abend, trotzdem sitzen wir diesmal nicht direkt neben den Lautsprechern, was letztlich, wenn man Fabios Anwesenheit einmal ignoriert, einen netten Abend verspricht. Er setzt sich Lena gegenüber und stellt seine Gitarre auf den Stuhl zu seiner Linken wie eine treue Begleiterin.

Ercole kommt an unseren Tisch, in einem fliederfarbenen Poloshirt mit verkrümmtem Lacoste-Kroko-Schwanz und mit drei Speisekarten unterm Arm. Anschließend führen er, Fabio und Lena ein kurzes Gespräch, das ich nicht mal im Ansatz verstehe, weil es im Prinzip nur aus halben Wörtern besteht. Am Schluss wechselt Fabio ins Deutsche. Er sagt: »Und bring uns den besten Rotwein, den du hast, okay? Nichts von der Karte, sondern einen richtig guten.«

Donnerwetter. Dafür, dass hinterher sowieso wieder ich alles zahlen muss, ist der Herr ja recht anspruchsvoll.

Wir blättern uns durch die Karte. Mein Lieblingsgericht ist der »gegrilte Titenfisch«, und ich überlege noch, ob ich Ercole irgendwann mal fragen soll, welchen Buchstaben genau er da vergessen hat.

Immerhin hat er sich inzwischen perfekt auf deutsche Bedürfnisse eingestellt. Selbst zu »Scaloppine al limone« bietet er Gemüse und Kartoffeln an. Da schüttelt es sogar einen Hilfs-Italiener wie mich.

Letztlich lassen sich die meisten kulturellen Missverständnisse zwischen Deutschen und Italienern ja aufs Essen reduzieren. Wenn Italiener in ein Restaurant gehen, bestellen sie allein schon aus Prinzip die gesamte Karte rauf und runter, auf keinen Fall weniger als vier Gänge. Es gibt Antipasti, kalt oder warm, aber immer viel, gefolgt von Nudeln oder Risotto, dann die Hauptspeise, allenfalls mit Gemüse als Beilage. Die Kohlenhydrate gab es ja im vorherigen Gang. Später muss es mindestens eine süße Nachspeise sein und im Zweifel auch noch Käse. So ein Essen dauert unbedingt bis Mitternacht, und deshalb wird an Feiertagen auch spätestens um zwölf Uhr mittags damit angefangen.

Die Deutschen werden das nie kapieren, hat Ercole heute Morgen lamentiert. Und weil sie immer alles auf einem Teller haben wollen, hat er vor ein paar Jahren angefangen, Gemüse auch zu kochen, statt zu grillen und in Olivenöl einzulegen. Und er hat ihnen ihre Kartoffeln gegeben. Die Deutschen, hat er gesagt, bestellen immer nur ein Gericht und um zehn Uhr die Rechnung. Wenigstens hat Ercole ihnen abgewöhnt, schon um 18 Uhr auf der Matte zu stehen wie in der Truppenküche einer Bundeswehrkaserne. So blieb ihm das gute Gefühl, seine neapolitanische Gastronomen-Ehre nicht vollends zu verlieren.

»Du willst nicht wirklich ein Schnitzel bestellen, oder?«, fragt Lena. Ich glaube, so allmählich werde ich ihr peinlich. Zumal vor ihrem italienischen Freund.

»Wieso nicht? Ich komme aus Deutschland!«

»Die besten Schnitzel gibt's beim Figlmüller in Wien«, sagt Fabio weltmännisch.

Ich sage lieber nichts. Der Figlmüller ist ein klassischer Touri-Laden im ersten Bezirk, wo es gleich zwei Filialen auf dreihundert Metern gibt, weil sonst nicht genug Platz wäre für die ganzen Japaner. Das Fleisch, habe ich mir mal sagen lassen, wird durch eine Art Mangelmaschine gedreht, deswegen sind die Schnitzel so dünn wie ein Pizzaboden. Und in etwa auch so groß. Wie eine Familien-Pizza wohlgemerkt.

Als Ercole den Wein an unseren Tisch bringt, wirft er Fabio einen Blick zu, den ich nicht richtig zu deuten weiß. Aber freundlich ist er definitiv nicht. Er tippt die Bestellungen in ein Ding, das er »Orderman« nennt; eine Art übergewichtiges Smartphone, das mit einem Stift bedient wird und die Wünsche der Gäste in Echtzeit in die Küche melden soll. Ich kann mir kaum vorstellen, dass so etwas auf einem Campingplatz in Apulien funktioniert.

»Willst du probieren?«, fragt Fabio und deutet auf die Flaschen.

»Du bist der Experte«, gebe ich zurück.

Er schwenkt das Glas, wie es Leute gern machen, die zum vierzigsten Geburtstag ein zweitägiges Weinseminar geschenkt bekommen haben. Er schlürft einen Schluck und lässt ihn im Mund hin und her schwappen. Nachdem er geräuschvoll geschluckt hat, steckt er seine nicht gerade unterdimensionierte Nase ins Glas, als wollte er den Wein schnupfen. Auf jeden Fall würde der auf diese Weise schneller wirken.

»Passt«, sagt Fabio.

An unserem Nachbartisch sitzt der Freund der Intimbekenntnisse, mit dem ich mich neulich an der Bar unterhalten habe. Er trägt ein perfekt gebügeltes blaues Hemd, einen sehr vernünftigen Seitenscheitel und eine Brille mit dünnem Metallrand. Neben ihm die Gattin und die beiden Gründe für seine Vasektomie – ein etwa dreijähriger Junge und seine geringfügig ältere Schwester. Wobei »sitzen« eine sehr vorläufige Beschreibung ist. Der Kleine ist gerade aufgesprungen. Jetzt schnappt er sich ein rotes Puky-

Laufrad und fährt die kleine Rampe hoch, über die es nach drinnen geht. Unter dem Vordach dreht er, fährt mit zweimal Abstoßen zurück zur Rampe und lässt sich, die Beine in die Luft gestreckt, in dermaßen furchtlosem Tempo hinunterrollen, dass ich als Vater sofort Knieschoner und einen Helm holen würde.

Der Mann ohne Samenstränge – seinen Namen hatte ich sofort vergessen – versucht, seinen Sohn so gut es geht zu ignorieren, zumal er gerade seiner Tochter zu erklären versucht, dass es einen Lolli frühestens nach dem Essen gibt.

»Ich will aber jetzt einen«, sagt sie trotzig. Sie steht auf und geht nach drinnen zur Bar, wo auf einem kleinen Tisch, in nicht mal einem Meter Höhe und somit als perfekter Kinder-Blickfang, eine Art Igel mit Chupa-Chup-Lutschern aufgebaut ist. Ich finde, Eltern sollten Restaurant- und Supermarktbesitzern, die dermaßen ruchlos sind, auch die Zahnarzt-Rechnungen ihrer Kinder zustellen dürfen.

»Jetzt bist du aber dran«, sagt die blonde Frau, während sie mit den Fingern auf dem Tisch trommelt, »gehst du mal hinterher?«

»Das ist der Typ, von dem ich dir erzählt habe«, sage ich.

»Welcher Typ?«, fragt Lena.

»Na, der mit der Vasektomie.«

»Was ist denn eine Vasomie?«, fragt Fabio.

Etwas, das ich dir auch empfehlen würde, denke ich. Aber sage es natürlich nicht. Stattdessen mache ich mit Mittel- und Zeigefinger das Schnipp-Schnapp-Zeichen – dummerweise genau in dem Moment, als die Frau zu uns rüberschaut.

Lena und Fabio sprechen zur Abwechslung jetzt mal wieder deutsch, was mich aber auch nicht weiter in ihre Konversation einbezieht. Es geht natürlich um alte Zeiten, Achtzigerjahre am Strand von Sepiana, als es hier noch eine weitere Beachbar gab, in der Fabio regelmäßig gearbeitet hat, wenn er nicht gerade mit seinem Surfbrett *bella figura* auf dem Wasser gemacht hat. Die alte Strandbar haben sie vor ein paar Jahren in einen Ultra-Premium-Bungalow umgewandelt, mit zwei Schlafzimmern und eigener Terrasse, die in den Sand hineingebaut ist. Er steht keine hundert Meter von unserem Wohnwagen entfernt.

Der Seitenscheitel-Vater ist inzwischen mit seiner Tochter zurück. Sie hat einen Chupa-Chup-Lolli zwischen den Zähnen, und er gerät gegenüber seiner Frau jetzt erheblich in Erklärungsnotstand. »Da musst du dann auch mal durchgreifen«, meckert sie.

»Aber es sind doch Ferien«, entgegnet er zaghaft.

Mit einem Mal scheppert es, und der Steinboden ist übersät mit Scherben. Der kleine Racker ist mit seinem Laufrad frontal in Tanja reingerauscht, Ercoles deutsche Frau, die gerade ein Tablett mit abgeräumten Gläsern und Tellern abtransportierte. Der Junge liegt auf dem Boden und heult und hält sich das Knie. Wenigstens ist er nicht in die Scherben gefallen. Tanja flucht abwechselnd auf Deutsch und Italienisch.

»Torben!«, ruft die blonde Mami, wobei sie das r in Torben nicht rollt, sondern grollt. Sie springt auf und hebt ihren Sohn wütend am Ellbogen hoch.

»Du solltest doch nach den Kindern sehen«, faltet sie in der nächsten Sekunde ihren Mann zusammen. Und wenn ich seinen Gesichtsausdruck richtig deute, denkt er wahrscheinlich schon darüber nach, ob er sich nach seinen Spermien nicht am besten auch von der Familie trennt.

Die Lockenkopf-Kellnerin kommt mit Besen und Kehrschaufel, während Tanja, ohne ein weiteres Wort zu sagen, hinter die Bar abgezogen ist, wo sie sich sofort einen doppelten Grappa reinkippt.

»Alles okay mit dem Kleinen?«, fragt Lena besorgt zum Nachbartisch rüber. In solchen Momenten nimmt sie auch gern mal fremde Kinder in den Arm oder auf den Schoß.

»Ja, ja, alles in Ordnung«, sagt Blondie genervt, bevor sie sich an Torben wendet: »Ich hab dir tausendmal gesagt, du sollst aufpassen. Wenn ihr euch jetzt nicht benehmt, geht ihr ohne Essen ins Bett.«

Ich fürchte, das ist eine Drohung, die diese beiden Kinder durchaus als Belohnung auffassen könnten.

Fabio knabbert inzwischen an seinem zweiten Zahnstocher, was für mich ein Signal ist, mir mal wieder eine Zigarette anzustecken.

Er fährt damit fort zu erzählen, was aus einem verrückten Surfer-Trio geworden ist, mit dem sie früher immer am Strand rumgehangen sind. Die drei Brüder hießen Gianni, Luigi und Gianluigi. Damals gab es eben noch kein Internet, um nach außergewöhnlichen Namen zu suchen. Die drei haben jedenfalls alle Architektur studiert und sich mit einem gemeinsamen Büro in Padua niedergelassen. Architekt ist in Italien übrigens auch nur ein Euphemismus für Arbeitslosigkeit.

Lena hat diesen Nostalgieglanz in den Augen, den ich ja eigentlich sehr süß finde. Nur leider wirkt er in diesem Moment für mich eher ausgrenzend.

Unsere Tischnachbarn haben aus lauter schlechtem Gewissen noch einen halben Liter Wein bestellt. Vielleicht auch, um sich zu betäuben. Und der Vater hat allen Ernstes angeboten, für den Schaden aufzukommen, woraufhin Ercole ihm ein gönnerhaftes *»va bene«* entgegnete.

»Papa, kann ich dein Handy haben?«, bettelt das Lolli-Mädchen, das offenbar auf den hübschen Namen Paula hört. Torben und Paula – wenn mich nicht alles täuscht, müssen sie in Kitas am Berliner Prenzlauer Berg Kinder mit diesen Namen durchnummerieren, so populär sind sie da.

»'orben auch Henni«, quäkt der Kleine. Und nach einer kurzen elterlichen Diskussion über die pädagogische Sinnhaftigkeit von Handyspielen sitzen beide Kinder für den Moment brav auf ihren Stühlen – mit den Telefonen in der Hand. Torben trommelt auf das Display von Mamas iPhone ein. Schüsse fallen im Schnellfeuertempo, und Moorhühner krähen erbärmlich im Todeskampf, bevor Torben sie kaltblütig erledigt.

»Wo sind denn eigentlich all die Italiener?«, frage ich.

»Die kommen um diese Jahreszeit immer nur für ein langes Wochenende«, sagt Fabio. »Ach ja, nächste Woche ist auch das große Länderspiel.«

»Schon wieder?« Ich bin etwas irritiert. Müsste nicht bald auch mal wieder die Bundesliga spielen? Ich hoffe nur, dass mir dieses Mal ein größeres Malheur erspart bleibt.

»Nee, hier auf dem Campingplatz. Italien gegen Deutschland, ein paar Jungs aus dem Dorf gegen die deutschen Gäste.«

Anscheinend haben sie 2006 nach der WM in Deutschland damit angefangen. Nach der Schmach von Dortmund, als wir im Halbfinale gegen die Italiener so bitter im Halbfinale ausgeschieden waren, forderten ein paar fußballverrückte deutsche Camper

Revanche. Das war leider auch brutal nach hinten losgegangen, weil die Dorfbuben mit lauter jungen Leuten angetreten waren. Aber seitdem ist das sogenannte Länderspiel quasi der inoffizielle Höhepunkt der Feriensaison im Grande Paradiso.

»Spielst du auch mit?«, frage ich.

»Na klar, ich bin Torwart. Der beste nach Gigi Buffon.«

Buffon ist der Torwart von Juventus Turin. Man sagt, sein IQ reiche gerade dafür aus, um ohne Hilfe ins Stadion zu finden, aber er galt jahrelang als der beste Torwart der Welt. Ein klassischer südeuropäischer Schönling, der beim Fußballspielen schon mal ein dekoratives Halstuch trägt und mit seinen zartrosa Trikots auch in der Schwulenszene ziemlich gut ankommt.

»Dann bin ich auch dabei«, sage ich, »wundert mich nur, dass noch keiner was gesagt hat.«

Für die Aufstellung, erklärt Fabio, ist normalerweise der Bürgermeister zuständig. Wer auch sonst? Und insofern ist es keine Überraschung, dass ich noch nichts davon gehört habe. Wahrscheinlich hat sich selbst mein Freund Willi nicht getraut, mir davon zu erzählen.

Auf der Bühne machen sich inzwischen die Leute von der *animazione* – der DJ und zwei maximal überschminkte junge Frauen – für ihren allabendlichen Auftritt bereit. Und als dann auch noch der Seppi hinzukommt, lassen die beiden Kinder vom Nebentisch sofort ihre Gabeln fallen und ihre Pizzen stehen und rennen los. Vater und Mutter sehen einander resigniert an. Hut ab, diese Kids machen mir Spaß, die haben ihre Eltern verdammt gut im Griff.

Ein gutes Dutzend Kinder klatschen und jubeln; sie

machen jetzt wieder den »Chu Chu ua, chu chu ua«-Watscheltanz. Fabio erzählt derweil von einer alten Freundin namens Felicia, die einen schwerreichen, allerdings auch schwergewichtigen Industriellen aus Mailand geheiratet und innerhalb von zwei Jahren drei Kinder bekommen hat.

»Felicia Spinello?«, fragt Lena.

»Esatto«, sagt Fabio. Felicia war offenbar ein Mädchen aus reichem Haus, das jedes Jahr die Strandjungs mit dem besten Gras südlich von Venlo versorgt hat, und sie gelangte zu unvergessenem Ruhm, weil sie als Einzige imstande war, Marihuana-Tüten aus fünf Blättchen zu bauen. Daher der Name *spinello* – das italienische Wort für Joint. Nun hatte sie vor ein paar Jahren »im zweiten Wurf«, wie Fabio das etwas volkstümlich ausdrückte, auch noch Zwillinge bekommen, was in ihr eine postnatale Depression auslöste, die mutmaßlich bis in die Pubertät ihrer Kinder reichen wird.

Jedenfalls hatte sie Fabio eine ganze Weile ziemlich schamlose E-Mails geschrieben, bis sie eines Tages in Wien in seiner Segafredo-Bar auftauchte und nach Ladenschluss in seinem Schlafzimmer.

»Hast du für sie auch ›Piccolo Grande Amore‹ gesungen?«, frage ich. Und Sekundenbruchteile später erwischt mich Lenas Fußspitze mit voller Wucht am rechten Knöchel.

Vor der Bühne hat mit dem Seppi-Song auch der obligatorische Grande-Paradiso-Tanz begonnen, und wieder setzt sich die übliche Polonaise in Bewegung wie in einer Kölner Karnevalskneipe. Der lustige Tintenfisch bleibt an jedem Tisch stehen, von dem sich die Gäste nicht sofort freiwillig erheben. Als er auch bei uns stehen bleibt, bedeute ich ihm mit verächtlicher Geste, dass er verschwinden soll.

Seppi sagt etwas auf Italienisch, das ich nicht verstehe, und als letzter Versuch, mich zu motivieren, wackelt er jetzt witzig vor unserem Tisch herum. Dabei stößt er mit seinen Tentakeln mein fast randvoll gefülltes Rotweinglas um, dessen Inhalt sich sofort über meine sommerlich helle Hose ergießt.

Ich springe auf, schaue an mir herunter und sage: »Du Vollidiot! Hau ab!« Und obwohl ich nicht viele italienische Schimpförter kenne, rutscht mir spontan ein *»filio di putana«* raus – ein Begriff, der die Berufswahl seiner Mutter auf etwas uncharmante Art diffamiert.

Ohne eine Sekunde zu zögern verpasst mir Seppi mit einem seiner Tentakel einen mächtigen Schwinger, der mich rückwärts in den Stuhl zurückbefördert. Dann hüpft er fröhlich tanzend davon.

Lena bricht vor Lachen zusammen. »Oh, du lässt dich von einem Tintenfisch verprügeln?«, sagt Fabio.

»Aber sieh dir mal meine Hose an!«, versuche ich mich zu verteidigen.

»Du bist so ein peinlicher Spießer«, schimpft Lena. »Erst das Theater mit dem Bürgermeister, und jetzt bepöbelst du auch noch einen Tintenfisch als Hurensohn.«

»Wieso? Der hat doch angefangen.«

Fabio säuselt: »Komm, wir nehmen den Wein und gehen an den Strand.«

»Genau das machen wir jetzt«, sagt Lena.

Und noch ehe ich etwas vorbringen kann, steht sie auf und stampft davon. Fabio nimmt seine Gitarre und geht grinsend hinterher. Dabei wackelt er mit dem Hintern wie Seppi.

Nove

Herbert entschuldigt sich für einen kurzen Augenblick in Richtung Badehäuschen. Er sieht ziemlich verkrampft aus, als er das sagt. Wobei Worte gar nicht nötig wären bei einem Mann und seiner Toilettenrolle.

Er ist am Mittag angekommen, gerade noch rechtzeitig, um vor dem Campingplatz-Fahrverbot an der Rezeption hindurchzuschlüpfen. Und hindurchschlüpfen ist im Angesicht seines Wohnmobils auch wirklich nur zeitlich zu verstehen.

Nahezu sämtliche Bewohner der Zona Dragone sind aufgeregt zusammengeströmt, als dieses Gebirgsmassiv aus weißem Blech am Ristorante Pico Bello vorbeirollt, was natürlich auch an dem mächtigen Hupen liegt, das so tief und erschütternd klingt wie die Fanfare der »Queen Elisabeth II«, wenn sie in den Hamburger Hafen einläuft. Hinter der riesigen Panorama-Frontscheibe grinst und grüßt ein älterer Herr so erhaben, als säße er am Kapitänsdeck eines Luxusliners. Das also ist Herbert, auf den Willi jetzt schon seit Tagen wartet. Alle, alle sind sie gekommen. Sogar der Bürgermeister, wenngleich er sich bemüht, jeden Augenkontakt mit mir zu vermeiden.

Captain Herbert klettert aus der Fahrerkabine, die Ärmel eines nachtblauen North-Face-Hemdes aus atmungsaktivem Funktionsmaterial aufgerollt und über eine Schlaufe an einem Knopf befestigt. Nicht ein einziges Tröpfchen Schweiß auf der Stirn. Muss eine 1A-Klimaanlage haben, dieses Monstrum.

Und was ist das für ein Hallo! Ich hatte mich ja schon daran gewöhnt, dass die Ankunft neuer Gäste im Grande Paradiso so eine Art Höhepunkt des Tages darstellt. Man kommt zusammen, bietet Hilfe an. Vor allem beäugt man sie erst mal neugierig. Aber das hier war ein Spektakel, das alle bisherigen Grenzen sprengt. Schaulustige Fremde wohnen aus für Campingplatzverhältnisse ungewöhnlicher Distanz dem Eintreffen von Herbert und Ute bei. Sie wurden ja ähnlich sehnsüchtig erwartet wie einst der Heiland, aber ihr Auftritt ist noch pompöser. Fehlte nur, dass alle mit Palmwedeln am Wegesrand stehen. Stattdessen liegen die beiden Neuankömmlinge sofort halbnackten Rentnern im Arm, bis Herbert plötzlich zusammenzuckt, als habe ihn ein Blitz durchfahren. Er krümmt sich und greift sich mit beiden Armen an den Bauch.

»Meinem Alterchen geht's leider nicht so gut«, sagt Ute, während Herbert schmerzgebeugt mit seiner Papierrolle geradewegs zur Toilette eilt. »Irgendwas hat er am Magen, schon seit zwei Tagen.« Und es muss so furchtbar gewesen sein, dass er sogar unterwegs die Bordtoilette benutzen durfte, erzählt seine Frau.

Lena unterhält sich zu meiner Verblüffung einen Smalltalk-Moment mit Sagrotan-Susi, während Willi ein paar Flaschen Reisdorf-Kölsch an die Umherstehenden verteilt. »Der Charisma«, stöhnt Willi ehrfürchtig. Ich glaube, er hatte den Modellnamen schon mal in Verbindung mit Herbert erwähnt. Die meisten Männer treten jetzt einige Schritte zurück, um dieses Kreuzfahrtschiff unter den Wohnmobilen angemessen betrachten und würdigen zu können. Die Lippen aufeinandergepresst und nach vorn geschoben, nicken sie anerkennend.

Herbert parkt in der dritten Reihe, sozusagen der Opernbalkon des Campingplatzes. Und jetzt verstehe ich auch, warum sie hier keine Trennhecken angepflanzt haben. Herbert und Ute belegen im Prinzip eineinhalb Stellplätze. Und wie ich die geschäftsfreudigen Italiener inzwischen kennengelernt habe, bin ich mir sicher, dass Massimo ihnen auch die entsprechende Standgebühr dafür abnimmt.

So wie Ute das schildert, hat das Drama begonnen, als die beiden irgendwo auf der A8 zwischen München und dem Inntal-Dreieck von der Polizei rausgewunken und auf eine Lkw-Waage gestellt wurden. Jetzt muss man wissen, dass ihr Wohnmobil nur bis zu einem Gewicht unterhalb 7,5 Tonnen zugelassen ist, weshalb man es eben mit einem alten Führerschein der Klasse III fahren darf. Dabei hat ihr Wagen ungefähr die Ausmaße eines regulären Linienbusses.

Der Verkäufer hatte sie damals gewarnt: Mit all den sagenhaften Extras, die Herbert in seinem niedlichen Wahn hatte einbauen lassen, bringt die Kiste ohnehin schon spielend sechseinhalb Tonnen auf die Waage, dazu kommt noch der 800 Kilo leichte Smart, der sich hydraulisch in die Garage im Heck des Wagens ziehen lässt. Na ja, und dann war es so, dass Herbert noch reichlich Proviant aufgeladen hatte, weil er das italienische Essen nicht so gut verträgt. Dabei machen sie schon seit einigen Jahrzehnten hier Urlaub. Ganze Paletten hatte er eingekauft: Bier und Dosen-Ravioli von Aldi.

»Ihr bringt Ravioli mit nach Italien?«, frage ich in bemüht neutralem Tonfall. Lena dreht sich weg, damit niemand sieht, dass sie gleich vor Lachen kollabiert.

»Was sollen wir denn machen? Die italienischen kann der Herbert doch nicht essen!«, sagt Ute.

Jedenfalls wogen sie bei der Kontrolle etwas mehr als 7,8 Tonnen. Sie standen am Rande der Autobahn neben einem bulgarischen Truck-Fahrer, der mit großer Mühe versuchte, die Widersprüche seines Fahrtenschreibers zu erklären. Und einmal im Razzia-Modus, wollten die grimmigen oberbayerischen Polizisten auch gleich Herberts Wohnmobil stilllegen. Ute war den Tränen nahe, bot aber nach einer Weile geistesgegenwärtig an, man könne im Zweifel ja auch ein wenig Gewicht reduzieren. Und so ließen sie zunächst gut hundert Liter aus dem Frischwassertank ab. Am Ende allerdings standen sie vor der schwierigsten Entscheidung ihres Urlaubs: Die Ravioli oder das gute Beck's? »Das ist ja unverschämt teuer hier bei den Italienern«, sagt Ute.

Als guter Deutscher entschied sich Herbert natürlich dafür, das Bier an Bord zu behalten, wobei er letztlich noch zwei Paletten zurücklassen musste, ehe sie dann weiterfahren durften. Ein Strafmandat, hatten die Beamten gesagt, werde ihnen übrigens dennoch per Post zugehen.

Der Ravioli-Zwischenfall hat Herbert in seinem Zeitplan erheblich zurückgeworfen. Fast zwei Stunden wurden sie festgehalten.

»Aber mit dem Wohnmobil«, sagt Ute, »kannst du ja überall stehen bleiben.«

Als der Abend hereinbrach, beschlossen sie also, in einem kleinen Dorf kurz vor Trento in Südtirol Rast zu machen. In der Dunkelheit fanden sie einen schönen großen Platz gleich im ansonsten recht verwinkelten Zentrum, auf dem sich der Wagen auch gut rangieren ließ. Sie gingen prächtig essen, zumal die deftige Küche des *Alto Adige* der unsrigen durchaus wesensverwandt ist. Und in der urigen Dorfgaststube tröstete sich Herbert schließlich mit Schlutzkrapfen, der Tiroler Version von Ravioli, über den Verlust seiner Dosenpaletten hinweg.

Dummerweise mussten sie am nächsten Morgen feststellen, dass sie in der Mitte des Marktplatzes geparkt hatten. Nun ist ja spätestens seit Andreas Hofer bekannt, dass mit Südtiroler Bauern nicht recht zu spaßen ist. Und statt Herbert und Ute höflich zu wecken, hatten die Marktleute den mächtigen Charisma heimtückisch mit ihren Gemüse- und Fleisch-Ständen umzingelt und dessen Abreise bis in den frühen Nachmittag blockiert. Für den Zeitplan war das auch nicht so hilfreich.

Der von Schlutzkrapfen-Diarrhö gepeinigte Herbert ist inzwischen von der Toilette zurück und genießt sein erstes Bierchen im Grande Paradiso, wobei alle ein bisschen grinsen müssen nach Utes Erzählung. Die allerdings noch nicht beendet ist.

Sie waren gerade bis Ancona gekommen, einer Hafenstadt auf halbem Weg zwischen Südtirol und Sepiana, von der aus auch die Fähren nach Griechenland ablegen, als sie im Vorbeifahren am Rande eines Gewerbegebietes einen großen Platz sahen, auf dem bereits andere Wohnwagen standen. »Ich dachte ja noch, schön ist das nicht, aber hier warten wahrscheinlich alle nur auf die Fähre«, erzählt Ute.

Sie ließen jedenfalls ihr Wohnmobil stehen und fuhren mit dem Smart zum Essen, und als sie dann am Abend gegen zehn zurückkamen, war auf ihrem Platz immer noch ein erstaunlich munteres Treiben. In manchen Wagen brannte auch Licht. Seltsamerweise rotes. Es muss so gegen Mitternacht gewesen sein, als es an der Tür klopfte. Ute schaute zum Fenster raus, und während sie einen spitzen Schrei ausstieß, sah sie draußen einen betrunkenen Seemann, der bereits sein Gemächt aus dem Hosenschlitz befreit hatte.

Herbert kann trotz seiner Magenkrämpfe schon wieder lachen: »Ich wollte 250 Euro haben, aber das war dem Typen zu viel.«

»Jetzt hör auf. Ich hab die ganze Nacht kein Auge zugemacht«, sagt Ute. Jede Stunde hatte sie einen Kontrollblick nach draußen riskiert. Und irgendwann ging schließlich die Sonne auf.

»Also, Leute«, sagt Herbert, »nach dem Mittagessen ist bei uns Hausführung. Bis dahin haben wir auch alles aufgebaut.«

»Wahrscheinlich ist sein Darm nur an zerlassene Butter gewöhnt und nicht an das italienische Olivenöl«, spottet Lena, als wir zum Wohnwagen zurückgehen.

»Umso erstaunlicher, dass ihm dann die Schlutzkrapfen so auf den Magen geschlagen sind«, sage ich, »werden die nicht in geschmolzener Butter serviert?«

Es ist das erste Mal, dass Lena heute überhaupt so eine Art Gespräch mit mir führt. Sie ist immer noch stinksauer wegen der Sache mit dem tanzenden Tintenfisch. Als sie gestern Abend vom Strand zurückkam, war ich längst weggedämmert, wobei mir die Eifersucht das Einschlafen nicht gerade erleichtert hat. Allmählich wird mir eines klar: Wenn das hier wirklich ein Charaktertest ist, dann bin ich gerade dabei, ganz böse durchzurasseln. Und um weitere Konflikte zu vermeiden, habe ich erst gar nicht gefragt, wie es noch am Strand war.

Das Grande Paradiso, so jedenfalls hatte ich Lenas ausschweifende Erzählungen während unserer Anreise gedeutet, funktioniert in ihrer Familie wie ein Assessment Center. Hier wirst du auf deine Beziehungstauglichkeit hin geprüft. Nur mit dem Unterschied, dass dieser Test in meinem Fall erst nach der Hochzeit durchgeführt wird.

Lenas Bruder Felix zum Beispiel hat schon alles versucht. Einmal war er mit einer Air-Berlin-Stewardess fast umsonst nach Bari geflogen und zahlte dann ein Vermögen für den Mietwagen. Wie in Italien eben so üblich. Ich vermute mal, dass die Versicherung wegen der Diebstähle so teuer ist.

Die Stewardess jedenfalls, deren Namen ich schnell wieder vergessen hatte, rückte mit zwei wuchtigen Ziehkoffern an und blieb auf dem Weg zum Wohnwagen erst mal im Sand stecken. Dass man sie beim Schminken im Badehaus ein bisschen scheel angestarrt hatte, nahm sie zunächst noch als Kompliment. Sie hielt die anderen Frauen schlicht für neidisch und stutenbissig. Dass sie allerdings für jeden Abend ein neues aufregendes Kleid eingepackt hatte, während sich Felix gerade mal alle drei Tage ein frisches T-Shirt überwarf, hat sie final fertiggemacht. Als Frauenversteher würde ich sagen: Sie fühlte sich in ihrer Weiblichkeit nicht angemessen wahrgenommen. Nach einer Woche nahm sie schließlich die nächste erreichbare Maschine nach Köln. Und Felix musste für seinen Rückflug den vollen Preis bezahlen.

Die andere war eine Investmentbankerin, deren Blackberry normalerweise blinkte wie ein Leuchtturm in der Nacht. Sie hielt es sogar nur fünf Tage aus. Das Funkloch trieb sie in den Wahnsinn. Zum Abschied sagte sie nur: »Ich hab in den fünf Tagen wahrscheinlich mehr Kohle an der Börse verloren, als du in einem ganzen Jahr verdienen kannst.«

Wie viele deutsche Gäste kann sich Felix sehr ausdauernd damit beschäftigen, den Wohnwagen und das Vorzelt mit angespültem Strandgut zu dekorieren. Er bastelt auch gern mal den ganzen Tag Windmühlen aus PET-Flaschen und verkauft sie dann an Italiener, die staunend an seinem Stellplatz stehen bleiben. Ich kann schon ein bisschen verstehen, dass Frauen da andere Vorstellungen vom Urlaub haben.

Mit Lenas Freunden war es auch nicht viel besser gelaufen. Der eine bestand darauf, jede Nacht unter einem Moskitonetz zu verbringen. Und seine Phobie vor Ungeziefer aller Art brachte ihn so weit, sämtliche Vorräte an Ameisenpulver in Sepiana aufzukaufen. Das hat ihn endgültig diskreditiert.

Ein anderer hatte eine Petersilienallergie, war aber mit den lokalen Küchengebräuchen nicht so recht vertraut. Nachdem er einen gegrillten Tintenfisch gegessen hatte, bekam er einen fürchterlichen Ausschlag, was Lena zunächst noch großzügig ignorierte. Dann aber trat der arme Kerl im seichten Wasser auch noch in ein Petermännchen, ein Fisch mit heimtückisch giftigem Stachel. Das, hat Lena erzählt, passiert vielleicht zweimal im Jahr. Der Typ hatte einfach Pech. Sein Fuß schwoll sofort an. Bis er so groß war wie der von Samson aus der Sesamstraße.

Mit Frank, einem schneidigen Juristen, ist es schon erheblich besser gelaufen. Vorerst. Er hatte die Mountainbikes auf einem Fahrradträger mitgebracht und trieb Lena täglich sämtliche Serpentinen der Umgebung hinauf. Sie lernte Seiten des Gargano kennen, die sie in zwei Jahrzehnten vorher noch nie gesehen hatte. Allerdings bei 40 Grad im Schatten. Als Lena schließlich vorsichtig darauf hinwies, man könne doch auch mal am Strand liegen und schwimmen gehen, stieg er auf sein Rad und fuhr eben allein. Das ging ein paar Tage so, und am Anfang hat Lena noch überlegt, ob sie ihm einfach die Reifen zerstechen soll, um ihn im Grande Paradiso zu halten. Später wünschte sie nur noch sehnlichst, er möge lieber unterwegs einen Platten haben. Und zwar möglichst weit weg.

Je länger ich über diese Geschichten nachdenke, umso mulmiger wird mir. Vielleicht sollte ich die Tage mal den guten Ercole konsultieren und mir ein paar Tipps holen, was ein echter Italiener in meiner Situation machen würde, um seinen Status zu verbessern.

Als Herbert vorhin von einer Hausführung sprach, musste ich ja noch ein bisschen schmunzeln. Das Lachen ist mir jetzt gründlich vergangen. Sein Wohnmobil ist definitiv geräumiger als eine durchschnittliche Studentenbude und technisch auf dem Stand eines Raumschiffs. »Die Hubstützen kannst du mit dem iPhone steuern«, sagt Herbert, während er die Einstiegstufe zu Demonstrationszwecken automatisch ein- und dann wieder ausfahren lässt. Er zeigt auf die kleine Treppe: »Beleuchtet.« Sieht man in der Nachmittagssonne nur nicht.

Außenspiegel wie ein Reisebus. Und dass so ein Luxusmobil über eine Rückfahrkamera verfügen würde, war mir ja irgendwie klar – Herberts Charisma hat aber zwei. Und eine Frontkamera noch dazu. Beide bequem einzusehen von den beiden Pilotensitzen aus. Die heißen anscheinend wirklich so. Sie sind luftgefedert und beheizbar. Haben allerdings keine Schleudersitzfunktion.

Horst, Willi und ich lassen uns in der sogenannten

Lounge in die Lederpolster fallen, die allerdings mit Handtüchern abgedeckt sind. Die beiden Rentner ein frisches Kölsch in der Hand. Unsere Frauen waren allesamt nicht mitgekommen, vermutlich finden sie dieses PS- und Technik-Gequatsche nicht nur uninteressant, sondern sogar peinlich.

Anstatt eines Autoradios hat das Wohnmobil ein Entertainmentsystem, das per UMTS oder WLAN über das Internet auf Wetter- und Stauprognosen zugreift und auch noch die E-Mails ausspuckt. Digitalradio und der Blue-Ray-Player sind eine Selbstverständlichkeit, dass aber außer hier vorne noch ein weiterer Flachbildschirm im Schlafraum hängt, war wiederum eines der Extras, für die Herbert ungefähr dreimal so viel bezahlt hatte wie mein Schwiegervater für seinen ganzen Wohnwagen.

»Und wie viele PS hat so ein Teil?«, frage ich.

»170 bei drei Litern Hubraum.«

»Und damit kommst du von der Stelle?« Ich bin enttäuscht. Hat nicht jede gewöhnliche Familienkutsche heutzutage 170 PS? Ich habe locker mit 350 oder so gerechnet.

»Du willst damit doch keine Rennen fahren«, sagt Willi, »außerdem darfst du eh nicht schneller als 100.«

Herbert lässt jetzt die Rollladen für die Windschutzscheibe herunter. Elektrisch, eh klar. »Zwei-Zonen-Fußbodenheizung«, sagt er, was bedeutet, dass Wohn- und Badezimmer separat geheizt werden können. Und jetzt glaube ich auch zu wissen, woher Willis Obsession kommt.

Das Doppelbett ist im Heck des Wagens untergebracht, direkt über der Garage, und ich denke, das ist für uns Deutsche natürlich das Allergrößte: direkt über dem geliebten Auto zu pennen. Herbert öffnet eine Klappe unter dem Bett und grinst: »Und hier kannst du gleich deine schmutzige Wäsche in den Keller werfen. Wie zu Hause.«

»Und du kannst deinem Auto gute Nacht sagen«, ergänze ich.

Herbert sagt: »Und wisst ihr was? Der Wagen schlägt sogar Alarm, wenn das Frischwasser leer ist oder der Fäkaltank voll.« Und während ich noch überlege, wie oft unterwegs wohl das Kontrolllämpchen geleuchtet haben mag, greift Herbert auch schon zur Klopapierrolle, die wenig dekorativ auf der Küchenablage steht. »Bin gleich wieder da«, stöhnt er.

In die andächtige und irgendwie auch mitleidige Stille sage ich: »Also ehrlich, so würde ich mir Camping auch gefallen lassen.«

»Dafür bist du noch viel zu jung«, sagt Horst.

»Du hast doch noch gar keine Ahnung«, sagt Willi mit einem gütigen Lächeln. »Das hier ist die Krönung einer Camper-Karriere.«

Wir klettern aus dem Wagen heraus unter die riesige Markise, von der ich mal annehme, dass auch sie automatisch ein- und ausfährt. Herbert und Ute besitzen sogar Gästestühle. Nur gut, dass sie die nicht haben stehen lassen statt der Ravioli-Dosen.

Camper-Karriere – was für ein wundervoller Begriff. Normalerweise geht es mit Zelten los. Kleines Zelt, großer Sockengestank. Und das in einem Alter, in dem du vorm Spiegel im Gemeinschaftsbad außer dem Bartflaum auch noch die Pickel entfernst.

Inzwischen hat sich auch Herbert wieder zu uns gesellt. Er wirkt erleichtert, und das liegt gewiss nicht nur daran, dass er sich eine kühle Dose Beck's geöffnet hat.

Die drei holen zu einem fulminanten Referat über

die Geschichte des Campens in Deutschland aus, und im Prinzip hat es bei allen irgendwie ähnlich begonnen. Ende der Sechziger sind sie mit ihren ersten Autos losgezogen, an der Anhängerkupplung eine Art bewohnbares Ei, was aber immer noch bequemer war als ein Zelt.

Und dann ging es Richtung Süden, in das ewige Sehnsuchtsland der Deutschen, wo es in der Nähe von Venedig den ersten großen Campingplatz gab. Der Union Lido beherbergte damals bevorzugt Mitarbeiter des Auto-Herstellers NSU; es war die billigste Art, ein paar Wochen Ferien in Italien zu verbringen. Die Deutschen tranken zum ersten Mal Espresso und Chianti-Wein, den sie noch Schianti aussprachen. Sie lernten, mit Löffel und Gabel lange Nudeln aufzurollen, und verloren ihre Furcht vor der Pizza, die man seinerzeit noch »Mafia-Torte« nannte.

Der Union Lido muss ein mythisches Paradies gewesen sein, das sich inzwischen in eine veritable Hölle verwandelt hat, wenn man Horsts bedrückenden Schilderungen glauben darf, der vor ein paar Jahren noch mal dort war: bevölkert wie eine mittlere Kreisstadt, die Campingplatzordnung so dick wie das Telefonbuch von Berlin, Lautsprecherdurchsagen wie auf dem Appellhof, aber immerhin Handyempfang.

Für Leute wie Herbert und Ute sind solche Campingplätze ein Alptraum. In ihrer Reisemobil-Gemeinschaft müssen sie sich ja schon verteidigen, dass sie überhaupt so einen lauschigen Ort wie das Grande Paradiso besuchen. Orthodoxe Wohnmobilbesitzer haben in der Regel für Campingplätze und deren Schrebergarten-Ästhetik nichts weiter als Verachtung übrig. »Mit einem Wohnmobil unterwegs zu sein, das bedeutet Freiheit. Freiheit als solche, verstehst du?«, sagt Herbert. Einfach die Markise einrollen und los! »Du packst in einer halben Stunde zusammen und fährst einfach weiter, wenn es dir irgendwo nicht gefällt. Und vor allem kannst du anhalten, wo du willst.«

»Also auch auf dem Straßenstrich von Ancona?«, frage ich.

»Manchmal geht es eben auch daneben«, sagt Herbert schmunzelnd und erzählt, wie sie mit ihrem alten Wohnmobil mal in der Nähe einer Bushaltestelle geparkt haben und morgens von sizilianischen Schulkindern ordentlich durchgeschaukelt wurden. Oder von dem Bauern, der ihnen mitten in der Nacht den Lauf seiner Jagdflinte unter die Nase hielt und bei der heiligen Jungfrau Maria schwor, er würde abdrücken, wenn sie nicht augenblicklich von seinem Feld verschwinden.

Er erzählt wundervolle Anekdoten vom Wildcampen, wie er das nennt, unterbrochen nur von Horst und Willi, die ebenfalls ihre kuriosen Erinnerungen zum Besten geben. Ich würde wahrscheinlich nicht eine dieser Geschichten glauben, säße ich nicht zwischen wahrhaftigen Veteranen des Reisens auf Rädern.

Ich gewöhne mich gerade daran, dass Herbert sich seine Auszeiten nimmt, nun aber ist er schon seit über einer Viertelstunde verschwunden. Keine Spur von dem armen Kerl.

»Meint ihr, wir müssen uns Sorgen um ihn machen?«, frage ich in die Runde.

»Keine Ahnung«, sagt Horst, »aber du kannst ja mal nachsehen. Du bist der Jüngste.«

»Da kannst du ihm gleich was zu lesen mitbringen«, sagt Willi.

»Vielleicht ist ihm das Klopapier ausgegangen«, sagt Ute. »Warte! Ich gebe dir noch eine Rolle.«

Als ich das Toilettenhäuschen betrete, höre ich ein verängstigtes Flüstern: »Hallo? Ist da jemand?«

»Herbert?«

»Ja, pst.«

»Was ist los?«

»Hier ist eine Schlange«, flüstert er, »direkt an meinen Füßen. Verdammte Scheiße!«

»Beweg dich nicht! Ich hol Hilfe!«

Ich stürme nach draußen und suche Rosella, die Putzfrau. Sie wird schon wissen, was zu tun ist. Rosella steht unter einem Feigenbaum am WC Kimik und raucht.

»*C'è un*, äh«, stammele ich. Dummerweise habe ich keine Ahnung, was Schlange wohl auf Italienisch heißen mag. Ich versuche es mit Gesten, Italo-Style eben: *»Allora, c'è un«,* ich ziehe meine beiden gekrümmten Hände auseinander, was ehrlicherweise alles bedeuten kann: langes Kabel, kurzer Dackel. Dann mache ich »zzzzzzz« und imitiere pantomimisch mit der rechten Hand ein zubeißendes Maul.

Rosella lacht. Und sagt: *»Un attimo«*, nimmt noch zwei bemerkenswert tiefe Züge ihrer MS-Zigarette, dann gehen wir ins Toilettenhäuschen zurück.

»Apri«, sagt Rosella. Sie klopft.

»Du sollst aufmachen«, dolmetsche ich.

»Geht nicht. Schlange!«, ruft Herbert.

Rosella öffnet mit einem Geldstück unter schallendem Gelächter die Tür von außen. Und da steht er in seiner Kabine, mit beiden Füßen auf der Klobrille, die Hose zu seinen Knöcheln. Der Herbert: gleichermaßen verschreckt und verschämt. Die Hand vor seinem Dingens.

Die Schlange ist ein glitschiges, braun-beige gestreiftes Wesen, vor dem nicht mal ich Angst gehabt hätte. Mit einer großen Zange, die sie sonst benutzt, um den Müll aufzuklauben, packt Rosella die Schlange, eine Blindschleiche vermutlich, und trägt das Tier nach draußen.

Herberts Gesichtsfarbe wechselt augenblicklich von Angstbleiche auf Schamesröte. Und während wir zurück zu seinem imposanten Charisma gehen, muss ich hoch und heilig schwören, niemandem von dem Zwischenfall zu erzählen. Schon gar nicht seiner Frau. Rosella hat er sicherheitshalber mit einem Trinkgeld geschmiert.

»Ist das eigentlich eure Jungfernfahrt?«, frage ich, nachdem Herbert mir eine Beck's-Dose in die Hand gedrückt hat.

»Wir waren neulich erst zur Mittsommernacht am Nordkap«, sagt Herbert. »Es war phantastisch. Die Leute feiern bis zum Umfallen. Und es wird wirklich nie ganz dunkel.«

Er und die Ute hatten in einem ihrer vielen Geheimfächer ein paar Flaschen Whisky und Wodka über die Grenze geschmuggelt. »Bei den Preisen ist das die härteste Währung da oben«, sagt er. Und dann wurden sie natürlich überall zum Essen eingeladen.

»Und die Infrastruktur – phänomenal!« Selbst an einsamen Landstraßen habe es an den malerischsten Aussichtspunkten Parkplätze gegeben mit Steckdosen und der Möglichkeit, die Pipi-Box auszuleeren.

Sie sind quer durch Norwegen bis hoch in den Norden gefahren, dann über Finnland und Schweden wieder zurück. »5000 Kilometer in 20 Tagen«, sagt Herbert stolz.

»Und jetzt macht ihr aber Urlaub, oder?«, frage ich.

Ute seufzt.

»Siehst du, genau deswegen lassen wir unsere Kiste jetzt auch wieder hier beim Bauern stehen«, sagt Willi. »Die Rita mag's eben lieber gemütlich. Wir kommen her, bleiben ein paar Wochen und fahren entspannt nach Hause.«

Herbert lächelt jetzt ein bisschen zu überheblich. Wenn ich seine ganze Mimik richtig deute, hält er sich in seinem Wohnmobil für den touristisch überlegenen Abenteurer. Im Wohnmobil ist das Reisen ein Selbstzweck. Unterwegssein als Metapher für – wie hatte er das formuliert? – »die Freiheit als solche«.

Mir ist das nicht unsympathisch. Natürlich fühlt man sich auf einem Campingplatz auch ungebundener als in einem Hotel. Du entgehst den entwürdigenden Buffet-Schlachten, die speziell von Deutschen erbittert geführt werden. Zumal, wenn es Räucherlachs zum Frühstück gibt.

Aber diese Sorte Freiheit erlebt man auch im gemieteten Ferienhaus.

Mehr als zehn Jahre lang haben sie auf so ein Wohnmobil hingespart. Jeden Monat einen Tausender zurückgelegt, und wenn es ging, sogar zwei. Und als Herbert seinem Sohn endlich zutraute, den Betrieb zu übernehmen, da fuhren sie zum Händler, blätterten durch einen Katalog voller Extras und setzten ihre Kreuzchen. Es ist fast die gleiche Geschichte wie bei Willi. Nur dass der Herbert Wände verputzt und angestrichen hat.

»Und jetzt weißt du auch, warum ich dir gesagt habe, dass du zu jung für so ein Ding bist«, sagt Horst, »wenn du so ein Wohnmobil wirklich nutzen willst, brauchst du Zeit. Und die hast du nur als Rentner.«

»Früher habe ich immer gesagt, selbständig zu sein bedeutet, selbst ständig zu arbeiten«, sagt Willi, »heute kann ich selbst ständig neu entscheiden, was ich mit meiner Freizeit anfange.«

Wie hat Lena gesagt: Siebzig ist das neue Fünfzig. Die Rentner sind keine senilen Alten mehr, sie sind jetzt *Best Ager*, und allmählich verhalten sie sich auch so, wie sich ein paar Marketingtypen das ausgedacht haben. Es ist das klassische Henne-und-Ei-Phänomen: Was war früher da – die Begrifflichkeiten oder der Lebensstil? Das weiß man heute ja nicht mehr so genau.

Diese Leute hier haben jedenfalls nicht nur das nötige Geld angespart, um ihre Träume zu leben. Sie sind oft genug auch aufgeschlossener und neugieriger als ihre Kinder, und wenn ich mir den Herbert anhöre, dann sind sie getrieben von einem kaum zu stillenden Nachholbedürfnis: Genuss nach einem Leben voller Entsagung und Selbstbeschränkung, Kultur und Bildung nach Jahrzehnten der stumpfen Plackerei. Wobei die Sache mit dem Genuss auf Herbert und seinen überempfindlichen Magen nur bedingt zutrifft.

Was mir allerdings einige Sorgen bereitet, ist die Vorstellung, mit meinem kleinen Fiesta so einem 70-Jährigen und seinem Beinahe-7,5-Tonner in den Serpentinen Auge in Auge gegenüberzustehen.

Interessant ist doch, dass mein Opa damals in dem Alter seinen Führerschein freiwillig zurückgegeben hat, was nicht nur ich als Segen für ihn und sein gesamtes Dorf empfand. Er besaß einen grünen Ford Escort, den meine Tante nur liebevoll den »Frosch« nannte, und das hatte weniger mit der Farbe zu tun. Sondern eher mit dem kleinen Hüpfer, den der Wagen jedes Mal machte, wenn der Opa ungelenk losfuhr.

Die einen kaufen sich ein Haus in Naples, Florida, und verbringen ihren Lebensabend unter Palmen, bis sie auf dem Golfplatz einen Herzinfarkt kriegen. Und diese Männer hier klemmen sich in Shorts und Feinripp ans gewaltige Lenkrad und durchqueren in kürzester Zeit ganz Europa von Norden nach Süden. Entweder sie sind zähere Burschen als mein Opa, was durchaus denkbar ist. Oder aber sie sind rollende Zeitbomben.

»Also«, sagt Willi und rappelt sich bierbeschwert von seinem Campingstuhl hoch, »heute Abend machen wir erst mal ein Begrüßungsgrillen bei mir.« Er wirft mir einen väterlich-tadelnden Blick zu: »Mit Holzkohle!«

Willi hat gewaltig aufgetischt. Offenbar hat er seine Rentner-Prioritäten ganz auf Genuss eingerichtet. Zur Feier des Abends hat er eines seiner feinsten T-Shirts aus dem Schrank gezogen. Es trägt die Aufschrift: *»Two beer or not two beer«*. Immerhin, und das wird Lena freuen, war es ihm nicht gelungen, seine Rita davon abzuhalten, auch zwei große Schüsseln Salat anzurichten.

Aus dem CD-Player tönen deutsche Schlager, wie sie auf Bayern 1 laufen. Das dominierende Tischgespräch sind jetzt mal wieder meine kleinen und größeren Missgeschicke. Es wird herzlich und viel gelacht. Natürlich auf meine Kosten. Und im Prinzip ist es ja auch nicht ganz unverdient. Kommt offenbar nicht so oft vor, dass sich ein Camping-Novize nach Sepiana verirrt. Und nachdem ich von meinen Begegnungen mit dem Bürgermeister erzählt habe, berichten wir Herbert von unserem Guerilla-Projekt, aus dem zu meiner Enttäuschung schon ein bisschen die Luft raus zu sein scheint.

Herbert ist begeistert: »Der Kerl hat sich schon

längst mal eine gehörige Abreibung verdient«, sagt er, was Lena wiederum mit einem genervten Augenrollen quittiert.

»Okay, also hier ist der Plan«, sage ich. »Ihr kennt euch mit diesem technischen Schnickschnack natürlich besser aus, da müsst ihr mir sagen, wenn irgendwas nicht geht. Aber nachdem ich heute gesehen habe, wie der Herbert die ganze Zeit zum Klo gerannt ist, da kam mir eine Idee. Falls dieser Idiot jemals den Campingplatz verlassen sollte, schlagen wir zu. Wir gehen zu seinem Wohnwagen und nehmen den Fäkaltank raus. Und der ganze Mist läuft unter den Wagen. Was meint ihr?«

»Bist du bekloppt?«, platzt es aus Lena heraus.

»Also, technisch ist das vielleicht machbar, falls er ihn nicht abgeschlossen hat«, sagt Willi in seniorenhafter Besonnenheit, »aber das geht nicht.« Er setzt an zu einem Grundsatz-Vortrag über den Ehrenkodex unter Campern. Es mag Meinungsverschiedenheiten geben, aber sie werden niemals so giftig ausgetragen wie unter Reihenhaus-Nachbarn. Er sagt: »Der Wohnwagen eines Campers ist tabu. Alles klar?«

Ich nicke wie ein Schuljunge, der gerade vom Direktor die Standpauke seines Lebens bekommen hat.

Ein paar Ideen schwirren umher, die ich allesamt zu schlapp finde. Schließlich schlägt Horst vor, die Gassi-Säcke zu entfernen, für die der Bürgermeister so erbittert gestritten hat. »Aber die sind doch echt sinnvoll«, sagt Lena, die eben noch geschworen hat, sich an dieser Diskussion nicht zu beteiligen.

»Und wenn wir Ameisen anlocken?«, sage ich. »Die kriegt er mit ein bisschen Pulver doch schnell wieder erledigt.«

Herbert nickt.

»Auf keinen Fall«, sagt Horst, »Ameisen sind die Pest, die kriechen dir überall rein, in jede Ritze. So viel Pulver kannst du gar nicht verstreuen. Nee, das ist zu hart.«

»Aber irgendwas, das mit seinem Ordnungs- und Waschzwang zu tun hat«, sage ich.

Unsere Verschwörer-Runde kommt ins Grübeln.

»Also gut, was anderes«, sage ich und erzähle, dass ich gestern, nachdem ich sein Safari-Outfit auf der Wäscheleine bei den Chemie-Toiletten hatte hängen sehen, noch schnell ins Dorf gefahren bin und bei Millecose im Scherzartikel-Regal Juckpulver gefunden habe.

»Das«, sagt Lena, »ist das Letzte. Wenn es etwas gibt auf einem Campingplatz, dann ist es Vertrauen. Du musst deine Klamotten aufhängen können, ohne dass dir jemand an die Wäsche geht.«

Ich schweige verlegen und schaue betreten auf meinen leeren Teller.

»Warum bist du plötzlich so still?«, fragt Lena.

»Ich fürchte, dieser Hinweis kommt, nun ja, jetzt ein bisschen zu spät.«

dieci

Heute sei ich mal dran mit Kaffee kochen, hat Lena gesagt und sich zum Supermarkt aufgemacht, um unsere vorbestellten Cornetti abzuholen, die wie jeden Tag in einer braunen Papiertüte in einem Korb hinter der Back-Theke liegen. Mit einem Edding-Stift ist Lenas Name draufgekritzelt.

Allmählich habe ich mich schon an diese durchritualisierten Tage gewöhnt, die mich immer mehr an den Film »Und täglich grüßt das Murmeltier« erinnern. Du wachst auf mit der »Final Countdown«-Fanfare und der Frohsinns-Attacke aus den Lautsprechern, kurz darauf rattert Bademeister Freddie gemächlich auf seinem Strandpflug vorbei und schaut lüstern, ob er Lena endlich mal wieder oben ohne sehen kann. Und wenig später stampfen die Beats von der »Acqua-Gym« am Strand herüber. Um ehrlich zu sein, finde ich diese gleichförmige Ereignislosigkeit inzwischen extrem erholsam.

So gesehen stellt das Kaffeekochen eine irritierende Abwechslung dar. Vor allem aber stellt es mich vor ein schier unlösbares Problem. Unsere Camping-Küchenzeile, deren zusammensteckbaren Unterschrank ich immerhin ohne fremde Hilfe aufgebaut habe, ist mit einer doppelten Kochplatte versehen. Einer Gas-Herdplatte wohlgemerkt. Lena hat mir schon zweimal gezeigt, wie man sie bedient. Und beim zweiten Mal wurde sie schon ziemlich ungeduldig. Also: Gasflasche aufdrehen, Gasknopf am Herd drücken, Kamin-Feuerzeug dranhalten. Die Theorie habe ich voll drauf. Nur mit der Praxis komme ich immer noch nicht zurecht. Ich entstamme der Generation Cerankochfeld.

Als Lena vom Supermarkt zurückkommt, stehe ich immer noch vor den Herdplatten und drücke verzweifelt auf dem Gasknopf herum. Den Willi zu bitten, war selbst mir zu peinlich, aber so vernichtend wie Lena mich jetzt ansieht, hätte ich vielleicht doch lieber die Pest der Cholera vorziehen sollen.

»Was kannst du eigentlich?«, fragt Lena. Genauso gut hätte sie mich auch anspucken können.

Ein Campingplatz, das habe ich längst begriffen, ist das letzte Refugium des Machismo. Ich bin da eher ein Außenseiter. Männer laufen mit großen Hämmern in der Hand von einem Stellplatz zum nächsten, um einander mit wenigen kraftvollen Hieben die Vorzelt-Heringe in den Boden zu klopfen. Ich glaube, es gibt da einen ähnlichen Wer-braucht-weniger-Schläge-Wettbewerb wie früher beim Oktoberfest-Anstich, bevor Christian Ude Münchner Oberbürgermeister wurde. Der ist nicht mehr zu unterbieten.

Richtige Camper sind imstande, Doppel-Luftmatratzen allein mit dem Mund aufzublasen oder zur Not einen Grill auch ohne Feuerzeug zum Brennen zu bringen. Sie können auch mit verbundenen Augen Autoreifen wechseln. Ich habe dafür die Nummer des ADAC in meinem Handy eingespeichert.

Camping, das ist ja auch die Kunst des gemeinschaftlichen Versiffens. Schweißflecken unter den Achseln gelten hier als Statussymbol. Lena hat mir einmal gesagt, sie habe sich auch deshalb in mich verliebt, weil sie den Duft meines Bulgari-Parfüms so sehr mochte. Insofern bin ich mir nicht sicher, ob jetzt Deo-Verzicht so eine gute Alternative wäre.

Anfangs hat jedenfalls Lena den Kaffee gekocht, während ich die Milch aufschäumte. Und nach dem Frühstück schickte sie mich hoch zu den Waschweibern ans Spülbecken. Es stimmt schon, dass ich im Baumarkt gern vor Fernsehern stehen bleibe, in denen Werbefilme für neuartige Putzmittel laufen. Aber bin ich deshalb gleich ein Vorwärtseinparker? Immerhin benutze ich noch keine Gummihandschuhe für den Abwasch.

In letzter Zeit ist ja viel von der Verweichlichung junger Männer die Rede, von traurigen Hornbrillen-Typen in Strickjacken aus Berlin-Mitte, die in schicken Bars lieber endlos über ihre wirren Gefühle diskutieren, statt Frauen im Suff irgendwann einfach mal zu küssen. Ich habe mich neulich mal mit Ercole über dieses Thema unterhalten, der mir lachend versicherte, dass dieser Diskurs am gemütlichen Sepiana großräumig vorbeigegangen ist. Was mich allerdings auch nicht besonders verwundert in einem Land, das jahrelang von einem ältlichen Casanova auf Steroiden und Viagra regiert wurde.

Als ich vom Spülen zurückkomme, haben wir Besuch. Er trägt schmal geschnittene Bade-Bermudas von irgendeinem Surfer-Label, eine Oakley-Sonnenbrille und darüber ein Quicksilver-Basecap.

»*Buon giorno*«, sagt Fabio feixend, »alles picobello sauber?«

»Sowieso«, sage ich. »Und bei dir? Wie laufen die Immobilien-Geschäfte?«

»Aah, ich mach heute mal einen Tag frei. Muss mich mal ausruhen. Bloß keinen Stress.«

»Siehst du das Fischerboot da vorn?«, sagt Lena

verzückt. »Das hat sich Fabio von einem Kumpel ausgeliehen. Ist das nicht super?«

Und ich dachte schon, er wäre vom Hafen aus mit dem Surfbrett rübergekommen. Einmal um den Felsen rum.

Auf jeden Fall ist Fabio hier, um Lena zu einer kleinen Spritztour abzuholen. Bisschen die Küste entlangschippern, in die romantischen Grotten fahren, in kleinen Buchten halten und an einsamen Stränden, die nur vom Wasser aus erreichbar sind. Er hat sogar eine gut gefüllte Kühlbox mit leichtem Weißwein an Bord. Alles. Nur leider keinen Platz für mich.

»Ist eben ein Fischerboot. Ist ganz klein«, sagt Fabio grinsend. »*Scusa*, Marco.«

»Passt schon«, lüge ich.

»Macht's dir wirklich nichts aus?«, fragt Lena. Schwer zu sagen, ob das Scheinheiligkeit ist. »Wir bleiben auch nicht so ewig. Versprochen!«

Lena setzt ihren neuen Hut auf, während sich Fabio genüsslich die Hoden sortiert. Dann packt sie ein Handtuch und ein T-Shirt in die kleine wasserdichte Umhängetasche, die Fabio ihr extra mitgebracht hat. Sie gibt mir einen langen Abschiedskuss, und mir fällt auf, dass es überhaupt der erste Kuss seit zwei oder drei Tagen ist. Für ein Paar auf Hochzeitsreise auch eine bedenkliche Bilanz.

Wenigstens dreht sie sich noch mal zu mir um und winkt, bevor die beiden um den Felsen herum verschwinden.

Ich versuche mich auf mein Buch zu konzentrieren. Das hat auch schon mal besser geklappt. Es ist einer dieser Tage, an denen ich keine Minute still sitzen kann. Stehe auf und hole meine Zigaretten. Rauche und lese. Und gieße mir ein Glas Wasser ein. Trinke und rauche und lese. Und suche nach der Sonnencreme. Auch im Müßiggang kannst du vor Unruhe verrückt werden.

Es ist doch paradox: Je mehr ich in diese seltsame Freiluft-Gesellschaft hineinwachse, desto mehr wachse ich aus unserer Ehe heraus. Das war nicht der Plan.

Bevor ich schwimmen gehe, schließe ich den Wohnwagen vorschriftsmäßig ab, was eine etwa fünfminütige Chronik des Scheiterns wird, bis ich, meine Schulter schon fast in die Tür hineingebohrt, endlich den Schlüssel umgedreht bekomme. Dieses verdammte Schloss ist verklemmter als ein Klosterschüler.

Das Trampolin ist leider von Kindern besetzt, und so versuche ich, mich auf dem Rücken treiben zu lassen und melancholisch den Wolken auf ihrer Reise zuzusehen. Ich erinnere mich, wie ich beim Rückenschwimmen früher in der Schule nur mit Mühe dem Ertrinken entronnen bin. Auch jetzt sacken mir ständig die Beine nach unten. Wahrscheinlich fehlt mir die Körperspannung. Wundern würde mich das nicht.

Mir fällt das Fußballspiel wieder ein. Womöglich ist das ja eine gute Gelegenheit, mein Image in eine eher maskuline Richtung zu korrigieren. Es gibt sicherlich talentiertere Kicker in unserem Land, aber immerhin war ich als Kind mal ein paar Jahre lang in einem Fußballverein. Dass mich unser Trainer damals ins Tor abgeschoben hat, will ich nun nicht überbewerten. Wenigstens hat er mich nicht zum Linienrichter degradiert. Und ich weiß noch, wie meine Mutter sich immer hinter meinem Kasten postierte, und sobald ein gegnerischer Stürmer auf mein Tor zurannte, trieb sie mich an, ihm in Todesverachtung entgegenzuhechten. Sie schrie und tobte und tanzte. Und das zu einer Zeit, als es den Begriff *Soccer-Mum* in Deutschland noch gar nicht gab.

Der einzige Haken an diesem Fußballmatch ist bloß, dass Wutbürgermeister Helmut der Teamchef ist. Pest oder Cholera? Manchmal musst du auch mit einem Tag klarkommen, der eine permanente *No-win-*Situation ist.

Ich nähere mich seinem Stellplatz behutsam von der Strandseite her. Der Bürgermeister fegt gerade sein Vorzelt aus. Er trägt heute nur seine Badehose, und sein Oberkörper ist übersät mit roten Pusteln. Ich fühle mich schuldig.

»Äh, grüß Gott«, sage ich von jenseits des Mäuerchens.

»Sie?« Der Bürgermeister staunt, dass ich mich in sein Territorium traue.

»Hab gehört, dass Sie die Mannschaft fürs Campingplatz-Länderspiel zusammenstellen. Ist das richtig?«

»Korrekt«, schnarrt er, und ich muss unwillkürlich an die Reden auf dem Reichsparteitag denken. »Wollen Sie etwa mitspielen?« Es klingt wie: Hammse überhaupt gedient?

»Na ja, ich dachte, so ein bisschen frisches Blut könnte nicht schaden.«

»Na, dann kommen Sie doch mal rauf.«

Ich klettere das Mäuerchen hoch. Sagrotan-Susi kommt jetzt auch aus dem Vorzelt heraus, sie hält einen Futternapf in der Hand, auf dem »Cazzo« steht. Ich reiche ihr die Hand und stelle mich den beiden überhaupt erst mal mit vollem Namen vor. Bisher haben wir uns ja nur angebrüllt.

Nero, der streunende Kater, kommt angetapst. »Da

bist du ja, mein kleiner Rumtreiber«, säuselt Susi, um die Katze anzulocken. »Komm her, Cazzo, komm.«

»Cazzo?«, frage ich.

»Na, Katze halt«, sagt Susi wie selbstverständlich, »die spricht ja nur Italienisch.« Sie beugt sich wieder runter und hält Nero den mit Fleischbröckchen gefüllten Napf hin. »Komm, Cazzo, miez-miez.«

Ich versuche, mein Schmunzeln zu unterdrücken. Es tut schon fast weh, so arg muss ich mich zusammenreißen. Ich denke, es wäre wirklich unhöflich, sie darauf hinzuweisen, dass *cazzo* im Italienischen eine Menge interessanter Bedeutungen hat. Aber Katze gehört ganz sicher nicht dazu.

Der Bürgermeister erklärt derweil die Regeln. Gespielt wird auf dem kleinen Feld hinter den Tennisplätzen. Jedes Team darf so viele Spieler aufbieten, wie es will, aber es dürfen immer nur fünf Mann und ein Torwart gleichzeitig aufs Feld. Und gespielt wird zweimal 30 Minuten, mit fliegendem Wechsel.

Und dann erzählt er ein wenig über die vorangegangenen Begegnungen gegen die Italiener und davon, dass neben der taktischen Disziplin auf dem Platz ganz generell auch die Qualität in der deutschen Mannschaft gefehlt habe. Er kratzt sich ganz erbärmlich am Rippenbogen und am Schulterblatt. »Aber in diesem Jahr sind ja auch ein paar jüngere Männer hier. Sie … hm, und dann ist da noch ein Familienvater, der einen sehr sportlichen Eindruck macht. Mit dem wollte ich auch noch sprechen.«

»Was halten Sie davon, wenn wir bis dahin ein, zwei Trainingseinheiten einlegen?«, frage ich und fasele etwas von mannschaftlicher Geschlossenheit als Schlüssel zum Sieg. Was man eben immer so hört in der Sportschau.

Beim Abschied versetzt mir der Bürgermeister einen Klaps auf die Schulter. Er sagt: »Junger Mann, ich glaube, ich habe Sie gründlich falsch eingeschätzt.«

Auf dem Rückweg zum Wohnwagen lege ich einen kurzen Stopp bei Willi ein, um ihm von der ungewöhnlichsten aller möglichen Begegnungen zu berichten. »Da siehste mal«, sagt er, »Fußball verbindet.«

Inzwischen vertrage ich auch ein Bier um die Mittagszeit. Das ist sozusagen Teil meiner sozialen Integration. Willi schwitzt, als wäre er zwanzig Kilometer am Strand gejoggt. Er arbeitet schon seit dem frühen Morgen an einem beheizbaren Handtuchhalter, den er in seiner Nasszelle installieren will. Angeblich hat sich die Rita das so gewünscht.

Die ist allerdings schon seit gut zwei Stunden vor dem ganzen Geschraube an den Strand geflüchtet.

Den gesamten Morgen hat er gefeilt und geschliffen, gehämmert, gebohrt. »Das Problem sind die dünnen Wagenwände«, sagt Willi. »Siehst du? Da kannst du nur die winzigsten Schrauben reinsetzen.« Er hat schon jeweils zwei Unterlegscheiben montiert, aber die größte Herausforderung bleibt die Elektrik. Willi hat in seiner Not einen Kabelkanal aus dem Schlafraum ins Bad verlegt, um den Handtuchhalter an den Strom anzuschließen.

»Und warum nimmst du nicht einfach ein Verlängerungskabel?«, frage ich wohl etwas zu naiv.

»Das ist ein Badezimmer, da fließt Wasser«, sagt er genervt. »Wasser und Strom – na, was meinst du?« Ohne eine Antwort abzuwarten, sagt er: »Das gibt 'nen Kurzen. Damit kennst du dich doch aus.«

Ursprünglich wollte er die Kabel ja unter der Wand verlegen, aber dafür hätte er wohl den halben Wohnwagen auseinanderschrauben müssen. Das war selbst dem legendären Wannen-Willi zu strapaziös.

In Herberts Charisma sind beheizte Handtuchhalter übrigens serienmäßig eingebaut. Und ich könnte mir vorstellen, die Hausbesichtigung hat dem Willi den letzten Kick gegeben, sein Werk endlich in Angriff zu nehmen. Den Halter selbst hatte er schon in Deutschland besorgt.

Wir haben ja bei Herberts Ankunft schon darüber philosophiert, wie sich das Campen verändert hat in den letzten Jahren. Sie haben es nicht so ausgedrückt, aber letztlich lief alles darauf hinaus, dass das vor allem demographische Gründe hat. Seit es bei uns mehr Pensionisten denn je gibt, die noch dazu wohlhabender sind als alle Rentner-Generationen vor ihnen, hat auf den Campingplätzen in ganz Europa eine Art Wettrüsten eingesetzt.

Seit geraumer Zeit, hat Horst beklagt, würden sich Gespräche unter Campingfreunden nur noch um PS-Zahlen, Quadratmeter-Angaben und Sonderausstattungsdetails drehen. Dabei spielt das gestiegene Komfortbedürfnis der Alten zwar auch eine Rolle, doch vor allem geht es um eine Form des Penisvergleichs untereinander. Und wenn sie früher noch glücklich waren, ein bewohnbares Ei hinter sich herziehen zu können, so muss es heute schon mindestens eine Fußbodenheizung sein. Oder eben der beheizbare Handtuchhalter.

Mir ist schon länger aufgefallen, dass einige meiner über viele Jahre gepflegten Vorurteile über das Campen nicht mehr zeitgemäß waren. Ein Urlaub für arme Leute ist das definitiv nicht mehr. Die Stellplatzgebühren sind so hoch, dass man von dem Geld locker eine Pauschalreise nach Mallorca, Griechenland oder in die Türkei buchen könnte. Den bequemen Flug und die Halbpension inklusive. Und für Herberts Investition in seinen Charisma kannst du auch locker ein Ferienhaus neben einem Golfplatz an der Costa del Sol kaufen. Da soll es im Moment günstige Gelegenheiten geben.

Wenn ich Horsts kulturpessimistische Einlassungen richtig begriffen habe, dann war Camping bis zum Jahrtausendwechsel noch die Utopie einer klassenlosen Gesellschaft: Der Professor, der Handwerker, Bankangestellte und Fabrikmalocher – in kurzen Hosen waren sie alle gleich. Und ihre Wohnwagen unterschieden sich hauptsächlich aufgrund der Hersteller-Logos.

Seit es die Charismas gibt oder edle Hymer-Reisemobile und wie die alle heißen, ist ein gewisser Kulturwandel eingetreten. Man versucht sich abzugrenzen, zu überbieten. Und mit einem Mal hat Camping etwas mit Statussymbolen zu tun. Gegenüber von Willis Wohnwagen parkt sein nagelneuer Mercedes ML.

Willi lässt sich in seinen Campingstuhl sinken. Die Werkelei hat ihn sichtlich geschafft. Auf seinem Tisch liegt ein großformatiger bunter Katalog, auf dessen Cover zwei Kinder in einem Schlauchboot rudern, und im Bildhintergrund steht idyllisch ein Wohnmobil am Seeufer.

»Was ist das denn?«, frage ich.

»Fritz-Berger-Katalog.«

Als ich ihn immer noch fragend anschaue, erklärt Willi, das sei das aktuelle Programm eines Versandhauses für Campingartikel, irgendwo im Niemandsgebiet der Oberpfalz. Sozusagen der Ikea-Katalog für Männer mit Anhängerkupplung.

»Donnerwetter«, sage ich, »das ist mal ein authentischer Firmenname.«

»Wie meinst du das?«

»Na, Fritz Berger. Der kann campen!« Ich sage: »Wäre doch auch ein super Werbeslogan, findest du nicht?«

Willis Schweigen entnehme ich, dass er das anders sieht.

»Darf ich mal?« Ich nehme seinen Fritz-Berger-Katalog in die Hand. Er ist so dick wie die Bibel mit Altem und Neuem Testament und sollte wohl auch mindestens genauso ernst genommen werden.

Willi braucht offensichtlich eine Pause von der Plackerei. Ich zeige auf den Katalog. »Darf ich mir den mal ausleihen?«, frage ich, als ich gehe.

Am Strand laufen schwarze Verkäufer in bunten Gewändern herum. Lena hat mir erklärt, dass die Italiener sie früher nur verächtlich »Vu-Cumpra« nannten. Weil die Händler mit ihrem harten afrikanischen Akzent immer etwas nuschelten, das so viel wie *»vuole comprare?«* heißen sollte. Willst du kaufen? Inzwischen sprechen sie der Einfachheit halber Englisch. Zumal deutsche Urlauber zumeist eh kein Italienisch können.

Die meisten dieser Strandhändler werden auf abenteuerlichstem Weg von Nordafrika nach Lampedusa geflohen sein und sich dort aus den Flüchtlingslagern davongestohlen haben, als das noch möglich war.

Ich klettere das Mäuerchen runter, um mir ihr Angebot ein bisschen näher anzusehen. Die Männer verkaufen bunte Schals, Badehandtücher und Sonnenbrillen, die garantiert die Augen ruinieren. Im Prinzip ist es ein ähnliches Sortiment wie das ihrer Kollegen auf dem Corso.

Vor allem gibt's bei ihnen auch diese wunderbar

dilettantisch gefälschten Lacoste-Polos. Ich entscheide mich für eines in sattem Lila, dessen Krokodilschwanz wie ein Pfeil geradeaus in die Höhe zeigt. Und die 15 Euro, auf die ich den Verkäufer schließlich runterhandeln kann, sind ein durchaus angemessener Preis dafür, dass ich jetzt kleidungstechnisch zum Inner-Circle von Sepiana gehöre.

Das Mittag-Bierchen hat mich schon einigermaßen ermüdet, das muss ich zugeben, sosehr ich das auch trainiere. Höchste Zeit für einen Kaffee. Also noch mal: Gasflasche aufdrehen, Gasknopf am Herd drücken, Kamin-Feuerzeug dranhalten. Es passiert: gar nichts.

Im Inneren unseres Wohnwagens haben wir noch mal drei Herdplatten, die sind in die Kochzeile eingelassen und müssen einfach nur eingeschaltet werden. Schalter drehen, los geht's. Wie alle echten oder auch nur Herzens-Italiener benutzen wir diese kleine Alukanne, die auf die Kochplatte gestellt wird.

Sie ist nach ihrem Erfinder Alfonso Bialetti benannt, der vor knapp achtzig Jahren als Erster eine Maschine entwickelt hat, mit der man daheim einen ähnlich guten Espresso zubereiten kann, wie man ihn aus der Bar seines Vertrauens kennt. Der Legende nach hat sein Sohn gleich nach dem Zweiten Weltkrieg ein Patent darauf angemeldet. Und weil er nur zu genau wusste, dass sich seine Landsleute um nichts weniger scheren als um geistiges Eigentum, stellte er die Imitate auch gleich selbst her.

Kaum habe ich die Milch angestellt, spüre ich, wie mein Magen drückt. Ich schnappe mir die Klopapierrolle und den Wohnwagenschlüssel. Lena hat mir ungefähr tausendmal eingeschärft, nie den Wohnwagen offen zu lassen. Niemals und für keine Sekunde. Also muss das jetzt ausnahmsweise mal schnell gehen. Ich stemme mich gegen die Tür, der Schlüssel klemmt. Drücke ein bisschen fester und drehe den Schlüssel noch etwas entschlossener um. Er bewegt sich. Das Schloss dummerweise nicht. Zu meinem Entsetzen halte ich nur noch den Kopf des Wohnwagenschlüssels in der Hand. Ich schreie: *»Fuck!«*

Mein Magen beruhigt sich augenblicklich, aber dafür schlägt mein Herz schneller als bei einem Radprofi kurz vor der Zielankunft in Alpe d'Huez.

»O Mann, ich hab's verbockt«, sage ich, als ich bei Willi vor dem Vorzelt stehe. Er schreckt verdattert aus seinem bierseligen Mittagsschlaf hoch.

»Ich hab den Wohnwagenschlüssel abgebrochen, und drinnen kocht der Kaffee. Und die Milch.«

Willi schüttelt sich, während er sich hochrappelt. »Jetzt mal langsam, Jung.«

Ich erzähle, was passiert ist. »Warum machst du den Kaffee denn drinnen?«, fragt Willi.

»Das ist jetzt nicht der Punkt. Ich muss die beschissene Tür aufkriegen. Und zwar zacko!«

»Das ist ein Problem«, sagt Willi. Zum Glück hat er seinen Werkzeugkoffer noch draußen stehen.

Wir rennen zu meinem Wohnwagen rüber. Herbert sieht uns von seinem Opernbalkon aus wie die aufgescheuchten Hühner über den Platz flitzen: »Was ist denn mit euch los?«

»Scheiße«, rufe ich zurück. Das ist wohl Erklärung genug.

»Wenigstens hast du das Fenster offen gelassen«, sagt Willi, als er keuchend vor unserem Wagen stehen bleibt. Er beugt sich ausatmend nach vorn wie ein Marathonläufer nach knapp 42 Kilometern.

Durch das offene Fenster höre ich die Kaffeemaschine röcheln und spritzen. Die Milch ist garantiert auch längst übergelaufen.

»Aber die Fenster stehen doch nur auf Kippe.«

»Macht nix«, sagt Willi, »du kommst da durch. So ein Fenster gibt auch nach.«

Er macht mit zusammengefalteten Händen eine Räuberleiter. Das habe ich nicht mehr gemacht, seit mir die ersten Schamhaare gewachsen sind. »So, Jung, jetzt rein mit dir!«

Ich quetsche mich durch das halb geöffnete Fenster und purzele kopfüber auf unser Bett. Zumindest bin ich drin. Aber für den Kaffee kommt jede Hilfe zu spät. Die Küchenzeile ist in einem beachtlichen Radius großflächig mit Kaffeespritzern übersät, die angebrannte Milch stinkt widerlich. Es ist eine sagenhafte Sauerei.

Inzwischen stehen auch Horst und Herbert vor dem Wohnwagen. Endlich wieder mal was los. Ich schalte die Herdplatten aus, an den Topf allerdings traue ich mich genauso wenig wie an den Kaffeekocher. Beide scheinen zu glühen.

»Okay, Leute«, sage ich, »ich bin drin, aber wie zum Teufel komme ich wieder raus?«

»Da ist so ein Haken an der Tür«, sagt Horst. »Musst du einfach nur runterdrücken.«

»Ich sehe keinen Haken.«

»Unter dem Schloss«, sagt Willi.

»Das Schloss ist doch außen!«

»Himmel«, schimpft Willi. »Mach mal das Fenster ganz auf. Ich komme rein.«

Würde ich in diesem Moment nicht vor meinem geistigen Auge Lena dabei sehen, wie sie die Scheidungspapiere unterschreibt, wünschte ich, diesen Anblick von draußen erleben zu dürfen: der dicke Willi, wie er von Herbert und Horst für jeden Fuß eine eigene Räuberleiter bekommt. Sein Kopf ist schon im Wohnwagen drin, nur der Rest vom Willi baumelt noch halb in der Luft. Er keucht und stöhnt, weil er mit seinem Wanst im Fensterrahmen festklemmt. Oder zumindest hängt. Von draußen drückt der Horst gegen seinen Hintern, und Herbert versucht ihn bei den Füßen reinzuschieben. Und mit einem mächtigen Plumps landet Willi dann auch tatsächlich auf unserem Bett – genauer gesagt, schlägt er eher ein.

»Leck mich am Arsch!«, mosert er, als er sich hochrappelt. Und schon wieder Schweiß-Fluss wie ein Tiroler Wasserfall nach der Schneeschmelze.

Er stolpert zur Tür. »Das da! Das ist der Haken, den ich meinte!« Er drückt ihn runter und auf geht die Tür.

Das ist doch kein Haken, denke ich, das ist ein Hebel. Aber ich sehe schon ein, dass jetzt nicht der geeignete Zeitpunkt ist für derlei semantische Feinheiten.

Horst und Herbert halten sich immer noch die Bäuche vor Lachen, als wir vier im Vorzelt stehen. Das haben die beiden allerdings exklusiv. Im Gegensatz zu heute Morgen, als Lena mit ihrem apulischen Surfer-Lümmel abgedampft ist, hoffe ich inzwischen, dass sie eine möglichst wunderbare Zeit miteinander haben. Und vor allem nicht so schnell wiederkommen.

»Das Schloss muss raus, sonst kriegst du den Ersatzschlüssel nicht rein«, sagt Willi, der sich allmählich erholt hat. Er kramt einen Schraubenzieher aus seinem Werkzeugkasten. Zwei flinke Hände, und zehn Minuten später ist das Schloss tatsächlich draußen.

Ich drücke meine Zigarette aus und bin beeindruckt: »Es gibt nur ein kleines Problem – ich habe keinen Ersatzschlüssel.«

Undici

»Cooles T-Shirt«, sagt Ercole.

Ich trage das neue Fake-Lacoste-Polo mit dem steilen Schwanz, als ich ins Pico Bello komme. Und setze erst mal meine Sonnenbrille ab. Erstaunlich finster hier drinnen. Ercole sitzt vor dem Fernseher und schaut eine dieser nachmittäglichen Gameshows, ein Italo-Klassiker: Showtreppe wie beim Schlagerfestival von San Remo, dazu eine blonde Assistentin mit ausgeprägten sekundären Geschlechtsmerkmalen. Sie ist gekleidet, als komme sie gerade vom Strand.

»Marco, du bist ja ganz, wie sagt ihr? Durch die Wind!«

Ich erzähle ihm von meinem Malheur.

»Porca la Madonna«, stöhnt Ercole. Und ich denke, mit Rücksicht auf die Heilige Jungfrau muss man das gar nicht erst übersetzen.

Hinter mir lag ein Wohnwagen mit einem Loch in der Tür. Und zwar genau dort, wo das Schloss hingehört. Nachdem ich die Sauerei notdürftig geputzt hatte, bin ich sofort rauf ins Dorf gefahren. Mal sehen, ob sich die Sache wieder in Ordnung bringen ließe. Willi, Horst und Herbert hatten zugesichert, in der Zwischenzeit in drei Schichten aufmerksam Wache zu schieben. Und im Zweifel würden sie Lena besänftigen, falls sie früher zurückkommen sollte als ich. »Ist vielleicht sogar besser«, hatte Willi gesagt. »Ich meine, dass eine neutrale Person sie in Empfang nimmt.«

Oben in der Kurve gibt es ja diesen Camping-Laden, der alles hat. Wirklich alles. Zelte, die im Prinzip eine Drei-Zimmer-Wohnung sind. Kleine Gaskocher, die man gleichzeitig als Lampe nutzen kann. Es gibt Feldbetten mit farblich abgestimmtem Moskito-Zelt in mir vertrautem Nato-Oliv. K.-o.- oder Pfefferspray. Aufblasbare Kajaks. Und sogar richtig große Fischernetze. Ich muss an Willis Katalog denken: Wenn der Campingladen eines winzigen süditalienischen Fischerdorfs schon so ein Panoptikum ist, was muss dann erst dieser Fritz Berger für ein Paradies sein?

Ich hatte das extra in meinem Wörterbuch nachgeschlagen: *la toppa* – das Türschloss. Dank Willis Blitzausbau habe ich es auch gleich mitgenommen und dem Ladenbesitzer auf den Tresen gelegt. Verbunden mit umständlichen und radegebrochenen Erklärungen.

»Sorry, my friend«, sagte er in erstaunlichem Englisch mit einem krassen Cockney-Akzent, als sei er jahrelang im Londoner Eastend Taxi gefahren. Er stellte sich als Luca vor.

Da könne man leider überhaupt nichts machen, erklärte Luca, »entweder du hast noch irgendwo einen Ersatzschlüssel oder du musst ihn bei deinem Hersteller ordern. Und ich sag dir, das kann dauern!«

»Aber kann man vielleicht den Zylinder wechseln oder gleich das ganze Schloss? Einfach ein neues rein?«

»Kann auch nur der Hersteller«, sagte Luca. »Die sind ja nicht blöd. Was meinst du, wie oft so was passiert? Ist ein gutes Zusatzgeschäft.«

Und so blieb mir nichts anderes übrig als die Beichte. Lena würde mir vermutlich Absicht oder Dummheit unterstellen und noch heute Abend bei Fabio einziehen.

Ich setzte mich vor die Kirche, um meinen Schwiegervater anzurufen, und war bereit, jede Strafe zu akzeptieren. Wenn es sein müsste, würde ich auch zwanzig Rosenkränze beten. Auf dem Weg hinunter Richtung Piazza und Corso verbrauchte ich zwei Zigaretten auf 500 Metern. Handyempfang hatte ich auch wieder.

»Hallo, mein Schwiegersohn«, meldete sich Peter fröhlich. Ich glaube, seine wie üblich etwas gestelzte Begrüßung soll mir klarmachen, dass ich endgültig zur Familie gehöre. Ob das nach dem Gespräch auch noch so sein würde?

Ein bisschen Bammel habe ich schon. Die Bilder von unserer Hochzeitsfeier laufen wieder vor mir ab. Sein praller Stolz, wie er mir den Schlüssel überreicht hat. Genau den Schlüssel, den es nun so nicht mehr gab. Mir war flau im Magen, und ich konnte mir gut vorstellen, wie sich die Erben einer Drogeriemarkt-Kette gefühlt haben müssen, als die Insolvenz des elterlichen Unternehmens nicht mehr aufzuhalten war.

Kurze Situationsbeschreibung in wenigen präzisen Sätzen, ich beschönigte nichts. Sage, ich bin bereit, die Verantwortung zu übernehmen. »Scheiße«, sagt Peter kurz, ansonsten ist er tiefenentspannt. Ich bin schließlich nicht der Erste, dem so etwas passiert, sagt er.

Immerhin habe ich den Wagen noch nicht abgefackelt. Die Sache mit den Gasflaschen hat Peter ja vorher ein gewisses Unbehagen bereitet, wie er mir nun verrät. Auch habe ich ihn nicht geflutet, was allerdings primär Lenas umsichtigem Eingreifen zu verdanken ist. Sie hat im letzten Moment noch den zweiten Verschluss des Frischwassertanks zugedreht, während ich diesen mit Willis Gartenschlauch füllte. Insofern habe ich keine größeren Schäden angerichtet.

»Bleib, wo du bist«, sagt Peter, »ich suche jetzt erst mal den Ersatzschlüssel, und dann schaue ich, dass wir ihn so schnell wie möglich da runter kriegen.«

Eine halbe Stunde lang sitze ich mit den Alten auf den Parkbänken am Corso und rauche. Meine Frau mit einem schleimigen Hilfs-Papagallo unterwegs, das Vertrauen der Familie gründlich missbraucht. Ich überlege kurz, ob ich vielleicht zu Millecose rübergehen soll, einen Lottoschein ausfüllen. So wie mein Liebesleben gerade aussieht, dürfte ich im Glücksspiel große Chancen haben.

»Schlüssel ist hier zu Hause«, sagt Peter, als er zurückruft, »ich hab schon einen Kurier bestellt, die holen ihn heute noch bei uns ab.«

Ich muss mich bloß ein wenig gedulden, meint er. Sepiana liegt nämlich dermaßen am *culo al mondo*, dass es keinen Overnight-Kurier gibt.

»Aber spätestens übermorgen habt ihr den Ersatzschlüssel. Du müsstest allerdings das Schloss auseinanderbauen ...« Dabei klingt sein Tonfall mehr als skeptisch.

»Natürlich kann ich das nicht«, antworte ich, »aber kennst du noch den Wannen-Willi?«

»Klar.«

»Mein bester Kumpel inzwischen. Der hat schon angeboten, dass er das übernimmt.«

Für Erleichterung braucht es manchmal keine Worte. Nicht mal am Telefon.

Nachdem ich mein Gespräch mit Peter beendet habe, halte ich auf dem Rückweg noch an einem Laden, der mit einem großen Schild auf dem Gehsteig *prodotti regionali* anpreist. Dort kaufe ich erst mal drei Pullen Grappa als Dankeschön für Willi, Horst und Herbert. Keine Ahnung, ob der womöglich blind macht, aber am Ende zählt ja immer die gute Absicht.

»Kann ich einen Cappuccino haben?«, frage ich Ercole bedröppelt. Ich habe bei meiner Rückkehr gleich vor seinem Ristorante geparkt. Inzwischen hat sich auch seine Frau zu uns gesetzt. Sie steht auf und macht mir einen Cappuccino mit Amaretto. Was sie eben für situationsadäquat hält.

»Der ist schön süß, dann brauchst du keinen Zucker«, sagt Tanja. Sich selbst hat sie einen kleinen Grappa eingeschenkt.

Als ich mein Missgeschick in den etwas größeren Kontext stelle, also die Hochzeitsreise, Fabio, die Tintenfisch-Geschichte, schauen beide so betroffen wie bei einer Beerdigung.

»Okay, sage ich zu Fabio nur so viel – *è un coglione*«, sagt Ercole. »Erklär ich dir später vielleicht mal, habe ich dafür jetz kein Zeit. Aber muss du kein Sorgen machen.«

Mamma mia, der Cappuccino haut ganz schön rein!

»Gut, aber was würde ein Italiener jetzt an meiner Stelle machen?«, frage ich Ercole.

Allerdings ist es Tanja, die antwortet. »Na, heulend zu seiner Mamma laufen. Und unterwegs sein Handy ins Meer schmeißen.«

»Äh«, macht Ercole und dazu diese *Che-cazzo*-Geste mit zusammengepressten Fingern.

Tanja redet rasant auf mich ein, während Ercole sich kurz zur Toilette verabschiedet. Der aufgestaute Frust von knapp zwanzig Jahren deutsch-italienischer Ehe in einer gut fünfminütigen Zusammenfassung. Lena hatte mir auch schon erzählt, dass die ehedem bildhübsche Tanja von Jahr zu Jahr verhärmter aussehe.

Italienische Männer, sagt Tanja, reißen sich ein Bein für dich aus, wenn sie dich erobern wollen. Sie lassen Blumen regnen, kaufen dir jede Woche ein neues Parfüm und führen dich groß zum Essen aus. Und kaum hast du den Ehering am Finger, hängen sie nur noch vor dem Fernseher, schauen Fußball und fragen ungeduldig, ob das Essen und die Wäsche schon fertig sind.

»Lena kennt diese Leute hier, sie hat in dem Land studiert und gelebt«, sagt Tanja. »Die ist schlau genug, nicht auf so einen Arsch reinzufallen.«

»*Allora*«, sagt Ercole, der wieder zurück ist. »Braucht ihr jetzt ein bisschen Zeit für euch. Romantik. Gibte dafür in Sepiana beste Platz von der Welt.«

»Oje, ich ahne es schon«, sagt Tanja.

Ercole greift zum Telefon, es folgt ein langer Monolog. Gelegentlich schaut er zu mir, und ich nehme mal an, dass dies die Schilderung meiner Missetaten ist. Als er auflegt, sagt er: »*Bene*, Matteo hat gesagt, reserviert euch beste Tisch. Und besorgt er noch ein kleine Überraschung.«

»Matteo? Der Sohn vom Fischer?«

»*Esatto*. Ihr kriegt den Tisch mit die schönste Aussicht. Musst du spätestens um halb acht da sein, dann geht die Sonne unter. Alles rot. Wie die Liebe!«

Herbert blättert in dem Fritz-Berger-Katalog, den ich mir von Willi ausgeliehen habe.

»Vielen Dank, dass du aufgepasst hast. Hat sich Lena schon blicken lassen?«

»Noch nicht«, sagt Herbert. »Ich kann auch gern dableiben, dann fällt das Donnerwetter vielleicht nicht so schlimm aus.«

»Das ist lieb, aber da muss ich allein durch. Aber wenn ihr heute Abend noch mal nach dem Wagen sehen könntet – das wäre super.«

»Ehrensache.«

Als er zurück zu seinem Charisma geht, haue ich mich mit einem Buch in den Liegestuhl. Normalität vorgaukeln. Entspannt aussehen. Fürs Erste wird Lena gar nicht merken, was passiert ist. Wenn alles gut läuft, könnte ich die Fassade bis kurz vor dem Abendessen aufrechterhalten. Der Wohnwagen steht ohnehin den ganzen Tag offen. Außer wir gehen Kaffee trinken oder ins Meer. Letzteres fällt erst mal flach. Und Kaffee hatte ich jetzt auch genug.

Lena ist ein kleines bisschen angeschickert, als sie zurückkommt. Der Tag muss ein Traum gewesen sein. Das Maximal-Idyll. Fabio hat Tramezzini mitgebracht, von seiner Mamma belegt, und von Wein, sagt Lena, versteht er auch echt was.

»Hey, und wir haben Yachten gesehen, meine Herren!«

Sie schwärmt von den Buchten und giftet ganz sachte, dass sie wegen ihrer Stirn ja leider nicht kopfüber ins Wasser springen konnte. Und in den Grotten muss es auch ganz phantastisch gewesen sein.

»Dann lass uns doch mal so eine Grotten-Tour machen«, sage ich, »kann man oben an der Rezeption buchen.«

»Na klar«, sagt Lena, sie schaut mich abschätzig an, als hätte ich ihr vorgeschlagen, den nächsten Urlaub am Ballermann zu verbringen. »Und dann sitzen wir da in einem Boot zwischen hundert schwitzenden Touris, oder was?«

Ihr Blick fällt auf den Camping-Katalog auf dem Tisch. »Was willst du denn damit?«

»Hab ich mir von Willi ausgeliehen.«

»O nein, bitte nicht!«

Jetzt muss man wissen, dass ich in Dinge, die mich frisch begeistern, gerne mal einen Haufen von dem Geld investiere, das wir überhaupt nicht haben. Vor ein paar Jahren habe ich als Reporter die Tour de France begleitet. Danach brauchte ich unbedingt ein neues Fahrrad. Die Klamotten natürlich auch. Hätte ohne gar nicht weiterleben können. Erst bei den Klickpedalen und dem Sturzhelm sagte Lena, ich würde mich lächerlich machen.

Und als ich wenig später einen Golfkurs gemacht habe, hatte Lena schon schlimmste Befürchtungen, bevor ich überhaupt losgefahren war. Jedenfalls habe ich mit sehr viel Mühe und auch ein wenig Schummelei die Platzreifeprüfung bestanden. Kurz darauf erstand ich eine umfangreiche Ausrüstung mit einem beeindruckenden Schlägersortiment. Lena sah mich an und sagte: »Reicht für diesen Scheiß nicht ein einzelner Schläger aus? So wie beim Tennis? Und wenn du jetzt auch noch so eine Karohose kaufst, dann verlasse ich dich.«

Erst neulich bin ich wieder im Keller über die Golftasche gestolpert. Und man muss sagen: alles noch 1A in Schuss.

Lena nimmt den Camping-Katalog und blättert ein paar Seiten. Sie sagt: »Ich finde es ja schön, wenn du dich mit dem Camping angefreundet hast. Aber bevor du irgendwas bestellst, will ich es wissen.«

Ich erzähle ihr von den Platten, die ich gesehen habe: 50 mal 50 Zentimeter groß, und sie lassen sich noch einfacher zusammenstecken als Laminat. Von der gleichen Firma, die auch unser Vorzelt herstellt. »Dann hätten wir hier einen richtigen Schwingboden.

Wir würden wie auf Wolken gehen, verstehst du? Dein Vater wird es lieben.«

»Du hast einen Schaden.«

Immerhin mag Lena die Idee, heute Abend mal beim Fischer essen zu gehen. Auch wenn sie befürchtet, dass wir keinen Platz kriegen. Ich kann ihr ja schlecht sagen, dass wir schon einen Tisch reserviert haben.

Wobei der Moment der Wahrheit jetzt gekommen ist. »Komm, lass uns duschen gehen«, sagt Lena. »Wir können ja auch mal zusammen duschen …«

In Gedanken habe ich diesen Augenblick schon ein Dutzend Mal geistig durchgespielt im Laufe des Tages. Ich hatte ja auch genug Zeit. Im Prinzip sind solche Gespräche wie eine Partie Schach. Nur dass man halt statt der Züge Beschimpfungen, Flüche und Argumente vorauskalkulieren muss.

»Einer sollte am Wohnwagen bleiben«, sage ich.

»Wieso?«

»Ähm, wir haben leider im Moment kein Türschloss am Wohnwagen.«

»Hä?«

Ich erzähle meine Geschichte zum fünften Mal heute. Sie wird immer kürzer. Nur noch das Wesentliche. Aufs Klo gemusst, Kaffeekanne auf dem Herd, Schlüssel umgedreht, Pech gehabt. »Aber der Ersatzschlüssel ist schon unterwegs. Schöne Grüße übrigens von deinem Vater.«

»Das ist nicht dein Ernst, oder? Kann man dich nicht mal zwei Stunden alleine lassen?«

»Du redest mit mir wie mit einem Fünfjährigen.«

»Du benimmst dich ja auch wie ein Fünfjähriger.«

»Es ist doch überhaupt nichts passiert. Ich habe einen Schlüssel abgebrochen. *So what*? Um ehrlich zu sein, habe ich schon größeres Elend gesehen.«

Lena untersucht die Tür. Da ist ein Loch. Ich habe sie bereits drauf hingewiesen. »Es geht ums Prinzip«, sagt sie.

»Was ist denn das Prinzip?«

»Dass du dich aufführst wie ein Vollarsch, den jeder nur auslacht.«

»Ich kenne mindestens drei Leute, die das nicht tun. Und die passen heute auf unseren Wohnwagen auf.« Ich sage: »Selbst dein Vater findet das alles nicht tragisch. Und dem gehört die Kiste hier.«

Lena sagt erst mal nichts mehr.

Ich sage: »Und jetzt geh doch einfach duschen.« Dazu bemühe ich mich um mein unter diesen Umständen charmantestes Lächeln. »Am besten, du duschst kalt. Wenn das bei sexueller Erregung hilft, dann bestimmt auch bei Wut.«

»Du bist einfach ein Trottel«, sagt Lena, während sie sich ihren Waschbeutel und das Handtuch greift. Und ich meine, sogar einen sanften, fast schmunzelnden Unterton rausgehört zu haben.

Matteo spielt seine Rolle absolut überzeugend. Als wir am Trabucco ankommen, tut er völlig überrascht, Lena überhaupt in Sepiana zu sehen. Er schließt sie lange in den Arm, dann sagt er vorwurfsvoll: »Warum hast du dich nicht mal vorher gemeldet?«

Ich finde ihn jetzt schon großartig. Er sieht ein bisschen aus wie der Komiker Jerry Lewis in seinen jungen Jahren, ratzekurz geschorenes Haar, Fünf-Tage-Bart. Und er trägt eine blütenweiße Schürze, in die »Ristorante Il Trabucco« eingestickt ist. Wie der Chefkoch eines Sternelokals. Und die Schoner, mit denen er seine Hemdsärmel auf Dreiviertel-Länge hält, sind schon ganz große Operette.

Nachdem Willi als Wohnwagen-Babysitter zu uns kam, gingen wir am Strand entlang bis ans andere Ende der Bucht, wo ein kleiner Trampelpfad durchs Gestrüpp und über Stock und Stein hinaus auf den Felsen zum Trabucco führt. Hier und da sind kleine Lampen in den Boden eingelassen, was aber offenbar eine recht neue Errungenschaft ist, sagt Lena. Früher muss es dermaßen stockfinster gewesen sein, dass sich einer ihrer Freunde, der zur Sepiana-Prüfung mit ihr im Grande Paradiso weilte, nach dem Essen beim Fischer in der Dunkelheit gestolpert ist und sich dabei einen bösen Bänderriss zugezogen hat.

»Ihr habt Glück«, sagt Matteo, »gerade ist ein Tisch frei geworden.«

Unterwegs hat Lena erzählt, dass Matteo für sie immer wie ein Bruder war. Sie haben jeden Tag zusammen am Strand gespielt, waren surfen, schwimmen, Eis essen. Und als Matteo wie jeder vernünftige italienische Provinzjunge endlich ein Motorrad zum 16. Geburtstag bekam, holte er Lena abends immer ab, um mit ihr nach Sepiana auf den Corso zu fahren.

Das Restaurant ist eine von Bambusmatten und vereinzelten Palmzweigen überdachte Terrasse, um die sich ein hüfthoher und ziemlich löcheriger Holzzaun zieht. Bojen und Fischernetze als Dekoration, Vasen und Glasschüsseln, die mit Sand, Muscheln und Seesternen gefüllt sind. Was man eben am Meer so alles findet. Kräftige Treibholzlatten gehen wie Balken vom Boden nach oben, von der wackeligen Decke hängen Bastrollos herab. Wir sitzen wie an einem geöffneten Fenster und schauen aufs Meer hinunter und auf die glühende Sonne, die gerade am Horizont verschwindet.

In ein paar hundert Metern Entfernung klettert

Sepiana wie auf einer Treppe den Felsen hinauf. Ein Ambiente wie auf einer Fototapete. Das Einzige, was die Stimmung geringfügig trübt, sind die Touristen, die sich in den fünfzehn Minuten Sonnenuntergang gegenseitig auf den Klippen fotografieren.

Ercole hatte recht: Wenn es einen perfekten Platz für Romantik gibt, dann ist es dieser. Schummriges Abendlicht, es läuft sanfte Jazz-Musik; an den anderen Tischen eine Menge Einheimische, die sich mächtig aufgestylt haben für ihr Abendessen; die Unterhaltungen erstaunlich gedämpft. Und keine Gefahr, dass ein als Tintenfisch verkleideter Animateur dir die Weingläser vom Tisch haut.

»Komm, ich zeige dir die Speisekarte«, sagt Lena. »Bestellen musst du vorn an der Theke.«

Wir stehen vor einer Bretterbude, die notdürftig zusammengehämmert wirkt und quasi als Anbau wie festgetackert am klaustrophobisch niedrigen Fischerhäuschen klebt. Das Trabucco-Restaurant ist eine Mischung aus wilder Piratenspelunke und Café del Mar. Nur dass diese Strandbude majestätisch auf einem Felsen thront. Die Karte kann sich in den letzten Jahren nicht sehr oft geändert haben. Jedenfalls ist die Handschrift, in der die Gerichte auf dünne Holzplättchen geschrieben sind, ziemlich verblichen. »Melanzane ripiene«, »Spaghetti vongole«, »Fritto misto« und natürlich »Sepia a la Grilia«. Das Einzige, was sich hier gelegentlich zu ändern scheint, sind die Preise. Die sind auf Klebeband geschrieben. Und ziemlich sportlich.

Matteos Schwägerin reicht uns Gläser, eine Flasche Wasser und einen Krug Weißwein aus dem Bestellfenster, dazu bekommen wir ein weißes Stück Papier, auf das sie in die obere rechte Ecke mit rotem Edding-Stift eine 47 malt und einen Kreis drum herum. Das also sind unsere Tischdecke und unsere Bestellnummer.

»Hast du die Kühltruhe gesehen?«, frage ich, als wir uns an unseren Tisch im äußersten Eckchen setzen.

»Ja«, sagt Lena, »wieso?«

»Wahnsinn, was die hier aus dem Wasser ziehen.«

Ich kann nicht behaupten, dass ich ein renommierter Fischexperte bin, aber eine Seezunge erkenne selbst ich. Thunfisch-Scheiben, Schwertfisch-Filets, Kraken.

»Aber wo kriegen die denn den Hummer und die Austern her?«

Lena lacht. »Die kommen jeden Morgen per UPS. Matteo lässt das alles aus Amerika und Frankreich einfliegen.«

Das macht mich etwas misstrauisch. Wenn ein Wohnwagenschlüssel per Kurier mindestens zwei Tage unterwegs ist, wie frisch sind dann die Austern? Ich würde es nicht auf einen Test ankommen lassen.

Am Anfang hat mich der Achtzigerjahre-Charme von Sepiana ja noch reichlich irritiert. Die Abwesenheit jeglicher Infrastruktur, die Langsamkeit des Lebens oben im Dorf, das Retro-Ambiente in Ercoles Pico Bello. Es kam mir vor wie eine Zeitreise. Inzwischen sehe ich das alles als Ausflug in eine Welt, die komplett unbeschwert am Rande der komplizierten Wirklichkeit vor sich hin existiert.

Und dann hast du ausgerechnet hier oben an einer Bretterbude plötzlich Internet über WLAN, es läuft Radio Swiss Jazz, und es gibt Austern.

»Von allen Leuten, die ich hier kennengelernt habe, scheint Matteo der Einzige zu sein, der in der Gegenwart lebt, findest du nicht?«

»Das ist auch kein Wunder. Der ist auch der Einzige, der regelmäßig aus Sepiana rauskommt«, sagt Lena.

»Vergiss Fabio nicht!«

»Doch. Vergiss Fabio. Der hätte noch zehn Jahre in Wien leben können und sich trotzdem nicht verändert. Ich mag ihn wirklich gern, aber die tiefen Teller hat der nicht erfunden.«

Aha? Ich wüsste nur zu gern, ob er während ihrer paradiesischen Bootstour versucht hat, Lena anzugrapschen. Aber ich verzichte ganz bewusst darauf, sie zu fragen. Es würde nur peinlich eifersüchtig klingen. Und Eifersucht ist auch immer ein Zeichen von Schwäche. Die will ich nicht zeigen. Jedenfalls nicht so offensichtlich.

»La spigola«, sagt Matteo, als er ein riesiges Silbertablett mit dem in Salzkruste gebackenen Wolfsbarsch serviert. Der Fisch schmeckt phantastisch und so frisch, als wäre er tatsächlich heute Morgen erst gefangen worden, wie Matteos Schwägerin versichert hat.

Wenn mein Schwiegervater schon nicht den Campingplatz gegründet hat, dann hält er zumindest dieses Restaurant für einen seiner genialsten Einfälle. So hat er es jedenfalls in einem seiner umfangreichen Briefings dargestellt. Vor gut 25 Jahren will er den alten Fischer auf die brillante Idee gebracht haben, seinen Fang nicht nur auf dem Markt am Hafen von Sepiana zu verkaufen, sondern noch an Ort und Stelle auf den Grill zu schmeißen beziehungsweise in die Pfanne zu hauen.

Ich würde den alten Herrn gern fragen, ob die Legende stimmt. Er sitzt an einem Tisch in einer Ecke der kleinen Hütte und mampft mit bloßen Händen kleine frittierte Fische mit Kopf und Schwanz. Zu seinen Füßen balgen sich zwei grotesk verwachsene Mischlingshunde um die Brocken, die dann und wann vom Tisch fallen. Nur: So wie er mit seinem Teller vor dem Fernseher hockt und Milan gegen Juve in einer Affenlautstärke sieht, macht er keinen wirklich gesprächigen Eindruck.

An den einfach verputzten Wänden um ihn herum hängen in Bilderrahmen Artikel aus Feinschmecker- und Reisezeitschriften, die Schönheit und kulinarische Qualität des Restaurants besingen.

Nach dem Essen zeigt mir Lena den Trabucco. Eine wackelige Holzbrücke führt hinüber auf ein merkwürdiges Holzgestell, das auf Pfählen ins Meer hineingebaut und mit dicken Seilen gesichert ist. Die Konstruktion erinnert an eine Mischung aus Jäger-Hochsitz und Ölplattform mit einem Holzverschlag in der Mitte.

Matteo gesellt sich im vollen Maître-Ornat auf eine Zigarette zu uns. Wir schauen raus aufs Meer, wo man in der Dunkelheit die Umrisse einiger Boote erkennt. Die Fischer leuchten mit Lampen ins Wasser, um so den Tintenfisch anzulocken. Matteo setzt sich an den Rand des Podests und lässt die Beine über dem Abgrund baumeln.

»Die ersten Trabucci gab es schon im Mittelalter«, sagt er. »Und wenn du hier die Küste entlangfährst, siehst du sie in jeder Bucht.« Zweimal im Jahr ziehen die großen Fischschwärme in der Gegend vorbei, erzählt Matteo. Im Frühjahr und im Herbst. Und sein Vater zieht dann alle paar Stunden prall gefüllte Netze aus dem Wasser. So viel Fisch, dass sie ihn gar nicht auf dem Markt verkaufen oder einfrieren können.

»Und was macht ihr dann damit?«, frage ich.

»Vor ein paar Monaten habe ich den Kinderarzt mit

zwei großen Doraden bezahlt«, sagt Matteo. »Das ist Sepiana.«

Er schnipst seine Kippe runter ins Meer und springt auf. »*Ragazzi*, es ist Zeit für das Dessert.«

Wir setzen uns wieder an unseren windschiefen Holztisch. Mitternacht ist schon lang vorbei, fast alle Gäste sind schon zurück zum Campingplatz gegangen oder mit ihren Autos über den holprigen Feldweg heimgehoppelt. Und ich hatte kurz ein schlechtes Gewissen, unsere Wohnwagen-Babysitter zu überfordern. Aber wirklich nur kurz.

Matteos Neffen, die in den Semesterferien immer hier oben arbeiten, klappern mit den Tellern und Gläsern, als sie die Tische abräumen. Das Licht wird ein wenig gedimmt, und Matteo kommt mit einem großen weißen Porzellanteller auf uns zu. Darauf ein Tiramisu in Herzform, mit einer brennenden Kerze in der Mitte.

Ich spüre die Endorphine in meinem Körper tanzen, und zum ersten Mal seit knapp zwei Wochen steigt in mir ganz sachte ein Gefühl der Überlegenheit auf. »Glaubst du wirklich, dass der Tisch zufällig frei war?«

»Das haben die alles für dich organisiert?«, fragt Lena. Sie hält den Kopf schief und schaut mich verliebt an, ihre Stimme wird ganz samtig: »Du bist angekommen, oder?«

Dodici

Es ist ein Auswärtsspiel, keine Frage. Aus dem Dorf sind ein paar Dutzend Schaulustige ins Grande Paradiso hochgekommen und werfen uns spöttische Blicke zu, als wir an der Mittellinie Aufstellung nehmen. Der DJ hat sein Equipment, mit dem er sonst den Strand beschallt, zum Fußballplatz herübergetragen, und jetzt erklingt tatsächlich das Deutschlandlied, wenn auch reichlich quäkend. Dass dazu die Flaggen im leichten Wind wehen, versteht sich auf einem Campingplatz von selbst.

Der Bürgermeister hat vor zwei Tagen einen Stoß DIN-A4-Handzettel mit dem Text der Nationalhymne an uns verteilt. »Bis morgen habt ihr das drauf«, sagte er. Und vor dem Abschlusstraining nahm er dann tatsächlich so eine Art Chorprobe ab.

Jeder von uns trägt ein strahlend weißes T-Shirt, das die Sagrotan-Susi in den zurückliegenden Tagen liebevoll mit einem arg zerrupft aussehenden Bundesadler bemalt hat. Sie hatte zuvor extra eine Schablone angefertigt. Und auf den Rücken der Shirts hat sie in Schönschrift die Vornamen der Spieler geschrieben. »Haltung«, befiehlt der Bürgermeister, als die ersten Takte unserer Hymne laufen. Und Haltung bedeutet bei den meisten in unserer Mannschaft, dass sie ihre mächtigen Bäuche in Richtung Adria strecken.

Das Fußballfeld liegt gleich hinter den beiden Tennisplätzen und ist von einem gut dreieinhalb Meter hohen Zaun umgeben. Obendrüber haben sie noch ein Netz gespannt, damit der Ball bei verunglückten Schüssen nicht noch ein vorbeifahrendes Auto trifft. Immerhin spielen wir auf Rasen, wenngleich sie dem hiesigen Grün nicht ganz die Pflege angedeihen lassen wie der Wiese vor dem Pico Bello. Die Strafräume sind so groß wie ein Handballkreis, und dort wächst kein einziger Grashalm mehr. Dadurch erinnern die Sechzehner irgendwie an einen Bolzplatz in Äthiopien.

Man sagt ja, dass schlechte Platzverhältnisse eher der technisch unterlegenen Mannschaft entgegenkommen. Und die sind eindeutig wir. Insofern gibt es also keinen Grund zur Klage.

Nach den etwas einseitigen Begegnungen der letzten Jahre haben die Italiener diesmal großzügig darauf verzichtet, die Dorfjugend abzustellen. Wenn man von Fabio einmal absieht, der allen Ernstes so ein Gigi-Buffon-Trikot trägt. So rosa wie die *Gazzetta dello Sport*.

In den letzten Tagen sind Scharen von italienischen Touristen im Grande Paradiso angekommen. Sie nutzen irgendeinen Feiertag für ein langes Wochenende, und es ist genauso, wie Lena mir das vorher beschrieben hat. Sie siedeln sich in der Zona Saturno an, stellen ihre Wohnwagen, Reisemobile und Autos in U-Form zusammen, und in der Mitte wird eine lange Tafel aufgereiht, an der die gesamte Familie Platz findet. Von der Oma über Tanten, Onkel, Cousins bis hin zu den Enkeln. Und wenn mich nicht alles täuscht, verlassen sie diesen Tisch allenfalls für ein Mittagsschläfchen, einen kurzen Strandspaziergang oder einen kleinen Hüpfer ins Meer.

Die sportlichsten dieser Cousins und Enkel stehen jetzt auf der anderen Seite der Mittellinie. Sie alle tragen hautenge Italien-Trikots. Wahrscheinlich haben sie die alle bewusst eine Nummer zu klein gekauft, damit sich ihre Bauch- und Bizepsmuskeln noch deutlicher unter dem Stoff abzeichnen. Schönlinge mit glänzend schwarzen Gelhaaren, einige von ihnen tragen sogar Haarreifen, wie das in Italien eben so üblich ist

Wann immer ich zuletzt in der Zona Saturno vorbeikam, sah ich diese Leute feist essen und Wein trinken. Egal zu welcher Tageszeit. Und womöglich ist das unsere einzige Chance: dass sich diese Jungs hier in den vergangenen Tagen einen bedenklichen Cholesterinwert angefressen haben, der sich spätestens in der zweiten Halbzeit mit Schnappatmung bemerkbar machen wird.

Ercole hat von der Terrasse seine Alustühle als Tribüne herbeigeschafft. Lena steht mit Rita, Ute und Inge hinter dem Zaun und zwinkert mir zu. Ich zeige den Schumi-Daumen und lockere schon mal die Beine.

Wir sind auf den Punkt vorbereitet. Keine Frage. Der Bürgermeister hat uns gleich nach meinem Besuch zu einigen Trainingseinheiten zusammengezogen. Noch vor dem Frühstück versammelten wir uns jeden Morgen am Strand, liefen ihn in voller Länge je zweimal auf, zweimal ab – zum Aufwärmen. Die Bucht, das habe ich bei der Gelegenheit mit der phantastischen Jogging-App meines Smartphones ausgemessen, ist übrigens genau 550 Meter lang. Der Bürgermeister stand mit der Trillerpfeife und seinem Rommel-Outfit auf Höhe der Strandbar, freilich ohne sich zu sehr zu verausgaben. Wir absolvierten ein paar Übungen, die Helmut, wie wir ihn schon nach zwei Tagen nennen durften, bei der Acqua-Gym abgeschaut hatte. Anschließend Steigerungsläufe, Stretching, lockeres Austraben.

Wenn ich uns so anschaue, wie wir jetzt auf dem Platz stehen, dann kam der Aufbau der Grundphysis womöglich ein paar Tage zu spät.

Massimo hat sich eine grellgelbe Schiedsrichterkluft übergeworfen, er ist natürlich qua Amt prädestiniert dazu, den Unparteiischen zu geben. Denn wenn er es sich mit seinen Landsleuten verscherzt, werden sie ihn aus dem Dorf verjagen. Benachteiligt er uns, ist er innerhalb kürzester Zeit seine Stammgäste los.

Auf dem Rücken der italienischen Trikots stehen ebenfalls Namen, allerdings die ihrer größten wirklichen Fußballstars. Zwei Inzaghis, drei Del Pieros, viermal Totti. Wir stellen uns vor dem Anpfiff in einem Kreis zusammen, legen einander die Arme auf die Schultern und beugen uns hinunter. »Sie haben nur Stürmer auf dem Feld!«, brülle ich als letzte Anfeuerung in unseren Kreis. »Das müssen wir ausnutzen!«

Okay, ich habe verschwiegen, dass auch ein Gattuso dabei ist. Irgendwie habe ich das Gefühl, dass ich dessen Nähe unbedingt meiden sollte.

Willi zieht sich ins Tor zurück. Er war früher mal Keeper in der ersten Mannschaft von Fortuna Köln, das war allerdings kurz nach Einführung der Bundesliga. Und was die Geschmeidigkeit seiner Reflexe angeht, hat die Zeit ganz sicher nicht für ihn gearbeitet. Wenigstens sind die Tore nicht viel größer als beim Handball, und in Anbetracht seiner enormen Leibesfülle müssen die Italiener da schon verdammt präzise schießen, wenn sie zum Erfolg kommen wollen.

Massimo pfeift das Spiel an. Ich passe erst mal zurück auf Herbert, den Ball sichern. Er läuft ein paar

Meter die rechte Außenbahn hinunter, und als er von einem der Italiener attackiert wird, spielt er wieder nach hinten zur Mittellinie. Wir lassen den Ball in der eigenen Hälfte im Louis-van-Gaal-Stil zirkulieren – das Spiel beruhigen und den Gegner aus der Defensive locken. Das geht auch eine ganze Weile gut. So ungefähr dreißig Sekunden. Dann grätscht Gattuso dazwischen.

Die Italiener sind verdammt flink auf den Beinen, haben aber die körperliche Robustheit ihrer deutschen Gäste unterschätzt. Einer der Inzaghis sinkt jedenfalls jammernd im Mittelfeld nieder, nachdem ihn Horst mit einem gekonnten Schulter-Check in seinem Dribbling gestoppt hat. Inzaghi wälzt sich noch ein paar Sekunden theatralisch auf dem Boden, bis Massimo Freistoß pfeift.

Trotz unserer technischen Unterlegenheit halten wir uns einstweilen gut. Zumindest halten wir das Unentschieden. Willi entschärft die ein oder andere prekäre Situation durch vorausschauendes Herauslaufen und mit zwei wirklich glänzenden Paraden. Unsere eigenen Offensivbemühungen verstümpern wir allerdings zumeist schon im Ansatz, was uns höhnische Bemerkungen des DJs einträgt, der das Match per Mikrophon kommentiert, ohne dabei Luft zu holen. Dass er das konsequent auf Italienisch macht, reduziert die Demütigung zumindest ein wenig.

Jeden Abend haben wir uns in den vergangenen Tagen unter dem Flutlicht versammelt, um Passfolgen einzustudieren. Wir haben Eckbälle und Freistöße geübt. Das alles natürlich in einem eher gemächlichen Modus und ohne Einwirken eines Gegenspielers. Der Praxistest fällt nun etwas ernüchternd aus. Ingo, der Mann ohne Samenstränge, war der mit Abstand begabteste Kicker unter uns – was allerdings nur bedingt etwas über seine fußballerischen Qualitäten aussagt. Ingo hat während seines Studiums in der Feldhockey-Bundesliga gespielt, ein harter Bursche also, der im Prinzip auch mit dem Ball umgehen kann. Wie sich nun herausstellt, allerdings dann am besten, wenn er draufhauen darf.

Vielleicht war es auch keine so gute Idee, das Spiel am späten Vormittag auszutragen. Mir rinnt der Schweiß sturzbachartig von der Stirn. Und ich ringe um Luft. Die Regel mit dem fliegenden Wechsel kommt den meisten in unserer Mannschaft sehr entgegen. Nach zwei, drei Minuten rennen sie mit letzter Kraft vom Feld, klatschen den Mitspieler ab und stehen keuchend am Spielfeldrand. Wie sich jetzt außerdem herausstellt, ist dies für unsere italienischen Freunde eine offenbar sehr verwirrende Taktik, weil sie sich permanent mit einem neuen Gegenspieler konfrontiert sehen.

Nach etwas mehr als zehn Minuten sind wir allerdings dem gegnerischen Angriffswirbel nicht mehr gewachsen, und Willi ist das erste Mal geschlagen. Luigi, der Gemüsehändler, hat mir den Ball hinterlistig durch die Beine geschoben, dann ließ er Herbert lässig mit einer Köpertäuschung aussteigen und lief anschließend allein auf unseren Kasten zu. Kaum zappelt der Ball im Netz, dreht Luigi mit weit ausgebreiteten Armen ab, er läuft über den halben Platz und imitiert den Flügelschlag eines Raubvogels. Der DJ spielt »Azzurro« von Adriano Celentano, und draußen liegen sich die Italiener lachend in den Armen.

Ercole hat schon vor Spielbeginn damit angefangen, Prosecco an die Zuschauerinnen zu verteilen. Jetzt schenkt er allen ordentlich nach.

Wir antworten mit wütenden Gegenangriffen, und ich versuche es mit einem tückischen Aufsetzer aus einiger Entfernung, den Fabio allerdings unter hämischem Grinsen locker abfängt. Ich habe geackert und gerackert, war vorne, hinten, links und rechts. Nach einer Viertelstunde geht auch mir die Puste aus, und ich lasse mich für eine Zigarettenlänge auswechseln.

Von draußen muss ich miterleben, wie unser Abwehrbollwerk nun vollends zerbröselt. Noch zweimal muss der bedauernswerte Willi hinter sich greifen, und seiner Gestik entnehme ich, dass er sich von seinen Vorderleuten schmählich im Stich gelassen fühlt. Ich löse Horst ab, der schon knallrot ist im Gesicht, und stürme zurück aufs Feld. Und wenig später verschont uns der Halbzeitpfiff vorläufig von weiteren Erniedrigungen.

»In Ordnung, Männer, wir haben uns tapfer geschlagen«, schreit der Bürgermeister bei seiner Halbzeitansprache so laut, dass man ihn auch jenseits des Fangzauns hören kann. »In der zweiten Halbzeit greifen wir sie noch mal so richtig an. Das sind Italiener, von denen wird jetzt jeder wie bescheuert nach vorne rennen, um auch ein Tor zu schießen. Das müssen wir ausnutzen.« Er brüllt: »Wir kontern sie eiskalt aus!«

Ich habe mir ein Handtuch umgehängt und schütte ein wenig eiskaltes Wasser aus der Flasche über meinen Kopf. Lena kommt mit ihrem Prosecco-Glas zu mir an den Zaun: »Willst du einen Schluck? Ist gut für den Kreislauf.«

»Warte ab«, sage ich, »denen werden wir's noch zeigen.«

»Na klar«, sagt Lena grinsend und gesellt sich wieder zu den anderen Spielerfrauen und Ercole.

Drüben, im Kreise der Italiener, sehe ich, wie Fabio

sein iPhone gezückt hat, um sich vor dessen spiegelnden Display die Frisur wieder zu richten. Dabei war er der Einzige, der sich auf dem Platz so gut wie gar nicht bewegen musste.

Die Pause und das Wasser haben mir gutgetan, und direkt nach Wiederanpfiff erobern wir den Ball. Ingo spielt einen schönen Pass in meinen Lauf, der Kerl im Gattuso-Trikot stürmt von der Seite auf mich zu und streckt mich mit einem harten Tritt gegen mein Schienbein nieder. Der Schmerz treibt mir Tränen in die Augen. Als ich die Socke runterrolle, sehe ich, dass die Haut übel abgeschürft ist. Mein Gegner sieht die gelbe Karte, dann reicht er mir die Hand, um mir aufzuhelfen. Er beugt sich vor und flüstert mir ins Ohr: *»Scusa. Fa male?«* Er macht eine Kunstpause: *»A proposito – sono Seppi. La sepia.«*

Der Tintenfisch trägt diesmal also ein Gattuso-Kostüm. An den Armen hat er noch mehr Tattoos als der legendäre Nationalspieler Marco Materazzi. Und ich denke, es ist besser, mich nicht noch mal mit ihm anzulegen.

Unser Bürgermeister hatte recht: Die Italiener spielen jetzt vogelwild nach vorn. Jeder von ihnen stürzt sich in aussichtslose Dribblings, sie schießen aus allen Lagen, ganz gleich wie spitz der Winkel oder wie groß die Entfernung. Nachdem einer der vielen Tottis den Ball mindestens zwei Meter über das Tor gebolzt hat, statt ihn auf einen völlig frei stehenden Del Piero zu spielen, brüllen die beiden sich hitzköpfig an. Ein Streit, der sofort wie ein Lauffeuer auf das gesamte Team übergreift.

In der Folge scheint den Italienern vor lauter Zwist die Lust am Spiel vergangen zu sein. Jedenfalls greifen sie uns auf unserem Weg zum gegnerischen Tor nur noch halbherzig an. Ingo legt den Ball schön quer auf den heranbrausenden Herbert, wobei heranbrausen vielleicht nicht exakt das richtige Wort ist bei Herbert. Jedenfalls setzt der einen sehenswerten Schuss ins linke untere Eck. Und Fabio hat sich bei seiner vergeblichen Rettungstat auch noch die Frisur ruiniert.

Bei den Italienern gibt es in ihrem Gezänk inzwischen überhaupt kein Halten mehr. Sie gestikulieren, keifen, toben, wüten. Ingo und ich spielen einen dieser Doppelpässe, wie wir sie im Training ohne Gegner geübt haben. Und im Prinzip spielen wir ja jetzt auch wieder ohne Gegner, weil niemand mehr die Verfolgung aufnimmt. Ich laufe völlig allein auf Fabio zu, und es ist wie bei diesen Ritterspielen, wenn zwei Reiter mit Lanzen aufeinander losgehen. Ich verlangsame meinen Lauf und überlege, ob ich Fabio vielleicht mit einem coolen Übersteiger umkurven soll, entschließe mich dann aber dafür, ihn zu tunneln. Das ist die ultimative Demütigung. Noch drei Meter ungefähr, ich sehe, wie seine Augen nervös flackern. Und ziehe ab.

Dummerweise habe ich den Schuss wohl etwas zu hoch angesetzt. Er trifft Fabio mit voller Wucht zentral an seinem empfindlichsten und wahrscheinlich meist genutzten Körperteil.

Fabio sackt zeitlupenartig zusammen. Wie eine Leiche im Winnetou-Film. Er liegt auf dem Boden und windet sich und hat seine Hände genau dort, wo er sie sonst auch immer hat. Nur diesmal aus gutem Grund. Sein Hundegewinsel geht jetzt in das Gejaule einer Katze über.

Die Zuschauer pfeifen und buhen mich aus, sie strecken mir den Mittelfinger entgegen, und *»Vaffanculo«*

ist noch eines der höflicheren Dinge, die sie brüllen. Fabio liegt immer noch zusammengekrümmt im Staub des Strafraums. Inzwischen stöhnt und röchelt er, und ich frage mich, ob das jetzt auf eine Verbesserung seines Zustandes hindeutet.

»Wow, voll auf die Zwölf«, sagt Willi, »Respekt!«

»So geht's auch«, meint Ingo.

Das Publikum tobt. Gott sei Dank spielt Luigi selbst mit und hat seinen Gemüsestand geschlossen. So muss ich wenigstens nicht befürchten, dass sie mich auch noch mit Tomaten und Eiern bewerfen. Ich gehe in die Knie, beuge mich zu Fabio hinunter und tätschele ihm freundschaftlich die Schulter. »Hey Alter, tut mir wirklich total leid«, sage ich, »wird's denn wieder gehen?«

Von Fabio keine Antwort. Er ist im Moment in der Hyperventilationsphase.

Seine Mannschaftskollegen haben inzwischen auch das Streiten unterbrochen, die meisten stehen etwas ratlos herum, einer hat sich erst mal eine Zigarette angesteckt. Nach einer Weile tragen sie den schmerzverzerrten Fabio zu dritt vom Platz. Deutsche und Italiener schlurfen betreten hinterher. Wie bei einer Prozession.

Einer von den Zuschauern hat sein Auto geholt, einen großen schwarzen Van, auf dessen Rückbank sie Fabio jetzt legen wie auf eine Bahre im Krankenwagen. »Wir fahren ihn erst mal hoch zu Dr. Cevani«, sagt Luigi. Lena und ich schauen durchs geöffnete Seitenfenster. Fabio richtet sich mit letzter Kraft auf. »Leeeeena«, stöhnt er laut. Etwa so wie Silvester Stallone, als er am Ende des ersten »Rocky« nach seiner Adrian gerufen hat. Das Spiel ist aus.

»Du bist so ein unfassbares Arschloch!«

Lena ist immer noch außer sich, als wir wieder an unserem Wohnwagen ankommen. Der hat inzwischen übrigens auch wieder ein funktionierendes Schloss. Aber das macht die Situation im Moment auch nicht besser.

Das Spiel ist erst gar nicht wieder angepfiffen worden. Die Italiener hatten leider keinen Ersatztorwart im Aufgebot, außerdem sind sie fast alle hinter Fabio hergefahren, um ihm bei Dr. Cevani das Händchen zu halten. Schade eigentlich. Ich war mir ja ziemlich sicher, wir hätten gegen diesen moralisch desolaten Gegner unseren Rückstand noch ganz locker aufgeholt. Und auch der Bürgermeister meinte, immerhin könne von einer Niederlage nicht die Rede sein. Es war ein gefühlter Abbruch-Sieg. Wie beim Boxen, wenn der Trainer das Handtuch wirft.

»Das hast du doch mit voller Absicht gemacht«, brüllt Lena. »Ich hab's doch gewusst – du hasst ihn!«

»Es tut mir leid.« Ich weiß nicht, wie oft ich diesen Satz in diesem Urlaub schon gesagt habe. »Das ist Fußball. Da passiert so was schon mal.«

»Es passiert immer nur dir. Alles passiert immer nur dir!«

»Ich hätte wirklich viel lieber das Tor geschossen, das kann ich dir sagen.«

»Ach, jetzt hör mir doch auf mit deinem Fußball-Scheiß!«

Mitten in unserem Streit kommt der Willi um die Ecke. Er ist auf dem Rückweg von der Dusche und wollte mal nachsehen, ob mich mein schlechtes Gewissen noch quält. In seiner Anwesenheit scheint sich Lena allmählich wieder zu beruhigen.

Willi sagt: »Selbst schuld. Als Torwart muss er doch einen Eierbecher tragen.«

»Einen was?«, fragt Lena.

»Ein Suspensorium«, versuche ich zu erklären. »Das trägt man als Sportler, um seinen Dingens zu schützen.«

»Ihr seid echt geschmacklos. Typisch Männer.«

»Meine Güte, dann fahr ihm halt auch gleich hinterher. Ich werd ihn schon nicht zum Eunuchen gemacht haben.«

Willi wiehert vor Lachen wie ein Pferd.

»Okay, ich geh jetzt vor zu Ercole, der hat ein Festnetz. Dann ruf ich Fabio an.«

»Darf ich mit?«, frage ich. »Ich will doch auch wissen, wie's ihm geht.«

Ercole kriegt das Grinsen gar nicht mehr aus dem Gesicht. Es ist wie eingemeißelt. Lena steht hinter der Theke an seinem Telefon und spricht schon seit einer Viertelstunde mit Fabio.

»Marco, Respekt, das hast du gemacht wie eine echter Italiener.« Er gibt mir einen ordentlichen Klaps auf die Schulter.

»Wie meinst du das?«

»Na ja, wenn du … wie sagt ihr für eine *rivale*?«

»Schon richtig, Rivale. Oder Nebenbuhler.«

»Nebenbuhler, genau. So musst du ihn ausschalten. Da, wo es ihm am meisten weh tut. Hähähä. Mit seinem *cazzino* kann der heute bestimmt nix mehr anfangen«, sagt Ercole.

»Na ja, das war eigentlich nicht der Plan. Aber im Prinzip hast du natürlich recht.«

Im Fernsehen schwebt wieder eine blonde Assistentin die Showtreppe herunter. Sie trägt eine überdimensionierte Karte vor sich her wie ein Nummerngirl in der Ringpause eines Boxkampfs.

»Und?«, frage ich, als Lena sich zu uns an den Tisch setzt. »Redet er jetzt schon zwei Oktaven höher?«

»Du bist wirklich blöd. Jetzt mach dich nicht auch noch lustig. Der hat schlimme Schmerzen, aber es geht ihm schon wieder besser.«

Ercole stellt Lena ungefragt einen Cappuccino hin: »Ihr Deutschen spielt immer, als ist Fußball eine Krieg.«

»Ich habe Fabio versprochen, dass wir heute Abend mit ihm in Sepiana ausgehen«, sagt Lena.

»Bist du sicher, dass er auf meine Anwesenheit Wert legt?«

»Jetzt kannst du Lena allein gehen lassen«, lacht Ercole, »hast ja nix mehr zu befürchten.«

Am Abend knattert Fabios Vespa vor unserem Wohnwagen. Und er sieht schon wieder verdammt fit aus. Der italienische Simulant.

Diesmal hat er seine Sonnenbrille im Ausschnitt seines T-Shirts drapiert. Ich kann mir schon vorstellen, was für eine quälende Entscheidung das für ihn gewesen sein muss: In die Haare kann er sie wegen des Helms nicht stecken, sie in der Dunkelheit aufzusetzen, ist auch keine gute Idee. Und die Vespa stehen lassen? Kommt schon gar nicht in Frage.

»Bellissima!«, ruft er und breitet die Arme aus wie einer von Ercoles Nachmittags-Showmastern. »Und da ist ja auch der Panzer.«

»Ehrlich«, sage ich. »Es tut mir wirklich leid.«

Fabio greift sich in den Schritt. »Passt schon, ist schon wieder alles an der richtigen Stelle.« Dabei schnalzt er wie ein Reiter, der sein Pferd anspornt. Zumindest kratzt er sich nicht mehr da unten.

»Wenn du willst«, sage ich, »gebe ich dir noch einen Eiskugelbeutel mit. Kannst du dann in die Unterhose stecken.«

Bevor er etwas sagen kann, nimmt Lena meine Hand. »Kommst du mit?«

»Wir gehen später noch ins Inferno, da legt einer meiner besten Kumpels auf. Der spielt normalerweise nur in New York und Paris und so«, prahlt Fabio.

»Echt? New York, Paris, Sepiana. Klingt wirklich verlockend. Aber ich bin jetzt mit den Jungs im Pico Bello verabredet. Unseren K.o.-Sieg feiern.«

»Wir hätten euch noch richtig fertiggemacht«, meint Fabio. Ich grinse ihn an.

Bevor wir gehen, drückt Lena mir einen langen Kuss auf den Mund. Das hat sie vor Fabio noch nie gemacht. Sie stülpt sich den Helm über, und ich schließe den Wohnwagen ab, dessen Schlüssel sich seit Willis Reparatur geschmeidig drehen lässt.

Die beiden fahren im Schritttempo neben mir her, während ich ins Pico Bello rübergehe. Kurz vor der Kurve dreht Fabio lässig den Gashebel auf, und Lena winkt mir noch kurz.

»Meld dich mal zwischendurch, vielleicht komme ich noch nach«, rufe ich ihr hinterher, was angesichts von Fabios frisierter Kiste allerdings ziemlich unsinnig, weil nicht hörbar ist.

Die übrigen Fußballhelden sitzen an einem langen Tisch auf der Terrasse. Wie schon heute Morgen sind wir mit zwölf Mann angetreten, und als ich dazukomme, empfangen sie mich wie den Siegtorschützen eines WM-Finales.

»Der Killer!«, jubelt Bürgermeister Helmut.

»So, Jung, jetzt trink dir erst mal einen Begrüßungsgrappa«, drängelt Willi, als ich mich setze.

Helmut hat mit Ercole heute Nachmittag schon ein Deutschland-Menü zum Festpreis ausgehandelt, Bier inklusive: üppige Speckplatte als Vorspeise, danach Schnitzel mit Bratkartoffeln und zum Dessert Spaghetti-Eis. Das kennt Ercole bestimmt noch aus seiner Zeit im schönen Hessen.

Aus den Lautsprechern läuft jetzt »Un Estate Italiana« von Gianna Nannini und Edoardo Bennato, der Song zur WM 1990, als Deutschland in Italien Weltmeister wurde. Das passt natürlich wie die Faust aufs Auge oder der Ball in Weichteile, und ich muss sagen, dass ich Ercoles subtilen und damit eher unitalienischen Sinn für Humor wirklich vermissen werde, wenn wir in einigen Tagen abreisen.

Es ist ein lauer Abend mit Temperaturen wie im Hochsommer. Selbst der leichte Wind bläst so warm wie ein Heizlüfter. Sahara-Wind, hat Ercole gesagt.

Je länger wir hier sitzen, umso enthemmter wird die Stimmung an unserem Tisch. Nach dem Schnitzel und seinem vierten Grappa beginnt der sonst eher zurückhaltende Horst wie im Stadion zu skandieren: »Hier regiert Ger-ma-ni-a«, und der Bürgermeister klatscht dazu im Takt. »Denen haben wir's gezeigt«, sagt Helmut, und mit jedem Bier fühlt sich das 1:3 nicht mehr nur so an wie ein Sieg, es wird mit heiligem Ernst dazu erklärt. Die Zona Dragona ist Weltmeister.

Ob sich deshalb kaum Italiener im Pico Bello blicken lassen? Dafür, dass in den letzten Tagen so viele neue Gäste angekommen sind, ist es erstaunlich leer auf der Terrasse. Offensichtlich fällt heute Abend auch die Animationsshow aus. Jedenfalls habe ich den Gattuso-Tintenfisch-Typen noch nicht gesehen. Ehrlicherweise lege ich auch wenig Wert auf eine weitere Konfrontation. Mein Schienbein hat immer noch Schrammen.

»Ihr müsst nächstes Jahr unbedingt um diese Jahreszeit wiederkommen«, sagt der Bürgermeister und schaut dabei besonders lange mich an. »Ich will zur Revanche mit dem gleichen Team antreten.«

»Wenn's nach Lena ginge, würden wir hierherziehen«, sage ich. »Klar kommen wir wieder, aber vorher muss ich noch mal bei Fritz Berger vorbei. Und dann werdet ihr staunen, wie wir ausgestattet sind.«

Willi schlägt die Hände über dem Kopf zusammen. »Um Himmels willen! Was auch immer du kaufst, lass mich das einbauen, okay? Sonst haben wir den nächsten Stromausfall, oder du fackelst gleich den ganzen Platz ab.«

»Ey, komm, ich habe jetzt fast eine Woche ohne größere Zwischenfälle geschafft. Gebt mir noch einen Urlaub, und ich bin Profi.«

»Das will ich sehen«, nuschelt Herbert, der schon nicht mehr ganz nüchtern ist. »Vergiss bloß nicht, Bescheid zu geben, bevor ihr fahrt.«

Das gute Warsteiner *a la spina* hinterlässt inzwischen immer deutlichere Spuren in den Gesichtern meiner Mannschaftskameraden. Horst kriegt kaum noch die Augen auf, er hat ja auch beim Grappa ordentlich hingelangt. Herbert hängt einigermaßen zusammengesunken auf seinem Stuhl. Da kommt Ercole mit einer finalen Runde Limoncello. Ingo verdreht die Augen: »Okay, den einen noch, aber dann muss ich los. Unsere Monster sind spätestens um sieben wieder wach.«

Alle spülen den gelben Kleber runter und schütteln sich. Ingo rappelt sich auf, und für die Rentner ist das ein prima Alibi, auch ins Bett zu gehen, wenn schon einer von den Jungen schlappmacht.

Nur Willi und der Bürgermeister bleiben übrig: »Der ist ganz schön trinkfest«, lallt Willi, als Helmut aufs Klo verschwindet.

Ich greife mir mal Ercoles Festnetz-Telefon und rufe Lena an. Aber ihr Handy klingelt durch, bis die Mailbox anspringt.

Ercole setzt sich zu uns. Er hat noch mal vier Gläser Limoncello mitgebracht: »Muss ich heute hier im Büro schlafen. Tanja hat sich mal wieder mit einem Gast gestritten. Ist schon nach Hause gefahren.« Er seufzt.

Noch drei, vier Wochen, dann ist die Saison vorbei, und es geht wieder heim nach Neapel. Ercole wurschtelt dann für ein paar Monate in der Glaserei seines Vaters, die er partout nicht übernehmen will, vor sich hin. Und wenn ich ihn richtig verstehe, ist der Winter so eine Art Entziehungskur für seine vom Ferienfrohsinn entfremdete Frau.

Mitternacht ist vorüber, die Terrasse längst leer, die Tische sind abgeräumt. Ercole steht auf und schickt seine Angestellten nach Hause. Er stellt seine Zucchero-Playliste an, die mit dem fulminanten Song »Baila« beginnt und mit wenigen Takten die nächtliche Melancholie vertreibt. Willi streckt den Rücken durch und macht sich noch mal gerade. Beim Bürgermeister muss man sich um Haltung ohnehin nie Gedanken machen.

»Wo ist Lena?«, fragt Ercole.

»Oben in Sepiana. Mit Fabio. Ich hab schon zweimal angerufen, aber sie geht nie ran.«

»Fabio«, brabbelt Ercole und schüttelt langsam den Kopf wie eine grasende Kuh.

»Hat dieser Fabio nicht früher mal drüben bei uns in der Bar gestanden, aus der sie jetzt einen Bungalow gemacht haben?«, fragt Willi. »Der kommt mir so bekannt vor.«

»*Esatto*«, sagt Ercole. »Bis sie ihn rausgeschmissen haben.«

»Warum?«, will ich wissen.

»Hat er, wie sagt man … in der Kasse gegriffen.« Ercole erzählt, dass Fabio nicht nur Teile der Einnahmen unterschlagen hatte, sondern sein eigenes Bier mitbrachte, das er dann verkaufte. Das war alles zu einer Zeit, als die *scontrini* noch nicht vorgeschrieben waren, die kleinen Kassenzettel, die von der italienischen Regierung eingeführt wurden, um auch Gastwirten mal Steuern abzunehmen.

Der Bürgermeister hört aufmerksam zu. »Ich dachte, es hat da einen Sexskandal gegeben. In der Küche von der Bar.«

»Das auch. Aber nicht nur in die Küche.«

Ercole lacht höhnisch. Es ist lange her, aber damals haben die Barbesitzer den schönen Fabio dabei erwischt, wie er statt *panini* eine 17-jährige Deutsche auf der Küchenablage bearbeitete. Massimo musste damals ein schlichtendes Gespräch mit den aufgebrachten Eltern des Mädchens moderieren.

Fabio und sein Freund Christiano ließen auch gern mal die Wohnwagen der Touristen ein paar Tage früher als eigentlich bestellt auf den Platz ziehen. Christiano, seinerzeit der Rezeptions-Schönling, hatte ja die Schlüssel. Und dann sind sie mit den Mädels, die sie am Strand und in der Bar angebaggert, im Zweifel auch abgefüllt hatten, in die Wagen rein. Und am Ende der Saison haben sie Bilanz gezogen. Ercole sagt: »War die einzige Wettkampf, bei dem Fabio nicht beschissen hat.«

Willi, das merkt man, hat allmählich ernste Probleme, der Unterhaltung zu folgen. Aber das süffige Thema hält ihn wach.

»Fabio hat sie alle gehabt«, sagt Ercole. »Nur eine nicht – Lena. Da hat der sich nie getraut. Hatte zu große Angst vor deine Schwiegervater.«

»Glaubst du, das will der jetzt nachholen?«, fragt Willi.

»Kann er vergessen!«, sage ich. »Lena lacht ihn aus, wenn er es versucht.«

»Trotzdem musst du aufpassen vor dem«, meint Ercole. Dann steht er auf und wankt ins Restaurant.

Ich rufe Lena von drinnen noch mal an. Wieder keine Antwort. Der Bürgermeister meint, da stimmt was nicht. »Machst du dir keine Sorgen?«, fragt Willi. Aber noch bevor ich antworten kann, ist Ercole zurück. Und zwar gleich mit der ganzen Flasche Limoncello. Er gießt die Gläser bis kurz unter den Rand voll.

»Ercole, wieso muss ich vor dem aufpassen? Was hast du damit gemeint?«

»Glaubst du, ist der zufällig zurück in Sepiana?«, sagt Ercole, und dann fängt er richtig zu erzählen an. Fabio hatte mit seiner Segafredo-Bar offensichtlich eine Pleite hingelegt, für die sich selbst der griechische Finanzminister geschämt hätte. Der Laden lief gar nicht mal so schlecht, aber in seinem Größenwahn schmiss Fabio keine Prosecco-Runden aufs Haus, sondern lieber Champagner. Vom Feinsten und in beachtlichen Mengen.

Wien ist ja nicht nur wegen seiner Nähe zum Balkan ein ziemlich hartes Pflaster, was Nachtleben und Gastronomie betrifft, und dort können auch italienische Lieferanten schon mal ziemlich humorlos reagieren, wenn sie monatelang ihrem Geld hinterherrennen.

»Und dann ist der Typ einfach abgehauen?«, fragt Willi.

»Vor diese Leute geht nicht einfach abhauen.« Ercole erzählt, dass Fabio ein paar Leute aus Foggia um Geld angepumpt hat. »Hat er einflussreiche Freunde hier. Versteht ihr?«

»Nee«, sage ich.

»Marco, schau mal, wir sind in Süditalien. Da brauchst du Freunde. Ist doch einfach, oder? Ich denke, du bist Reporter?«

»Schon, aber kein Polizeireporter.«

»Okay«, sagt Ercole, »also das läuft so – Fabio hat Freunde, die sein Schulden bezahlen. Sie haben ihm eine Gefallen getan. Jetzt ist er an die Reihe.«

Und dann erklärt er, dass die Geschichte mit dem Immobilienjob gar nicht mal so falsch ist. Offenbar ist nur die Frage, wie man seine Position in der Branche interpretiert. Wenn es stimmt, was Ercole sagt, dann ist Fabio nicht etwa dafür zuständig, interessante Häuser und Grundstücke zu finden oder zu verkaufen, sondern sie, nun ja: überhaupt auf den Markt zu bringen. Er ist das freundliche Gesicht, gewissermaßen der *good cop*, einer regionalen Entmietertruppe, die für einflussreiche Geschäftsleute auf reichlich rustikale Weise Hotelanlagen und Landhäuser mit Meerblick erschließt. Auch eine Art, seine Schulden abzuarbeiten.

Der Bürgermeister klebt förmlich an Ercoles Lippen: »Heißt das, der hängt mit dieser Investorengruppe zusammen, die hier den Platz kaufen will?«

Ercole zieht die Augenbrauen hoch: »Woher du weißt davon?«

»Hört man so. Und ich habe gesehen, wie er mit Massimo diskutiert hat. Nein, gestritten haben sie, aber heftig.«

»Was? Echt? Die wollen den Platz verkaufen?« Ich kann das nicht glauben. Gerade jetzt, da ich mich eingelebt habe.

»Von wollen kann keine Rede sein«, sagt Helmut. »Oder?«

Ercole wird dieses Gespräch allmählich sichtlich unangenehm, er redet jetzt auch leiser. Als ob uns hier jemand belauschen könnte. »Ihr solltet nicht zu viele davon wissen«, sagt er, »könne diese Leute sehr unangenehm werden.«

Er sagt: »Schaut euch hier um. Ist eine Paradies. Und jetzt stellt euch mal vor, dass hier keine Wohnwagen mehr stehen, aber schicke Bungalows. Und ich meine, richtig schicke Bungalows, nicht solche wie jetzt. Könnt ihr euch vorstellen, wie viele Geld man da verdienen kann?«

Willis Mund steht weit offen. »Nee, oder?«

Der Bürgermeister nickt anerkennend. Ungefähr so wie die Männer, als sie zum ersten Mal vor Herberts mächtigem Charisma standen. »Das ergibt Sinn«, sagt er.

Mir wird ein wenig mulmig. Bisher habe ich Fabio für einen amüsanten Volltrottel gehalten, der mit seinen Hormonen nicht so recht klarkommt. Und obwohl sich bei mir allmählich alles dreht, macht mich die Vorstellung nervös, dass meine Frau mit einem Halb-Mafioso durch die Bars von Sepiana zieht und Schampus trinkt. Ein letzter Versuch auf Lenas Handy. Diesmal klingelt es gar nicht erst, stattdessen springt die Mailbox direkt an. Ich denke: Scheiße!

Helmut ist der Einzige, der offenbar immer noch einigermaßen gerade gehen kann, jedenfalls rennt er ziemlich zielstrebig in Richtung Toilette.

»Leute, lasst uns ein Taxi rufen. Ich will nach Lena suchen.«

Ercole prustet: »Vor morgen früh wird da keins kommen.«

»Also, ich kann nicht mehr fahren«, lallt Willi.

Ercole überlegt einen Augenblick, dann sagt er: »Ich hab's!« Es klingt so wie bei Wickie, nachdem der sich die Nase gerieben hat. »Nehmen wir Massimos Ape! Ich weiß, wo der Schlüssel ist.«

»Nette Idee, aber wie sollen wir da alle reinpassen?«, sage ich.

»Ich bin dabei. Ich setz mich auf die Ladefläche«, trompetet Willi.

Ercole geht hinter die Bar, um seiner Profimaschine doppelte Espressi für alle zu entlocken. In der Tür rennt fast der Bürgermeister in ihn hinein, der plötzlich kreidebleich ausschaut. Als er an unseren Tisch tritt, stützt er sich auf eine Stuhllehne: »'tschuldigung, ich muss sofort ins Bett, mir ist so schlecht.« Dann taumelt er davon, ohne sich noch einmal umzudrehen.

Ich kippe seinen Espresso auch noch runter, kann ich jetzt eh gut gebrauchen. Ercole schließt die Tür zur Terrasse ab, unsere schmutzigen Gläser und Tassen versucht er hinter die Theke zu stellen, wobei zwei Gläser zu Bruch gehen. Dann machen wir uns auf den Weg zur Rezeption, die Ape holen.

Wir keuchen beduselt den Hügel hoch, und als wir endlich ankommen, schließt Ercole Massimos Kabuff auf, wo der Ape-Schlüssel an einem Brett hängt. Er sagt: *»Allora, amici. Andiamo!«*

»Wohin fahren wir eigentlich?«, fragt Willi.

»Keine Ahnung«, sage ich, »so viele Bars wird's schon nicht geben.«

»Erst mal in die Stadt. Am Schluss wir fahre ins Inferno«, bestimmt Ercole.

Willi hat sich auf den Beifahrersitz gequetscht, und fürs Erste nehme ich den Platz auf der Ladefläche. Fast wie in Libyen, denke ich für einen Moment, nur dass die Rebellen dort mit ihren Toyota-Hilux-Pickups deutlich besser ausgestattet waren. Und schon nach der dritten Kurve schnauft diese Karre erbärmlich unter unserer Last. Sie kommt kaum schneller voran als im Schritttempo.

Ercole hält kurz an. »Hier ist ein steiles Stück. Willi, steig mal aus, müsst ihr beide kurz zu Fuß gehen.« Ballast abwerfen quasi.

Willi und ich ächzen ein paar hundert Meter die Serpentinen hoch, allmählich habe ich komplett das Zeitgefühl verloren. Mir rinnt der Schweiß von der Stirn. Absurd, wie warm es immer noch ist. Als wir wieder auf einer halbwegs ebenen Stelle sind, klettert Willi nach hinten.

Wir tuckern durch die stockfinstere apulische Nacht, die Kurven schlagen allmählich auch mir böse auf den Magen. Ercole schaut mich aus glasigen Augen an, er hat einen leichten Schluckauf. »Jetzt erst mal ins Jimmy's«, sagt er. So wie er darüber redet, scheint das der Abschleppschuppen von Sepiana zu sein, auch wenn die Vorstellung schwerfällt.

Rein ins Dorf. Berg runter kriegen wir sogar ordentlich Geschwindigkeit drauf. An der Kirche vorbei, dann über den Corso bis zu dem kleinen Platz mit dem Kinderkarussell. Und rechts einen Hügel runter, dann bremst er ziemlich abrupt ab. Willi kullert fast von der Ladefläche. »Whoa«, sagt er. Als er wieder festen Boden unter den Füßen hat, schwankt er immer noch wie ein Hilfsmatrose.

»*Ecco*, das Jimmy's«, sagt Ercole und zeigt auf eines dieser kubischen weißen Häuser mit Bögelchen über Tür und Fenstern. Über dem Eingang blinkt eine Neonreklame, die an das Miami von Sonny Crocket und Ricardo Tubbs erinnert. Innen drin sieht es schon fast nach Gegenwart aus. Dunkle Holztische mit cognacfarbenen Ledersesseln, in der Mitte eine bunt beleuchtete Bar. Ein gutes Dutzend Leute hängen am Tresen, einige Mädchen, vermutlich Einheimische, tanzen in maximal knappen Röcken zu typisch italienischem Euro-Trash zwischen den Sesseln. Nur von Lena keine Spur.

Ercole klatscht den Barkeeper ab und spricht ihm irgendwas ins Ohr. Willi bestellt bei dessen Kollegen erst mal ein Bierchen. »Willst du auch eins, Jung?« Ich winke mit dem Zeigefinger ab.

»Die sind schon seit ein paar Stunden weg«, sagt Ercole, als er sich vom Barkeeper-Ohr gelöst hat. »Die waren mit ein paar Leuten aus Sepiana unterwegs und wollten noch ins Inferno.«

»Na, dann los«, sage ich, »Willi, auf geht's, wir fahren weiter.«

Willi klettert mit seiner Pulle Nastro Azzurro nach oben. Das Inferno, hat Ercole gesagt, liegt in einem Wald außerhalb des Dorfes. In den Serpentinen schaukelt die Ape wie ein Achterbahn-Waggon. Wäre jetzt nicht das Fenster offen, müsste ich mich hundertprozentig übergeben.

An der nächsten Steigung müssen wir wieder absteigen. Willi und ich kraxeln Ercole hinterher. Meine Lungen brennen, selbst von den paar Metern. Aber in dem Zustand ist das wohl auch kein Wunder. Willi stolpert über eine Wurzel am Wegesrand und liegt wie ein Käfer auf dem Rücken. Ich helfe ihm hoch, und an der nächsten Kreuzung steige ich wieder nach vorn. »Wie weit ist es denn noch?«, frage ich mit schwerer Zunge.

»Sin' gleich da«, lallt Ercole zurück.

Mit einem Mal geht die kleine Ape richtig flott voran. Wir rumpeln über den Feldweg, und ich mache mir Sorgen, dass es den Willi jeden Moment von der Ladefläche haut. Also strecke ich den Kopf aus dem Fenster und drehe mich nach hinten um.

»Ach du Scheiße, wir haben den Willi verloren!«

»Was?«, presst Ercole hervor.

»Willi ist weg. Der sitzt nicht mehr hinten drauf.«

»Wo ist er?«

»Keine Ahnung. Dreh um, wir fahren zurück. Aber langsam, nicht dass wir den noch über den Haufen fahren.«

»Das Ding kann nicht schnell.«

Ercole hat Mühe, die Karre geradeaus zu steuern. Nach ein paar Minuten erreichen wir wieder die Kreuzung, wo uns unter der einzigen Straßenlaterne der Willi wild winkend empfängt. Er hatte noch einen letzten Schluck aus seiner Bierflasche genommen und ist einfach nicht schnell genug auf die Ladefläche geklettert, als Ercole wieder anfuhr. Und seine verzweifelten Rufe gingen im Motorenlärm komplett unter.

In einer Lichtung hört man schon die Bässe wummern. Das Inferno sieht von außen ungefähr so aus wie eine amerikanische Lodge: eine Fassade aus grobem Naturstein und viel Holz. Auf dem Parkplatz viele frisch gewaschene Autos, deren polierter Lack unter den Laternen glänzt. In einem Cabrio fummelt ein ziemlich unkatholisch knutschendes Pärchen aneinander rum.

Ercole grüßt den Türsteher lässig, der wiederum

wirft einen äußerst abschätzigen Blick auf Willi und dessen Outfit. Und das vermutlich nicht nur wegen seines »Bier formte diesen wunderschönen Körper«-Shirts.

Das Inferno ist an sich ein ziemlich kleiner Club, allerdings hat er eine riesige Terrasse, die bis hinüber zu den Steilklippen der Adria-Küste reicht. Ein paar weiße Himmelbetten gruppieren sich in den dunkleren Ecken um den kleinen Pool herum, in dem sich ein paar besoffene Locals spaßeshalber balgen wie kleine Hunde. Aus den Boxen dröhnt »Sexy Bitch« von David Guetta, und ich sehe schon vor mir, wie Fabio sabbernd meine Lena dazu antanzt.

Auf der Tanzfläche sind sie nicht. An der Theke redet Willi gerade auf zwei 16-Jährige ein, die natürlich kein Wort verstehen. »Hast du sie gesehen?«, frage ich.

»Nee, aber trinkst du einen mit?« Er hält mir lachend ein Glas Ramazzotti oder Averna hin, die frische Luft scheint ihn wieder nach vorn gebracht zu haben. Oder die Tatsache, dass er zum ersten Mal seit zwanzig Jahren wieder in einer Disco ist. Willi federt sogar ganz sachte und fast rhythmisch in den Beinen.

Ich lasse ihn mit den Mädels stehen und taumele durch den kleinen Laden. Grelle Lichter zucken von allen Seiten, das Stroboskop an der Decke verwirrt mir die Sinne. Mir wird immer schwindeliger. Auf dem Weg nach draußen stoße ich aus Versehen gegen einen Typen, der mich wütend wegschubst. An meiner schwach zur Entschuldigung erhobenen Hand bemerkt er aber, dass es keine Absicht war, bevor er mir eine reinhaut.

Auf der Terrasse schaue ich auf jedem Himmelbett nach, ob ich Lena und Fabio finde, was von den kuschelnden Paaren auch nicht immer so goutiert wird.

Nach ein paar Minuten kommt Ercole auf mich zugegroovt, auch er wieder erstaunlich gut zu Fuß. »Ey Marco, da bist du ja«, ruft er gegen den Lärm der stampfenden Musik. Wir stehen an der Poolbar, Ercole bestellt noch zwei Bier. Er sagt: »Hab ich noch mal mit die Türsteher gesprochen. Der sagt, ist Fabio mit einer blonden Deutschen weggegangen. Bestimmt schon vor zwei Stunden.«

Ich frage mich, ob das jetzt eine gute oder eine schlechte Nachricht ist, und nehme einen Schluck »Nastro Azzurro«.

Tredici

Sonnenstrahlen kitzeln in meinem Gesicht und auf meinem Bauch. Und das ist sehr viel unangenehmer, als es klingt. Ich werde mit nacktem Oberkörper auf unserer Strandliege wach, die ich gestern Abend nach einem Aufräum-Impuls ins Vorzelt geschleppt hatte. Und dort staut sich trotz der geöffneten Tür schon die morgendliche Hitze wie in einem Backofen. Ich halte meine Hand gegen das grelle, blendende Licht.

Alles tut mir weh. Der Schädel, mein Nacken, der Rücken. Total verspannt. Um ehrlich zu sein, habe ich keine Vorstellung, wie ich hierhergekommen bin. Das letzte Bild, das ich memorieren kann, ist das von Willi, wie er mit den beiden 16-Jährigen von der Inferno-Bar am Rand des Terrassen-Pools entlanggetanzt ist. Dabei hat er so neckisch seinen Hintern geschüttelt wie die Drill-Instruktorin von der Acqua-Gym. Der Rest ist Nebel des Grauens.

Mir ist das jetzt ein bisschen peinlich: ein erwachsener Mann, dessen Sorgen sich in ein paar Flaschen Bier auflösen. Ich hole eine Flasche Wasser aus dem Kühlschrank, um den Pelz von meiner Zunge zu spülen, dann klettere ich in den Wohnwagen – auf der Suche nach Lena und Aspirin.

Sie schläft wie ein Neugeborenes, und ihr Mund macht dabei sehr niedliche Seufzer. Im Badezimmer finde ich Kopfschmerz-Tabletten, und nachdem ich zur Sicherheit gleich mal zwei Stück im kalten Wasser aufgelöst habe, kuschle ich mich etwas unbeholfen zu meiner Frau ins Bett.

Sie brummt wie ein kleiner Bär und wälzt sich missmutig zur Seite. Das Brummen wird jetzt lauter. »Mann«, grummelt sie, dann richtet sie sich langsam und ächzend auf; das linke Auge zugekniffen, das rechte ein Schlitz. So ähnlich wie eine Jalousie, die man nur einen Spaltbreit öffnet, um einen verstohlenen Blick zu riskieren.

»Wo kommst du denn her?«, krächzt sie nach ein paar Minuten schlaftrunken.

»Aus dem Inferno. Wir haben dich gesucht.«

»Wie, ihr habt mich gesucht?« Meine Güte, ist die noch verpennt.

»Du bist nicht ans Telefon gegangen, und ich hab mir Sorgen gemacht.«

Sie lächelt mich an: »Du bist doch nicht etwa eifersüchtig?«

Ich berichte ihr unter dem Siegel der Verschwiegenheit bis ins letzte Detail von Ercoles Schilderungen gestern Nacht. Lena schaut mich an, als ob ich nicht alle Latten am Zaun hätte. Genauso gut hätte ich ihr erzählen können, Guido Westerwelle sei heterosexuell.

»Fabio? Und die Mafia? Dafür ist der doch viel zu dämlich.«

»Steht irgendwo geschrieben, dass Mafiosi einen Philosophie-Lehrstuhl brauchen? Ich finde, das klingt alles sehr plausibel. Und Ercole wird das im Zweifel sogar noch besser wissen als du.«

»Bullshit. Ich hab doch Fabios Freunde gestern kennengelernt. Das sind alles genauso triebgesteuerte Dorfjungs wie er. Nett, lustig, aber nicht besonders helle.«

Sie zieht die Stirn kraus: »Wie bist du denn überhaupt ins Inferno gekommen? Und was heißt: wir?«

Ich versuche, so präzise wie möglich unsere kleine Odyssee durch Sepiana und den Wald wiederzugeben. Lena wird jetzt allmählich wach. Sie ist zwar mächtig sauer auf mich und unsere bescheuerte Suchaktion, trotzdem kann sie sich kaum halten vor Lachen. »Das hätte ich zu gern gesehen, ihr drei Dicken auf der Ape! Und wie der Willi da mitten in der Wildnis mit seiner Bierpulle gestanden ist.« Dann schimpft sie: »O Mann, ihr seid so bescheuert. Wie alt seid ihr eigentlich?«

»Was hat das denn damit zu tun? Ist halt alles ein bisschen aus dem Ruder gelaufen. Aber egal. Sag mal, kannst du mir den Herd anmachen? Ich koche dann den Kaffee.«

Fabio hat Lena offenbar immer heftiger angetanzt, und irgendwann konnte er wohl seine Finger nicht mehr bei sich behalten. Als er sie küssen wollte, stieß sie ihn wütend zurück und knallte ihm eine. Das muss so gegen halb zwei gewesen sein, und Fabio stand wie ein Trottel auf der Tanzfläche im Inferno. Lena brüllte ihn an, dass sie verheiratet sei und er sie sofort zurück ins Grande Paradiso bringen solle. Und er war anscheinend so perplex, dass er das auch ohne weiteres Gezicke gemacht hat.

»Wenn der sich hier noch mal blicken lässt, kann er froh sein, wenn er nur einen Ball in seine Testikel bekommt«, ereifere ich mich.

»Der wird sich hier vorerst nicht mehr blicken lassen, das kannst du mir glauben«, sagt Lena, »und du machst am besten jetzt mal einen Ausnüchterungs-Spaziergang zum Supermarkt und holst unsere Brioches ab.«

Als ich wieder zurückkomme, schaue ich kurz bei Willi vorbei. Der hängt auch ganz schön in den Seilen. Die Rita hat ihn noch in der Nacht dermaßen rundgemacht, dass er lieber seinen Kopf einzog wie eine Schildkröte. So ähnlich jedenfalls schildert er das. Jetzt sitzt er vor einer Reisdorf-Flasche: »Auch'n Konter-Bierchen?«

»Nee, lass mal, die Chefin wartet aufs Frühstück. Und sie ist sauer.«

Lena hat schon den Tisch gedeckt. In der Mitte ist eine Art Kräuterstrauch dekoriert. Ich bin zuerst ein bisschen irritiert, aber dann dämmert mir da was.

»Wo kommt denn der Oregano her?«, fragt Lena.

»Hab ich gestern Nacht im Wald für dich gepflückt. Ich wollte dir halt auch mal Blumen mitbringen. Und Ercole meinte, hier in der Gegend wächst so ziemlich der beste. Müssen wir nur noch trocknen lassen.«

»Aber musstest du ihn gleich komplett entwurzeln?«

Hm, gute Frage. Wahrscheinlich habe ich in meinem Suffschädel geglaubt, dass er so länger frisch bleibt. Was auch immer. »Wir können ihn ja auch bei deinen Eltern im Garten wieder einpflanzen«, sage ich.

Lena schüttelt lachend den Kopf. Zum ersten Mal an diesem Morgen wirkt sie versöhnlich. »Du setzt dich jetzt besser mal hin und trinkst einen Kaffee. Kriegst du überhaupt schon feste Nahrung runter?«

Mit einer Schere zerteilt sie akkurat die »Bild«-Zeitung. Die Gossip-Stories für sie, den Sportteil für mich. Am Strand rattert gerade Bademeister Freddie vorbei, und ich bin noch in einem Zustand, dass es sich so anfühlt, als würde er direkt durch meinen Kopf fahren.

Nach dem Frühstück lümmele ich mich zurück auf die Liege, die ich nach draußen unter das Sonnensegel gezogen habe, und versuche zu lesen. Ich kann nicht genau sagen, womit genau ich mich in den letzten nun fast drei Wochen beschäftigt habe. Mit meinen Büchern jedenfalls kaum.

»Kommst du mit ins Wasser?«, fragt Lena nach einer Stunde ungewöhnlicher Stille.

»Gute Idee, ich schwitze aus allen Poren.« Selbst im Schatten ist es noch mal heißer als gestern.

Der Himmel ist milchig blau – wäre das ein Foto, wäre ich sicher, dass es mit Weichzeichner manipuliert war. Wir lassen uns ein paar Minuten gemütlich im Meer treiben und plaudern über die Pläne für den Abend, als Lena plötzlich besorgt hoch zum Hügel zeigt: »Schau mal da oben, ich glaub, da brennt's!«

Eine dichte schwarze Wolke treibt über Sepiana, ungefähr auf Höhe der Kreuzung, die von den Grande-Paradiso-Serpentinen auf die Hauptstraße führt.

»Ach was«, sage ich, »da verfeuert wahrscheinlich einfach nur einer seinen Müll. Du weißt doch, wie das hier läuft.«

»Nee, das ist mehr, so eine Wolke hab ich hier noch nie gesehen.«

Um uns herum stehen noch ein paar Dutzend Camper. Die Hände in die Hüften gestemmt, starren sie ebenfalls wie gebannt zum Hügel hinauf. Die ersten waten vorsichtshalber schon mal zurück zum Strand. Ein Stimmengewirr wie in Babylon setzt an.

Jetzt gehen mehr und mehr Leute ins Meer und schauen nach oben. Von hier aus hat man definitiv den besseren Blick. Einer nach dem anderen gesellt sich zu uns ins wadenhohe Wasser, die Arme über dem kugeligen Bauch verschränkt. Ein paar Leute halten ihre Handys in die Höhe und schießen Fotos.

Schwer zu sagen, warum wir hier stehen. Ist es

Neugier oder Sorge? Von beidem ein bisschen, denke ich. Ich kann spüren, wie sich mein Herzschlag beschleunigt. Um uns herum hundert, vielleicht hundertfünfzig Leute. Der klassische Herdentrieb: Alle stehen auf einem Haufen beisammen. Auch drüben im Wasser vor der Zona Saturno hat sich ein Menschenknäuel gebildet.

Das Gemurmel wird lauter, nervöser auch. Wortfetzen schwirren wie aus einer Surround-Anlage von allen Seiten an meinen Ohren vorbei, mal aufgeregt, mal beschwichtigend.

»Da! Hast du gesehen? Da waren Flammen!«

»Quatsch, ich seh nix, dreh nicht durch!«

»Doch, wenn ich's dir sage.«

Oben in der dritten Reihe sehe ich Herbert, der die Markise seines Charisma einkurbelt.

»Riecht ihr das? Das stinkt verkokelt!«

»Fuck, das ist richtig krass!«, ruft ein Mann, der direkt neben uns steht.

Ein älterer Herr hält seinen Finger in die Luft: »Der Wind kommt vom Land, das kann jeden Moment hier runterziehen.«

Aus den Lautsprechern auf dem Platz höre ich blechern Massimos Stimme, aber sie ist so verzerrt, dass man kein einziges Wort versteht. Schon gar nicht hier im Wasser. Auf dem Strand rennen ein paar Leute hektisch durcheinander, sie laufen zu ihren Wohnwagen zurück und lassen ihre aufblasbaren Delphine und Krokodile achtlos im Sand liegen.

Wir stehen seit einer guten Stunde hier im Wasser und glotzen wie hypnotisiert zum Hügel hinauf. Die Wolke wird wie im Schnellvorlauf immer dunkler, dichter, größer. Und der Schnellvorlauf nimmt zunehmend Tempo auf.

»Scheiße, weißt du, was da oben ist?«, brüllt Lena. Und ohne eine Antwort abzuwarten: »Da stehen doch irgendwo die Gastanks! Wenn die in die Luft fliegen, steht der ganze Platz in ein paar Minuten in Flammen.«

»Okay. Zurück zum Wohnwagen«, sage ich, und inzwischen liegt tatsächlich der Geruch von verbranntem Holz in der Luft. »Lass uns ein paar Sachen zusammenpacken. Wenn das wirklich hier runterzieht, müssen wir schnell sein.«

Wir eilen über den heißen Sand zum Wohnwagen rüber. Lena kippt sich allen Ernstes Wasser aus der Gießkanne über die Füße und trocknet sie noch ordentlich ab, bevor sie ins Vorzelt tritt. Weiß der Teufel warum, aber ich mache ihr das wie ferngesteuert nach. Als ob es jetzt nichts Wichtigeres gäbe.

Inzwischen ist auf dem kleinen Teerweg vor unserem Stellplatz ein Verkehr wie in Los Angeles zur Rushhour. Ein paar Leute versuchen anscheinend, mit ihren Autos auf den Strand zu gelangen, um sie dort in Sicherheit zu bringen, falls das Feuer tatsächlich bis hier runter reicht. Andere fahren in Richtung Pico Bello oder gleich zur Ausfahrt.

»Wo ist der Autoschlüssel?«, fragt Lena.

»Wieso?«

»Lass uns hier abhauen!«

»Bist du irre? Wenn wir mit dem Auto hier wegwollen, fahren wir direkt in die Scheiße rein.« Ich sage: »Der einzige Weg hier raus führt übers Meer, glaub mir.« Das habe ich mir schließlich gleich bei der Ankunft angeschaut. Auch wenn die alten Schlachtrösser unter den Krisenreportern darüber lachen – so schlecht ist dieses *Hostile Environment Traning* gar nicht. Hätte nur nicht gedacht, dass ich es ausgerechnet in den Flitterwochen würde anwenden müssen.

»Und was machen wir mit dem Fiesta?«, fragt Lena.

»Vergiss das Auto. Wenn das hier runterzieht, haben wir andere Sorgen. Lass uns das Zeug einpacken und abwarten. Mehr kannst du eh nicht machen. Bleib einfach ruhig.«

»Wo ist die schwarze North-Face-Tasche?«, frage ich. »Die ist so gut wie wasserdicht, da können wir alles Wichtige reinschmeißen.«

Ausweise, Geldbeutel, die Handys, das iPad. Das ist auch so ein Tick von mir, den ich seit meinem Kriegsreporter-Lehrgang konsequent durchziehe: Ich halte immer alles in einer kleinen schwarzen Kladde beisammen, über die Lena sich schon seit Jahren lustig macht. Aber alte Regel in Konfliktregionen: Wenn du irgendwo verschwinden musst, dann muss es schnell gehen. Sehr schnell. Ich sage: »Pack für jeden ein T-Shirt ein und die Turnschuhe! Alles andere ist egal.«

Weiter vorne auf dem Weg, kurz vor dem Restaurant, haben sich die Autos längst wie ein Wollknäuel ineinander verkeilt, es geht weder vor noch zurück, weil die Wagen aus allen Richtungen kommen.

Ich muss an die Tage nach der Fukushima-Katastrophe denken. Ich war in eine kleine Stadt in der Nähe von Sendai gefahren, im Norden Japans. Dort hatte der Tsunami entlang der Küste ganze Dörfer fortgespült. Auch dieses. Ein Augenzeuge erzählte, dass nur eine einzige Straße aus dem Dorf hinausführte. Und alle, die mit dem Auto flüchten wollten, wurden Opfer der Fluten.

Jetzt kann ich mir plastisch vorstellen, wie das ausgesehen haben muss. Vor unserem Wohnwagen steht ein Auto mit Passauer Kennzeichen, der Fahrer hupt, weil er nicht weiterkommt. Ich reiße seine Beifahrertür auf: »Lass deine Karre stehen, Mann, oder willst du da drin verbrennen?«

Er zeigt mir den Mittelfinger und kräht: »Halt's Maul!« Ich habe mich ja schon immer über die Deutschen und ihre Liebe zu ihren Autos lustig gemacht. Jetzt halte ich das nur noch für geisteskrank.

Inzwischen wird der Gestank immer beißender. Wie ein Kamin, wenn du vergessen hast, die Entlüftungsklappe zu öffnen. Der Qualm hüllt allmählich die Bucht ein. Die Hitze der Flammen ist körperlich spürbar. Es wird minütlich heißer.

Ich ziehe ein langärmeliges T-Shirt über und schnalle unsere Tasche auf meinen Rücken. »Nimm dir noch ein Tuch mit, das du vor den Mund halten kannst. Oder ein T-Shirt, egal, irgendwas«, sage ich zu Lena. »Und jetzt runter an den Strand.« Ich greife mir noch zwei Handtücher: »Hier – mach das nachher nass und leg es dir zum Kühlen in den Nacken.«

Im Wasser ist ein Gewimmel wie in den übelsten Zeiten der Hochsaison. Alle schreien wild durcheinander. Szenarien wie diese haben wir bei unserem Training immer wieder durchgespielt, und in Ansätzen habe ich sie auch schon ein paarmal erlebt: ein wütender Mob, der in Lynchstimmung gerät, oder Massenpanik nach einem Bombenattentat. Dagegen ist das hier relativ harmlos. Im Wasser sind wir schließlich in Sicherheit.

Die Umsichtigeren unter den Eltern streifen ihren Kindern Schwimmflügel über, damit sie nicht absaufen in dem Chaos. Ein paar Leute schieben gerade ihr Hab und Gut auf einer Luftmatratze vor sich her, andere haben ihr Zeug in ein Schlauchboot geladen.

Man kann förmlich spüren, wie der Wind stärker wird und das Feuer nur noch mehr anfacht. Und der

Himmel verfinstert sich. Es ist Mittag, vielleicht zwölf oder halb eins, aber es sieht aus, als würde die Nacht hereinbrechen.

Lena nimmt meine Hand: »Lass uns immer zusammenbleiben, hörst du? Egal was passiert!«

Um uns herum fangen die ersten Leute an zu husten; sie spucken ihren Rotz ins Wasser. Der Qualm brennt in den Augen, in den Lungen. Ich atme durch ein T-Shirt, das macht es ein bisschen besser. Normalerweise habe ich immer einen Zehnerpack Mundschutz-Masken im Gepäck, wenn ich in irgendwelche Krisengebiete fliege. Gegen den Gestank von Verwesung. Oder den Feinstaub in zerstörten Gebäuden.

Die ersten Motorboote erreichen die Bucht vor dem Grande Paradiso. Offenbar sind die Fischer aus Sepiana rübergekommen, um die Touristen zu evakuieren. Nach und nach kommen mehr Schiffe an, was die Panik aber nur noch steigert. Die Leute schubsen und drängeln und prügeln sich um die Plätze an Bord.

Ein paar Meter von uns entfernt sehe ich Bürgermeister Helmut und Sagrotan-Susi im knietiefen Wasser stehen. »Komm«, sage ich und ziehe Lena hinter mir her. Helmut nimmt uns beide tatsächlich in den Arm zur Begrüßung.

»Schöne Scheiße, was?«, sagt er. Mitten in diesem Trubel von Schreien und Gekreische steht er ganz ruhig da und beobachtet die Szenerie. Als könnte er nicht glauben, was da vor sich geht.

»Hast du die anderen gesehen?«, frage ich.

»Ja, Herbert und Horst wollten durchs Wasser in die nächste Bucht rüber, das Feuer scheint da noch nicht angekommen zu sein.«

»Muss man da schwimmen? Wir haben unseren Rucksack dabei.«

»Jetzt ist gerade Ebbe«, sagt Lena, »das müsste auch so gehen, wenn du die Tasche über dem Kopf trägst.«

Ich schaue rauf zum Trabucco: »*Oh shit,* seht ihr das?« Zwei oder drei Autos stehen in hellen Flammen. Das Feuer zieht sich in vernichtender Geschwindigkeit den gesamten Felsen hinunter. Der linke Arm unserer Bucht lodert wie ein Osterfeuer.

Ich muss an unseren Abend und das Tiramisu-Herz denken.

»Wo ist Willi?«, frage ich.

Helmut zuckt mit den Schultern.

Der Donner einer Explosion hallt durch die Bucht.

»Oh no«, sagt Lena, »das war bestimmt ein Gastank.«

Es klang wie ein Granateinschlag. Und vor allem: Es klang verdammt nah. Die Hitze wird intensiver, das Feuer muss also näher kommen. Aber immer noch versuchen Leute, ihre Autos auf den Strand zu fahren. Weiter vorn sehe ich einen Mercedes-Geländewagen auf dem Mäuerchen zum Strand schaukeln. Genauso ein Modell, wie Willi es fährt. Und die gleiche Farbe.

Ich schubse Helmut leicht an der Schulter und zeige auf den festgefahrenen Mercedes: »Scheiße, da ist der Willi. Der Idiot! Der will sein Auto retten!«

»Komm«, brüllt der Bürgermeister.

Ich drücke Lena mein zweites T-Shirt und die Tasche in die Hand. »Bleib genau hier stehen, okay? Wir sind gleich wieder da. Geh nicht weg!«

»Passt bloß auf«, höre ich sie uns hinterherrufen.

Helmut und ich rennen durch das Wasser und über den Strand. Als wir Willi erreichen, sehe ich, dass sein Wagen leicht schräg auf der Mauer hängt. Die Fahrertür ist blockiert. Er lässt wie ein Berserker den Motor aufheulen. Ich klopfe an seine Fensterscheibe: »Hör auf damit.«

Wir stemmen uns gegen das tonnenschwere Auto, bis es wieder waagerecht mit dem Unterboden auf der Mauer hängt. Ich reiße die Fahrertür auf. »Und jetzt raus, du Idiot«, brüllt Helmut den Willi an, der uns sprachlos und reichlich verwirrt anglotzt. Er reagiert überhaupt nicht.

Der Wagen hängt einigermaßen stabil auf der Mauer fest. Von wegen Geländewagen. Ich zerre Willi aus dem Auto, Helmut zieht jetzt auch mit. Sieht aus, als hätte unser Freund ein Konter-Bierchen zu viel nachgelegt. »Ins Wasser!«, schreit Helmut. »Los!«

Allmählich dämmert anscheinend auch Willi, dass für so ein Auto die Versicherung bezahlt, wenn es abfackelt. »Wo ist die Rita?«, frage ich.

»Bei Herbert!«

Während wir den Strand hinunterlaufen, packe ich mir zwei liegen gelassene Handtücher und gebe sie Willi: »Hier, verlier die nicht!«

Über uns kreisen inzwischen schon die ersten Lösch-Helikopter, die Wasser abwerfen. Das sieht so verdammt hilflos aus – wie einer, der mit einem Putzeimer sein brennendes Haus löschen will. Und immer wieder donnern Detonationen durch die Bucht, als läge sie unter schwerem Artillerie-Beschuss.

Wahrscheinlich hat sich die Feuerwalze längst den Hügel herunter bis in den oberen Teil des Campingplatzes vorgefressen. Und jetzt fliegt ein Wohnwagen nach dem anderen in die Luft. Es hat ja jeder mindestens eine Gasflasche an Bord. Und wieder kracht es.

Wir erreichen Lena und Susi. Neben ihnen steht ein Mann, der hustet wie blöde, aber seinen Camcorder im Anschlag hält.

»Willi!«, ruft Lena. »Alles okay?«

In dem Chaos haben viele ihre Angehörigen aus den Augen verloren, aus allen Richtungen Schreie, sie schwellen an, werden lauter und verzweifelter: »Mamma!«

»Maria! Maaa-riaa! *Dove sei*?« Wo bist du?

Ich verstehe nicht viel von Botanik, aber so viel weiß ich: Das klebrige Harz der Pinien wirkt wie Schießpulver, wie ein Brandbeschleuniger. Und dieser Platz liegt mitten in einem Pinienwald. Der Geruch erinnert mich an einen Sauna-Aufguss mit ätherischen Ölen. Dazu die vielen Gasflaschen, die Benzintanks der Autos. *Wommmm*!

»Wahnsinn, da ist schon wieder ein Reisemobil in die Luft geflogen«, schreit Lena.

Der helle Feuerschein der Explosion wirkt wie eine Szene aus einem Roland-Emmerich-Film.

Der ganze hintere Teil des Campingplatzes muss in Flammen stehen. Jedenfalls sind die Rauchschwaden jetzt so dicht geworden, dass man kaum noch die erste Reihe sehen kann. Ich habe komplett das Zeitgefühl verloren: Keine Ahnung, wie lange wir hier im Wasser stehen, aber zwei, drei Stunden werden es schon sein. Auf jeden Fall wird es allmählich höchste Zeit, hier zu verschwinden, bevor es den Ersten von uns mit einer Rauchgasvergiftung umhaut. Alle, die noch im Wasser stehen, und das sind immer noch einige Dutzend Leute, waten jetzt in Richtung des Felsens am Ende der Zona Dragona – dahinter liegt die nächste Bucht.

Unsere friedliche, langweilige Bucht. Mit einem Mal knattert ein Schwarm Hubschrauber darüber hinweg wie damals im Himmel über Saigon. Inzwischen kommen auch schon die Grottenboote von Sepiana herüber und nehmen die Flüchtlinge auf.

»Hey, da ist Freddie!«, ruft Lena, sie winkt und schreit. So laut, wie ich sie noch nie habe schreien hören. Der Bademeister muss irgendwoher ein Motorboot besorgt haben. Er wendet und hält auf uns zu.

»Lena! *Andate abordo!*«

Ich schmeiße den Rucksack ins Boot, dann helfen wir Willi hoch. Der Bürgermeister klettert als Letzter hinein. Immer noch ganz der Capt'n. Wir hocken eng zusammengequetscht im Boot, während Freddie gemächlich in die nächste Bucht tuckert, wo er uns absetzen will.

Lena zeigt auf den Hügel, den rechten Arm der Bucht – auch er brennt lichterloh. Sie brüllt Freddie auf Italienisch zu, dass er weiterfahren soll. Weg!

Wir sehen noch, wie sich zig Camper durchs Wasser kämpfen, aber es ist nur eine Frage der Zeit, bis auch diese Bucht komplett von Rauch eingehüllt ist. Hoffentlich kommen noch mehr Boote nach.

Freddie rast weiter hinaus aufs Meer, weg vom Qualm, und dann die Küste hinunter Richtung Vieste, dem nächsten größeren Ort. Die Gischt peitscht mir ins Gesicht, mein T-Shirt ist pitschenass, und der Fahrtwind lässt mich frösteln.

Lena hält sich mit ihrer rechten Hand am Bootsrand fest, sie hat sich regelrecht festgekrallt. Den Kopf hält sie nach vorn gebeugt, den linken Arm schützend davor, um nicht noch mehr Spritzwasser abzukriegen. Ich rutsche näher an sie heran und lege meinen Arm um sie.

Vereinzelt sieht man glutrote Flammen in den schwarzen Wolken lodern, das muss weiter oben sein, auf der Landstraße, die sich die Küste entlangschlängelt. Freddie hält konstant ein paar hundert Meter Abstand zum Festland, damit wir nicht noch mehr

Rauch einatmen. Und er gibt Vollgas. Zu meiner Rechten schießt die Küste vorbei wie ein Film, eingehüllt in schwarzen Nebel, der sich nur langsam auflöst, je weiter wir Richtung Südosten vordringen.

Unterwegs haben wir zwei Grottenboote überholt. Gut zwanzig, dreißig Minuten sind vergangen, als Freddie allmählich das Tempo drosselt und Richtung Küste abdreht. Ein Hafen kommt in Sicht. Das muss Vieste sein. Die Sonne scheint unschuldig, aber auch erbarmungslos heiß.

»Wahnsinn«, stammelt Willi.

»Funktioniert dein Handy noch?«, frage ich ihn. Das Wasser hat uns schon bis zur Brust gestanden, als wir auf Freddies Boot zugewatet sind, und Willi hat sein Telefon mit der rechten Hand wie einen Pokal in die Höhe gereckt, während er seine Linke auf die Meeresoberfläche lenkte.

»Keine Ahnung, wieso?«

Freddie tuckert jetzt langsam auf den Yachthafen zu.

»Willst du nicht wissen, wo Rita und die anderen stecken?«

»Ach so.« Er schüttelt sich konfus und schaut auf sein Display. »Scheiße, das Ding ist hin.« Dann feuert er das Handy wütend ins Wasser.

Quattordici

Am Quai geht es ziemlich tumultartig zu. Einige Dutzend Leute, vielleicht auch hundert, rennen durcheinander. Freddie legt an der Hafenmauer an und hilft uns aus dem Boot. Er redet ein paar Minuten mit einem Uniformierten – ein Hafenangestellter vielleicht. Oder ein Polizist irgendeiner der vielen Truppen. Er fuchtelt mit den Händen herum und bedeutet ihm, dass am Grande Paradiso immer noch Leute im Wasser stehen und Hilfe brauchen.

Ich krame im Rucksack nach unseren Handys. Es ist tatsächlich alles trocken geblieben. »Lass dir Freddies Nummer geben«, sage ich zu Lena.

Die beiden wechseln ein paar Worte, dann speichert sie seine Nummer. *»Ci sentiamo doppo«*, sagt Freddie, während er in sein Boot zurückklettert. Wir hören uns später.

Und da stehen wir also, tropfnass und barfuß auf einem der paar Yachthafen-Quais. Ich fummele unsere Turnschuhe aus der Tasche und die beiden trockenen T-Shirts. »Dass ihr an so etwas gedacht habt«, sagt die Susi und schüttelt ungläubig den Kopf.

Willi hat sich auf die Quai-Mauer gesetzt, er wirkt zusammengesunken. Inzwischen offenbar doch mehr besorgt um Rita als um seinen Mercedes. »Hier, nimm mein Handy. Kannst du erst mal behalten, bis du sie erreicht hast.«

Er wählt und wartet. Keine Antwort. »Geht nur die Mailbox ran.«

»Wo immer die auch sind, irgendwer wird sie schon hierherbringen. Vieste ist die einzige Stadt in der Nähe von Sepiana.«

Willi schweigt.

Weiter vorne säumen Palmen eine kleine Piazza, dort geht es zu wie auf einem Basar. Lena redet gerade mit dem Uniformierten, einem ziemlich aufgeblasenen Carabiniere, der wahrscheinlich gerade den Adrenalinschub seines Lebens bekommen hat. »Also, er sagt, wir sollen da vorne warten«, sie zeigt auf die Piazza. »Da sind noch mehr Leute, die aus Sepiana abgehauen sind. Und das Rote Kreuz ist auch schon verständigt.«

Irgendwie warte ich ja nur darauf, dass Helmut jetzt gleich wieder den Bürgermeister raushängen lässt und die ganze Sache selbst organisiert, aber sogar ihm scheint ein erheblicher Schrecken in die Glieder gefahren zu sein. Er trottet Hand in Hand mit seiner Susi hinter uns her und sagt kein Wort. Seine wohlgeordnete Campingplatz-Welt ist mit einem Mal komplett aus den Fugen geraten.

Auf der Piazza sitzen gut drei Dutzend Leute im Schatten einiger Palmen, und aus dem Ort sind viele Helfer und wahrscheinlich auch Schaulustige herbeigeströmt: alte Frauen, junge Männer, Kinder. Sie verteilen Wasserflaschen, und erst jetzt merke ich auch, wie meine vertrocknete Kehle brennt.

Und wie immer in solchen Situationen sind die Leute vom Fernsehen natürlich schneller am Ort des Geschehens als die Hilfskräfte. Eine aufgeregte und deutlich überschminkte Reportermaus macht sich auf die Suche nach Augenzeugen. Auf ihrem Mikrophon steht TG24, die italienische Version von Sky News. Als sie schließlich auch an uns herantritt, schleudert Lena ihr ein ziemlich deutliches »*Vaffanculo*« entgegen.

Ich sage: »Passt auf, Leute, ihr wartet jetzt mal hier, und ich suche einen Geldautomaten. Ich habe noch alles dabei, Kreditkarten, EC-Karte. Und dann kaufen wir hier in so einem Touri-Laden erst mal Badelatschen und trockene Klamotten.«

Willi und das Bürgermeisterpaar sind viel zu erschöpft, oder eher komplett überfahren, um zu widersprechen. Unter normalen Umständen wäre das undenkbar.

Lena fängt leise an zu weinen. »Hey«, sage ich und streichele ihr über die Haare. »Hey, was ist denn los?«

»Der Wohnwagen. Es ist bestimmt alles verbrannt.«

»Das werden wir sehen. Komm, bleib tough, du musst hier alles übersetzen, okay?«

Sie nickt schluchzend.

Nach einer Stunde stehen Willi, Helmut und Susi in Shorts, Flip-Flops und albernen Bella-Italia-T-Shirts wieder auf der Piazza. Für einen, der sonst gern Bier-Motto-Hemden trägt, ist das jetzt keine dramatische Umstellung. Aber Willi ist immer noch komplett durch den Wind. Weder Rita noch Herbert sind erreichbar.

Lena hat in der Zwischenzeit herausgefunden, dass die lokalen Rot-Kreuz-Helfer dabei sind, in Schulen und Turnhallen Notunterkünfte zu organisieren. Der eitle Carabiniere hatte ihr gesagt, dass schon bald eine Art Krisenzentrum hier unten am Hafen eingerichtet werden würde, um sich der Flüchtlinge anzunehmen. Alle paar Minuten kommen Boote an, die gestrandete Camper in Vieste abliefern. Und ständig kommen Menschen aus dem Ort, die Sixpacks Wasser heranschleppen.

»Ich weiß, das klingt blöd«, sage ich, »aber lasst uns einfach in ein Straßencafé gehen und dort auf das Rote Kreuz warten. Wir können eh nichts machen.«

»Aber wir müssen die anderen suchen«, sagt Willi.

»Es gibt keinen Grund zur Panik«, ich packe ihn kräftig an seinem schlappen Arm. »Das läuft schon von selbst. Es bringt auch nichts, wenn wir jetzt hier wie die Hühner rumrennen, okay?«

»Bis diese Italiener das hinkriegen, ist es doch Weihnachten«, mault Helmut. Trotzdem kommen alle mit.

Im Café hängt Willi wieder ergebnislos am Telefon.

Er ist so fertig, dass er freiwillig einen Kaffee trinkt. Und kein Bier. Als unsere Cappuccini auf dem Tisch stehen, zünde ich mir erst mal eine Zigarette an, die ich mir gerade an der Bar gekauft habe.

»Gibst du mir auch eine?«, fragt Helmut. Ich traue meinen Ohren nicht.

»Mir auch«, sagt Willi.

Wir schweigen eine Weile, dann sagt er: »Wie kann so was passieren? Da hat bestimmt irgendein Idiot illegal seinen Müll verbrannt.«

»Hab ich auch schon gesagt.«

»Nee«, meint Helmut, »von so 'nem bisschen Müll kommt so was nicht.«

Lena sagt: »Das ist doch jetzt wurscht. Lasst uns lieber zusehen, dass wir die anderen finden.«

»Ich will ja jetzt nicht herumschlaumeiern, aber ich habe solche Sachen schon ein paarmal mitgemacht«, sage ich, »das kann ein paar Tage dauern, bis wir Rita gefunden haben. Vor allem wenn sie ihr Handy nicht mitgenommen hat. Es gibt irgendwo ein paar Listen, wo die dann draufstehen. Müssen wir halt ein bisschen rumtelefonieren.«

»Hoffentlich sind die überhaupt rausgekommen«, schluchzt Susi.

Lena nimmt sie in den Arm: »Na klar, die sind doch noch früher als wir zu der anderen Bucht rüber.« Susi greift nach Helmuts Hand.

In dem Moment fährt eine Kolonne von vier Reisebussen in den Hafen ein. »Ich glaube, es geht los«, sagt Lena.

Sie haben uns in eine Grundschule gebracht. Unten am Hafen war das Chaos groß, und der Carabiniere lief zur Hochform auf, während er unter wilden Flüchen und mit reichlich Trillerpfeifen-Gedöns die Flüchtlinge dazu bringen wollte, eine Warteschlange wie an einer britischen Bushaltestelle zu formen. Ein paar überdrehte Deutsche schrien, sie seien im ADAC, woraus sie offenbar irgendwelche Privilegien ableiteten. »Ich doch auch«, stimmten andere Landsleute in den vielstimmigen Chor mit ein.

Die Rot-Kreuz-Mitarbeiter hatten offensichtliche Mühe, ihr eigenes süditalienisches Temperament zu unterdrücken. Sie hielten uns Klemmbretter hin, in die wir unsere Namen und Telefonnummern eintragen sollten. *»In capital letters please«*, sagte die nette Frau – in Großbuchstaben, damit man es auch entziffern kann. Und wer eingetragen war, durfte sich schließlich in einen Reisebus setzen, auf dem »Viaggi Gargano« stand.

Helmut hatte augenscheinlich wieder den Boden unter den Füßen zurückgewonnen, jedenfalls machte er jetzt einige Vorschläge, wie die Organisation zu optimieren sei. Diese wurden allerdings nicht nur aus

Gründen der Sprachbarriere ignoriert. »Lass uns erst mal in die Notunterkunft fahren«, versuchte ich ihn zu vertrösten, »da werden sie jede Hilfe brauchen.«

Die Schule ist ein nicht besonders repräsentabler zweistöckiger weißer Bau auf einer Anhöhe über Vieste; karge Flure, weiß mit einem pastellgelben Streifen, nirgends hängt auch nur ein einziges Kinderbild an der Wand. Wie deprimierend muss das sein, hier das Lesen und Schreiben zu erlernen? Lernanstalt trifft es wahrscheinlich ganz gut.

Auf den Fluren und in der Turnhalle ein Geräuschpegel wie in einem Hallenbad. Es trägt ja auch fast jeder Badekleidung, die meisten Männer sind halbnackt.

An der Stirnseite der Halle haben sie jeweils vier Pulte in U-Form zusammengeschoben, als improvisierte Theke. Das eine ist quasi der Info-Schalter, wo man die Namen seiner Angehörigen und Freunde angeben kann, die man noch sucht. Der zweite Tresen ist eine Art Cafeteria, hinter dem Wasser-Sixpacks aufgetürmt sind. Es gibt Brioche und Panini, die offenbar eine nahe gelegene Bäckerei gespendet hat. Anwohner bringen Decken und Kleidung vorbei, dazu Kekse und Süßigkeiten für die Kinder, deren Geschrei von den Wänden der Halle widerhallt.

Willi hat seinen Namen und den von Rita am Info-Counter hinterlassen, derweil hat Helmut ein kleines Klassenzimmer organisiert, in das wir uns zurückziehen können. Das teilen wir uns mit zwei Familien aus einem Kaff irgendwo in Mecklenburg-Vorpommern, das ich im Leben nicht auf der Landkarte finden würde. Und Helmut verteidigt unseren Platz gegen jeden, der vorsichtig anfragt, ob er sich zu uns gesellen darf.

Ich bahne mir meinen Weg durch den Flur-Trubel

nach draußen. Eine rauchen. Es ist so absurd. Vor ziemlich genau einem halben Jahr war ich in exakt derselben Situation – in Japan, als wir im Tsunami-Gebiet ein Geschwisterpaar begleitet hatten, das seine Eltern suchte. Es war alles viel stiller, viel resignativer, morbider, weil klar war, dass Tausende Menschen ums Leben gekommen waren. Aber diese Turnhalle und die verwirrten Leute, die ziellos umherlaufen – das ist wie ein Déjà-vu. Nur dass ich diesmal nicht ein Beobachter bin, der sich hinter seinem Notizblock verstecken kann, sondern Mitbetroffener der Katastrophe.

Ich zünde mir auf dem Pausenhof eine Zigarette an. Ein Mann mit einem Megaphon gibt bekannt, dass jetzt ein Ärzteteam angekommen sei, das sich aber zuerst um die Kinder kümmern werde. Dann ruft er Namen auf: »Lucarelli, Giovese, Biscotti« und so weiter und so weiter. Eine riesige Menschentraube umringt und bestürmt ihn. Sie schreien so wild durcheinander, dass sicher niemand ein Wort versteht. Auf dem Lehrerparkplatz diskutiert ein Pärchen, das ziemlich deutsch aussieht, mit den Carabinieri, doch die zucken auch nur hilflos mit den Achseln. Entweder weil sie kein Wort verstehen oder weil sie nicht helfen können.

Als ich wieder in unseren Klassenraum zurückkomme, sagt Lena, dass sie gerade mit der Schulleiterin gesprochen hat: »Also, das Rote Kreuz besorgt jetzt Feldbetten, auf denen wir erst mal schlafen können. Und den ADAC haben sie auch schon informiert, damit wir irgendwann hier wegkommen.«

»Pass auf«, sage ich, »ich rufe jetzt erst mal bei mir im Büro an. Vielleicht können die uns ein paar Hotelzimmer organisieren. Die haben bisher jeden von uns rausgeholt, wenn der irgendwo in der Scheiße steckt.«

Helmut schaut mich skeptisch an. »Wie sollen die das denn machen? Hier ist doch jetzt bestimmt alles ausgebucht.«

»Die holen Leute aus Bürgerkriegen raus. Dann sollten sie das bei einem Brand wohl auch schaffen. Selbst wenn's ein großer Brand ist.«

Lena rutscht mit dem Rücken die Wand hinunter und lässt sich erschöpft zu Boden sinken. Aus unserer Tasche zieht sie eine alte Blechdose. Die muss sie aus unserem Wohnwagen gerettet haben.

»Was ist das?«, frage ich.

»Das ist die Käfer-Sammeldose von meinem Papa. Jeder von uns hatte so eine. Darin haben wir als Kinder bei unseren Marathon-Wanderungen durch die Macchia immer die Viecher gesammelt.« Ein paar Tränen kullern ihr über die Wangen.

Ich habe kaum ein Auge zugemacht in der Nacht. Ständig war draußen auf dem Flur jemand in Bewegung, ich hörte Stimmen flüstern und murmeln, Kinder schreien und Mütter palavern. Und mehr noch als das klapprige Feldbett hat mich das Gefühl wach gehalten, mit einem Mal quasi obdachlos geworden zu sein.

Die Steigerung zu all dem war nur: Willis sagenhaftes Schnarchen. Wie hält Rita das bloß in einem Wohnwagen mit ihm aus? Ich sollte ihm vielleicht mal von meiner Anti-Schnarch-Zahnspange erzählen, ohne die Lena mich niemals geheiratet hätte. Aber das ist eine andere Geschichte. Und Willi hat jetzt andere Sorgen.

Lena hat heute Morgen als Erstes Bademeister Freddie angerufen. Und er hat nur gesagt, sie wolle bestimmt nicht sehen, was von dem Campingplatz übriggeblieben ist. Da hat er Lena in all den Jahren wohl nicht so richtig kennengelernt. Und ob sie das sehen will!

Um elf sind wir unten am Hafen verabredet. Lena recherchiert gerade in der Halle an der Information die Nummer der lokalen Taxi-Zentrale.

»Wir kommen mit«, sagt Helmut, »was ist mit dir, Willi?«

Der läuft schon seit morgens um sieben nervös umher.

»Noch immer nichts von Rita?«, frage ich.

Er schüttelt still den Kopf. Ich überlege, ob Willi der Typ ist, den man in den Arm nimmt. Weil: Eigentlich müsste es eher umgekehrt sein. Der Campingplatz-MacGyver, der auf alles eine Antwort zu haben schien.

»Sie wird einfach ihr Handy nicht mitgenommen haben«, sage ich, »das ging doch am Ende alles so schnell, und da denkt doch nicht jeder dran.«

Steffi, unsere großartige Redaktionsassistentin, ruft an. Willi reicht mir mein Telefon. Sie hat in der Zwischenzeit schon mal einen Mietwagen geblockt, falls wir einen brauchen, und auch drei Zimmer für die nächste Nacht klargemacht. Im Palace Hotel direkt beim Hafen. Klingt irgendwie vielversprechend.

»Das liegt übrigens gleich in der Nähe vom Corso Tripoli«, sagt Steffi, »und ich dachte, das passt doch ganz gut zu dir.«

»Du bist besser als Mrs Moneypenny«, sage ich zum Abschied. Dann muss ich kurz schmunzeln: Wie gut das jetzt tut, mitten in diesem Chaos mit meinen entspannten Hamburger Zynikern zu telefonieren.

»Das Taxi kommt gleich«, sagt Lena. »Auf geht's, Leute!«

Ich schultere unsere Tasche, dann verabschieden

wir uns von den Ossis und wünschen ihnen noch viel Glück für die nächsten Tage und eine gute Heimreise. Wahrscheinlich sind sie erst mal ganz froh, uns und vor allem Willis Terrornase los zu sein.

Als wir am Hafen ankommen, wartet Freddie schon am Quai auf uns. Er sieht fix und fertig aus. Viel geschlafen hat er sicher nicht. Und ich hätte nie gedacht, dass jemand, dessen Gesicht immer wie frisch getoastet wirkt, mit einem Mal dermaßen leichenblass sein kann.

»Er sagt, dass er das eigentlich nicht darf – der Platz ist gesperrt«, übersetzt Lena. »Aber es sind schon eh ein paar Leute dort, die schauen wollen, was aus ihren Wohnwagen geworden ist.«

Je näher wir Sepiana kommen, umso deutlicher ist die Zerstörung sichtbar. Immer noch wehen überall Rauchfähnchen in den Hügeln, vereinzelt sieht man selbst vom Meer aus kleinere Feuer glimmen. Dort, wo gestern Morgen noch alles grün war, sieht man jetzt nur noch schwarze Sträucher, es sieht aus wie nach einer Brandrodung.

Wir biegen um den letzten Felsen vor unserer Bucht, um den abgestorbenen rechten Arm. Ich greife nach Lenas Hand. Sie muss schlucken, heftig schlucken, und ich sehe, wie sie gegen die Tränen ankämpft. Wie sie versucht, Haltung zu bewahren, stark zu sein. So wie sie es immer sein musste als älteste Tochter.

Die Zona Dragona ist ausradiert. Dampfendes Ödland.

»Leck mich am Arsch«, sagt Willi, und es ist das erste Mal seit knapp 24 Stunden, dass er zumindest rein rhetorisch wieder der Alte ist.

»Unfassbar«, stammelt Helmut.

Bevor Freddie uns in der Grande-Paradiso-Bucht absetzt, warnt er uns noch einmal: »Wir sollen bloß vorsichtig sein, wo wir hintreten. Der Boden ist höchstwahrscheinlich verseucht«, dolmetscht Lena. »Im Moment weiß noch niemand, was hier alles an Dreck ausgetreten ist. Freddie meint, da könnten überall hochgiftige Schwermetalle in den Boden gesickert sein.«

Zwei blaue Chicco-Kinderwagen stehen auf dem Strand, kurz vor der Grotte. Einer ist umgestürzt, aus dem anderen ragt das karierte Sitzpolster heraus. Um den Wagen herum sind Windeln verteilt, Babykleider, ein kleiner bunter Plüschclown. Bis hierhin müssen die Eltern noch daran geglaubt haben, dass es eine Rettung gibt, die nicht durch das Wasser führt. Ein Teddybär im bunten Blümchenkleid liegt mit dem Gesicht nach unten im Sand, gleich daneben eine nackte Puppe mit strubbligem blonden Haar. Sie hat die Augen geschlossen.

Lena und ich gehen vorsichtig über den Strand, dabei schauen wir genau, wo wir hintreten. Mir kommt es vor, als bewegten wir uns in Zeitlupe, mein Körper fühlt sich an wie mit Blei beschwert.

Auf dem ganzen Platz sieht man Leute durch die Trümmer streifen. Carabinieri in ihren blauen Uniformen, die sich gar nicht erst die Mühe machen, die Touristen zu verjagen, die sich ein Bild von der Verwüstung machen wollen. Die unter dem Schutt und der Asche nach Habseligkeiten suchen.

Von unserem Wohnwagen ist wirklich nichts weiter übriggeblieben als ein trauriger Torso. Er hat keine Räder mehr, die Außenhaut ist zerfetzt und verglüht, nur noch ein paar Metall-Streben hängen irgendwie lose zusammen. Unsere Klamotten, die Bücher, mein ganzer irrer Technikkram, über den Lena sonst immer so herzlich lacht – alles in Flammen aufgegangen und zu winzigen Klumpen geschmolzen.

Lena schlägt die Hand vor den Mund.

»Fass bitte nichts an, okay?«, sage ich.

»Ich bin doch nicht bescheuert.«

Die gesamte erste Reihe ist eine einzige schwarzgraue Wüste, durch die sich unser Teerweg zieht. Ein Autowrack parkt mitten auf dem Asphalt zwischen dem demolierten Bungalow und Ercoles Pico Bello. Mir steckt ein Kloß im Hals, wenn ich daran denke, dass irgendjemand bis zum Letzten versucht hat, seinen Wagen zu retten.

In den Trümmern ringsum liegen Autoteile: Motorblöcke und Getriebe, schätze ich mal. So genau kenne ich mich da nicht aus. Die Hitze hat selbst die Alufelgen der Autos zu seltsamen Skulpturen deformiert; es sieht aus wie Bleigießen an Silvester, nur in viel zu großer Dimension.

Das Dach über der Terrasse des Bungalows in unserer Zone ist gekräuselt wie Wellblech. Die verschmorten Leitungen und Kabel haben ein mächtiges und tiefschwarzes Loch in die ockerfarbene Hauswand gebrannt. An einem der entlaubten Bäume ist sogar noch ein Schild mit einem Feuerlöscher-Symbol befestigt. Ich frage mich, ob da überhaupt je einer gehangen hat.

Willi steht vor der Ruine seines Wohnwagens. »Schau dir das mal an«, sage ich, »das Feuer muss sich bis in den Boden hineingefressen haben.« Unterirdische Plastikrohre sind geschmolzen, Wasserleitungen geborsten.

»Was interessieren mich die Wasserleitungen«, jammert er. »Mein Wagen. Was für eine Scheiße! Die ganze Arbeit. Alles für 'n Arsch.«

Ich will ihn gerade damit trösten, dass er als Rentner doch eh nichts Besseres zu tun hat, als alles noch mal neu zu bauen, da steuert mit einem Mal ein Schlauchboot tuckernd auf den Strand zu. An Bord zwei Frauen und zwei Männer. Willi guckt zuerst nur neugierig, dann erstarrt er förmlich. Seine Hand fängt an zu zittern, und er rennt, ohne auch nur ein Wort zu sagen, zum Wasser hinunter. Er rennt, wie ich ihn nicht mal beim Fußballtraining habe rennen sehen. Helmut und Susi, Lena und ich – wir alle hinterher.

Ute und Rita heulen wie kleine Mädchen. Herbert grinst nur scheel. »Siehst du, habe ich doch gesagt, dass wir ihn hier treffen würden.« Er klatscht mich mit einem High-Five ab, was mir in diesem Augenblick nicht mal total bescheuert vorkommt.

Während wir wieder zu Willis Wohnwagen-Ruine zurückgehen, erzählt Rita unter Tränen, wie sie am Tag zuvor rüber in die nächste Bucht gewatet sind. Und als sie sich schon in Sicherheit wähnten, ist das Feuer plötzlich wie eine Lawine über den Hügel gezogen. Und sie sind zurück ins Meer gerannt, wo sie dann ein Fischer auf sein Boot genommen hat. Auf einem Campingpatz ein paar Kilometer vor Vieste hat er sie abgesetzt.

»Das ist übrigens Klaus«, stellt Herbert den Mann mit dem Motorboot vor. Er hat ihnen in der letzten Nacht Obdach in seinem Vorzelt gewährt. Horst und Inge sind dort geblieben.

»Camper-Solidarität«, sagt Klaus. Ich denke, den Spruch habe ich schon mal gehört. Und ich muss sofort an meinen ersten Tag hier denken, als dieser Platz wirklich noch ein großes Paradies war. Auch wenn er mir zunächst vorkam wie die Hölle.

»Warum bist du nicht an dein Handy gegangen?«,

fragt Willi die Rita, während er sie fest in seinen Arm schließt.

»Ich hatte es im Wohnwagen vergessen. Das ist wohl jetzt verbrannt. Was ist denn mit deinem? Du bist auch nicht rangegangen.«

»Kaputt.«

Herbert erzählt, dass sie schon gestern Abend beschlossen haben, einfach so lange auf dem Campingplatz zu warten, bis Willi aufkreuzen würde. Sie hatten schließlich auch keine Nummer von uns.

»Hast du noch eine Zigarette?«, fragt Willi. Rita guckt ihn an, als hätte er einen Besuch im Swingerclub vorgeschlagen.

Er zündet sich eine an, dann verschwindet er hinter dem halb verfallenen Bungalow. Ich glaube, er will einfach nicht, dass wir sehen, wie er weint.

»Sieh doch mal«, sagt Lena, »ich glaube, das Pico Bello steht noch.«

Sie nimmt meine Hand und zieht mich weg von Willi und den anderen. »Das ist doch alles Wahnsinn«, sagt sie im Gehen.

»Was meinst du? Dass Willi und Rita einander wiedergefunden haben? Das war doch nur eine Frage der Zeit.«

»Nein, ich meine wirklich alles.«

In der Tat ist es ein Wahnsinn, dass das Pico Bello noch steht. Ich nehme mal an, dass der Felssporn wie eine Brandschutzmauer gewirkt hat. Die Feuerwalze muss links und rechts am Restaurant vorbeigedonnert sein, aber Ercoles Laden hat nichts, wirklich gar nichts abgekriegt.

»Der arme Helmut«, sage ich. Sein Wohnmobil war das letzte in der ersten Reihe der Zona Dragone.

»Guck doch mal, da fehlen gerade mal ein paar Meter, und sein Wagen wäre auch unversehrt geblieben.«

Wir gehen an dem Spielplatz vor dem Restaurant vorbei auf die Terrasse. »Ercole?«, rufe ich. Niemand zu sehen. »Tanja?« Keine Antwort.

Die Tür ist verschlossen. »Der Kerl verblüfft mich immer wieder«, sage ich, »da fackelt der ganze Campingplatz ab, und der hat nichts Besseres zu tun, als seinen Laden abzusperren.«

»Als Italiener lernst du, niemals einem Italiener zu trauen. Der weiß genau, dass die Leute alles leer geplündert hätten.«

Ich lege meinen Arm um Lena: »Du hast recht – das ist Wahnsinn. Alles.«

Wir gehen hinunter zum Strand, das Bagnino-Häuschen steht auch noch da wie eine Eins. Freddie wird's freuen.

Als wir im Wasser stehen, machen wir uns irgendwie unbewusst auf zu unserem letzten Strandspaziergang Richtung Grotte. Die Gerippe der Autos und Wohnwagen – von hier aus sieht das Grande Paradiso aus wie ein Elefantenfriedhof.

Wir stehen auf Höhe unseres Stellplatzes im Meer, die sanften Wellen umspülen unsere Knöchel. Ich schaue fassungslos auf das Desaster. *Paradise lost.*

Lena drückt meine Hand ganz fest und schaut mich aus geröteten Augen an, dann spricht sie ganz leise: »Bring mich weg von hier. Bitte. Ich will nur noch nach Hause. Sofort!«

Quindici

Wir würden uns am Stand von Stauder Pils treffen, hat Willi gesagt, und ich muss schon zugeben, dass mir das imponiert, wie schnell der sich auf die lokalen Brauereien einzustellen vermag. Lena zieht ihren Vater vom Infoschalter eines niederbayerischen Ferienortes weg, wo sie auf dem Tresen das Selchfleisch des lokalen Metzgers anbieten, quasi als Appetitanreger für den nächsten Urlaub.

»Komm jetzt, wir müssen rüber in Halle 3, das hier ist die Reise-Ausstellung.«

»Warte mal«, sagt Peter, er reißt sich von Lenas Arm los und nimmt noch schnell zwei Häppchen als Wegzehrung mit. Wer weiß, wie weit das ist bis in Halle 3.

Hätte mir vor meiner Hochzeit jemand gesagt, dass ich jemals freiwillig eine Camping-Messe besuchen würde, hätte ich geschworen, lieber mein ganzes Leben lang Single zu bleiben. Und jetzt stehen wir in der Essener Grugahalle, und wenn ich mich so umschaue, könnte das genauso gut die Jahreshauptversammlung der Schnauzbartträger sein.

Eine Caravan-Ausstellung mitten im Ruhrpott: Als Willi mich vor ein paar Wochen anrief, klang das dermaßen vielversprechend, dass ich einfach nicht widerstehen konnte. Außerdem müssen wir uns für den nächsten Urlaub in Sepiana anständig ausrüsten.

Ich hatte ja vor dem Brand den Mund ziemlich voll genommen.

Ein halbes Jahr ist das jetzt her, und seitdem telefoniere ich regelmäßig mit Willi und Helmut, auch um unsere Reisepläne zu synchronisieren.

Nachdem Bademeister Freddie uns wieder in Vieste abgeliefert hatte, überließ ich Herbert unser Zimmer im Palace Hotel. Lena und ich holten kurz vor Ladenschluss der Mietwagen-Station unser Auto ab und fuhren noch am Abend nach Bari. Sekretariats-Engel Steffi hatte uns zwei Plätze auf der Frühmaschine nach München besorgt. Weiß der Teufel, wie sie das immer anstellt – die Maschine war jedenfalls bis auf den letzten Sitz gebucht. Wir sahen ein bisschen bescheuert aus in unseren Shorts und den versifften Klamotten, aber ähnlich abgerockt saß ich auch nach meinem letzten Libyen-Trip im Flieger nach Nizza.

Und nun also die legendäre »Reise + Camping«. Ich gebe das ja ungern zu, aber ich habe diesem Termin in den vergangenen Tagen regelrecht entgegengefiebert. Es ist wie ein Familientreffen. Herbert hat wissen lassen, dass man ihn bei Concorde antreffen wird, wo er sich bei dem ein oder anderen Gläschen Prosecco einen neuen, noch besseren Charisma konfigurieren lassen möchte. Bürgermeister Helmut erwartet uns am Stand des Grande Paradiso, wo er gemeinsam mit Massimo für die Wiedereröffnung unserer abgebrannten Heimat wirbt. Als deutsches Testimonial.

Massimo hat letzte Woche Lenas E-Mail-Postfach mit ein paar Dutzend Fotos lahmgelegt; Bilder, die belegen, dass die lieblichen Hügel rund um das Grande Paradiso ihre Farbe inzwischen von Kohlrabenschwarz zu Kotbraun gewechselt haben. Knapp zehn Zentimeter Boden haben sie laut Massimos Mail auf dem ganzen Platz abtragen lassen, weil Kadmium und Quecksilber und wer weiß was für ein Giftzeug die Erde vorübergehend verseucht hatten.

»Mensch, der alte *professore*«, trompetet Willi, als er meinen Schwiegervater erblickt. Rita busselt uns derweil recht münchnerisch ab, mit Küsschen links und rechts. Und Willi drückt Lena und mich wie seine eigenen Kinder. Was mich wirklich beruhigt – er hat seine Garderobe auf den Pre-Katastrophen-Stand gebracht. »Noch zwei Bier und dann zu mir« steht auf seinem T-Shirt.

»Und? Habt ihr euch schon umgesehen?«

»Nee, wir haben meinen Vater nicht von den Fress-Ständen weg gekriegt«, sagt Lena, »aber eigentlich wollten wir jetzt auch erst mal zu Massimo.«

»Gute Idee«, sagt Rita, »dann mal los.«

Willi grummelt etwas ungehalten. Sieht so aus, als würde er sich hier an der Bar ganz wohl fühlen. Er spült sein Bier runter und trottet hinterher. Unterwegs erzählt er, wie sie noch drei Tage lang im Palace Hotel festhingen, ehe der ADAC endlich ihre Abreise organisiert hatte. »Aber ein schicker Kasten war das, sag ich dir. Wohnt ihr Reporter immer so nobel?« Er hält mich am Arm fest, um ein wenig Abstand zu den anderen zu gewinnen. »Sag mal, eure Sekretärin, das ist doch bestimmt 'ne Hübsche, oder?«

Kurz bevor wir die Touristik-Halle erreichen, bleibt Willi stehen und zückt sein neues Handy. Er hat sich tatsächlich ein iPhone geleistet, was in Kombination mit seinem T-Shirt schon ein bisschen schräg aussieht. Er sagt: »Ich ruf mal eben Herbert an, der soll auch seinen Hintern zu Massimo rüberbewegen.«

Massimo macht seinen typischen Albatros. *»Ragazzi!«*

Ich umarme Helmut, der leider ohne Sagrotan-Susi gekommen ist. Die liegt mit der Grippe ihres Lebens daheim auf der Schwäbischen Alb im Bett. Mein Schwiegervater und Massimo lassen einander kaum noch los.

Der Stand ist mit großformatigen Fotos aus dem Grande Paradiso dekoriert. Ich bin mir ehrlich gesagt nicht so sicher, dass es sich dabei um die aktuellsten Bilder handelt. Und wenn doch, dann hat da einer nächtelang mit Photoshop rumgedaddelt, um die so hinzukriegen. Auf dem Tisch ein Stapel Broschüren, auf denen der Campingplatz paradiesischer ausschaut als je zuvor.

Ich schaue Massimo und Helmut an und kann mir ein Grinsen nicht verkneifen: »Wer auch immer das fotografiert hat – er hat nur noch Adam und Eva vergessen.«

Massimo versteht nicht ganz.

»Guck mal«, sagt Helmut und deutet auf einen Stoß Papiere, »wir haben jetzt schon fast hundert Buchungen für den Sommer. Wahnsinn, oder?«

»Haben Sie Ihren Stammplatz schon reserviert?«, fragt mein Schwiegervater.

»Selbstverständlich«, sagt der Bürgermeister und streckt meinem Schwiegervater die Hand entgegen: »Helmut. Nenn mich einfach Helmut.«

Massimo hat seinen Arm um Lena gelegt. Ich muss an unseren letzten Strandspaziergang inmitten der Verwüstung denken. Es sah aus wie in Bagdad nach dem Einmarsch der US-Truppen. Hätte ich nicht für möglich gehalten, dass sich das Grande Paradiso je wieder erholen würde.

»Und«, frage ich, »wie schaut's aus in Sepiana?«

»Tutto a posto«, sagt Massimo, und dann berichtet er von der großen Erleichterung im Dorf. Die Kirche ist seit dem Brand wieder jeden Sonntag bis auf den letzten Platz gefüllt. Die Abergläubischen unter den Dorfbewohnern, und das sind nun mal gute 80 Prozent der Bevölkerung, haben das Inferno als himmlische Strafe betrachtet: dafür, dass sie fast eineinhalb Jahrzehnte lang nur noch dem sündigen Gedanken ans Geld anhingen; dass sie lieber Fortuna angebetet hatten statt die heilige Mutter Gottes.

Am Ende, erzählt Massimo, hat ihnen Padre Pio mal wieder den Hintern gerettet. Der Friedhof am Ortseingang war an jenem Spätvormittag schon komplett niedergebrannt. Und kurz bevor die Flammen Luigis Gemüsezentrale erreichten und sich weiter Richtung Altstadt ausbreiten konnten, drehte plötzlich der Wind und schickte das Feuer Richtung Grande Paradiso. Seither glauben sie in Sepiana wieder an Wunder.

Inzwischen ist auch Herbert mit seiner Ute unter großem Hallo eingetroffen. Den Kaufvertrag für seinen neuen Charisma hat er stolz mit einer edlen Ledermappe umhüllt unter seine linke Achselhöhle geklemmt. Fehlt eigentlich nur der Horst, und wir wären vollzählig.

»Weiß man denn schon, wie das alles passieren konnte?«, frage ich. »In der Zeitung stand, dass alle von Brandstiftung ausgehen, aber ich habe nichts mehr gelesen.«

Wie in eigentlich allen touristisch interessanten Gegenden Südeuropas sind Waldbrände auch hier in der Regel kein Zufall. Abgesehen von ein paar debilen Pyromanen stecken oft genug lokale Viehhirten dahinter, die mit der Brandrodung neue Weideflächen erschließen wollen. Meistens aber sind es ruchlose Grundstücksspekulanten, die auf diese Weise Platz für Hotelkomplexe schaffen wollen. Jede Wette, dass es um nichts anderes geht.

Statt mir eine Antwort zu geben, nimmt Massimo Lena beiseite. Die beiden machen ein paar Schritte ins Abseits, bis sie außer Hörweite sind. Massimo fuchtelt mit den Händen in der Luft, er schlägt mit der rechten Handkante in seine linke Handfläche und quasselt nonstop auf Lena ein, bis ihr irgendwann die Kinnlade runterfällt. Sie stützt sich mit der Hand an der Wand ab, fassungslos, dann fängt sie an zu weinen vor Wut.

Ich stürze auf die beiden zu: »Was ist passiert?«

»Sie, sie«, stammelt Lena, dann schreit sie so laut, dass es auch die anderen hören: »Sie haben Fabio verhaftet. Der hat den Brand gelegt. Dieses Arschloch, wie konnte er nur? All unsere Erinnerungen …«

»Ach du Scheiße«, sagt Willi, der jetzt mit den anderen in unsere Hörweite vorgerückt ist.

»Seht ihr, hab ich doch gleich gesagt«, jubelt Bürgermeister Helmut. Den Besserwisser in sich kann er einfach nicht unterdrücken.

Ich nehme Lena wortlos in den Arm. Innerlich zerreißt es mich gerade. Ich könnte schier platzen vor Freunde und Triumph und Rachegefühl oder was auch immer. Dieser kleine schleimige Drecksack, denke ich nur. Aber dann sehe ich Lena, die sich offensichtlich so verraten fühlt wie noch nie in ihrem Leben. Getäuscht, belogen. Und von einem Menschen um ihre zweite Heimat gebracht, mit dem sie keine zwölf Stunden zuvor noch auf der Vespa durch die Macchia gerauscht war.

»Hey, das ist bestimmt nur ein Irrtum«, flunkere ich.

»Ach, hör doch auf, dieser Typ ist ein mieses Schwein«, brüllt Lena.

Massimo erzählt, dass man Fabio gleich in der ersten Woche nach der Katastrophe unter größtmöglichem Getöse in Handschellen aus der Wohnung abgeführt hat; das volle Programm mit weinender Mamma, die gegen die Fensterscheibe des Polizeiautos schlug. Bei der anschließenden Hausdurchsuchung fand die Spurensicherung Rückstände von Ethanol in seinen Klamotten. Er hatte natürlich vergessen, sie wegzuschmeißen.

Vielleicht hatte Lena recht mit ihrer Vermutung: Fabio ist selbst für die Mafia zu dämlich. Jedenfalls sitzt er jetzt seit Monaten in Untersuchungshaft und schweigt beharrlich. Und der Einzige, mit dem er redet, ist ein einschlägig bekannter Star-Anwalt aus Bari.

Ein älteres Ehepaar war bei dem Brand ums Leben gekommen, die Flammen hatten sie bei dem Versuch erfasst, in ihrem Auto aus dem Grande Paradiso zu fliehen. »Normalerweise stehen in Italien auf Brandstiftung zehn Jahre«, sagt Massimo. Es gibt seit ein paar Jahren sogar ein spezielles Gesetz für diese Art von Brandrodung. So wie es in Italien für alle denkbaren Eventualitäten des Lebens ein eigenes Gesetz gibt. Massimo sagt: »Deswegen ist Fabio jetzt auch wegen fahrlässiger Tötung dran.«

»Ich bete dafür, dass sie ihm den Prozess machen, wenn wir in Sepiana sind«, sagt Lena, sie ist immer noch rot im Gesicht vor Wut und Enttäuschung. »Ich will noch einmal in sein blödes Gesicht sehen!«

Ich glaube, viel eher will sie ihm ins Gesicht spucken. Wenn Fabio Glück hat, lassen sie ihn so schnell nicht mehr raus. Wäre gewiss sehr viel angenehmer, als dass Lena ihn in die Finger kriegt.

»Komm, Mädchen«, meint Willi lakonisch, »lass uns lieber zurück an den Pils-Stand gehen. Ich glaube, du kannst jetzt ein Bierchen vertragen.«

»Mann, Willi«, meckert Lena und schüttelt lachend den Kopf.

Wir standen noch eine ganze Weile zusammen und hielten Massimo und Helmut von der Arbeit ab. Am Ende fielen wir uns alle rührselig in die Arme mit dem heiligen Versprechen, dass wir uns im September alle im Grande Paradiso wiedersehen. »Ich hoffe, dass bis dahin wieder Gras über den Fußballplatz gewachsen ist«, rufe ich Massimo zum Abschied zu.

Ich bin wirklich neugierig, was es hier alles zu sehen gibt. Neulich hatte ich mal so rein interessehalber im Münchner Fritz-Berger-Laden vorbeigeschaut, und ich muss sagen, irgendwie war ich ein bisschen enttäuscht. Im Erdgeschoss standen ein paar Wohnmobile rum, und in der ersten Etage boten sie allerlei nützliches Equipment an, keine Frage. Aber es war eben nicht die abgedrehte Freakshow, die ich erwartet hatte.

Wir schlendern durch Halle 3, und ich bleibe an einem dieser Krimskrams-Stände stehen, die wirklich unfassbare Dinge ausstellen. Es gibt eine kleine Handwaschmaschine, die mit einem ausgeklügelten Drucksystem arbeitet und nicht mal sechzig Euro kosten soll. Daneben mein absolutes Lieblingsgerät: eine Wäschespinne, die man auch gleichzeitig als Halter für eine Satellitenschüssel nutzen kann. Ich stehe fasziniert davor und denke, dass ich alles dafür geben würde, die Menschen kennenzulernen, die sich solche Sachen ausdenken.

»Nichts! Davon! Brauchen wir!«, sagt Lena und

zieht mich an meinem Jackenärmel weiter. »Wolltest du nicht nach einem Wohnwagen schauen? Dann komm auch!«

Die meisten Wohnwagen sehen von innen aus wie das typische Jugendzimmer aus dem Vorstadt-Möbelmarkt der Neunzigerjahre. Ein Alptraum in Kiefer und Buche.

Letztlich bleiben wir vor einem Wohnwagen stehen, der mir beinahe noch gigantischer vorkommt als unser verbrannter Caravan. Er ist blütenweiß und ringsherum wie eine Art Rahmen mit anthrazitfarbenen Streifen lackiert. An der Seite drei horizontale und zwei vertikale Fenster, jeweils mit Alu-Jalousien davor. Quasi das Architektenhaus unter den Wohnwagen.

»Ein Knaus«, sagt mein Schwiegervater. Er nickt ebenso fachmännisch wie anerkennend. »Sehr solide, Top-Qualität.«

»Die gibt's noch? Ich dachte, die haben Pleite gemacht.« Ich habe vor ein paar Jahren mal einen wunderschön wehmütigen Artikel über deren Konkurs gelesen, kurioserweise im Feuilleton der »Süddeutschen«.

»Stimmt, irgendwas war da mal, aber wahrscheinlich sind die bloß aufgekauft worden«, meint Peter, »heutzutage gibt es eh nur noch eine Handvoll Hersteller. Die gehören ja praktisch alle irgendwie zusammen.«

Innen sieht es aus, als hätte sich Knaus einen Designer von Philippe Starck ausgeliehen: puristisch weiße Schränke und Oberfächer, die mit dunklem Holzfurnier eingefasst sind. Gleich neben dem Eingang eine richtige Tür mit Klinke für das Badezimmer und nicht so eine wackelige Faltwand wie in unserem alten Wagen.

»Wow«, sagt Lena, »das ist ja wie ein Hotelzimmer. Geil!«

Peter klappt erst mal die Oberfächer auf und schließt sie wieder, danach öffnet er die Küchenschubladen und lässt sie zurückfahren. Lena sieht ihm schmunzelnd dabei zu. »Der Experte ist am Werk«, flüstert sie mir lachend ins Ohr.

Es klopft an der Tür, im nächsten Moment tritt ein Mann ein, der genauso aussieht, wie ich mir Fritz Berger auf einer Dienstreise vorstelle: buschiger Schnauzbart und ein Anzug, bei dem es auch eine Nummer kleiner getan hätte.

»Der Lifestyle«, sagt er.

Wir sehen ihn fragend an.

»Lifestyle, so heißt das Modell. Genau das Richtige für trendbewusste junge Leute wie Sie.«

Ich muss mich zusammenreißen, um nicht laut loszulachen. Trendbewusst. Ich glaube, nicht mal Werbetexter für Tchibo verwenden noch ein solches Adjektiv. Aber unser Mann spricht es gelassen aus.

»Hier, der Bartresen lässt sich sogar wegklappen, dann haben Sie noch mehr Platz.«

Er stapelt die beiden schicken weißen Barhocker aufeinander und lässt sie elegant unter dem Tisch verschwinden. Unter der Sitzbank gegenüber sind sogar noch Schubfächer integriert. Inzwischen bin ich überzeugt, dass es nicht viel Faszinierenderes gibt als das Interieur-Design eines Wohnwagens.

»Nicht schlecht«, sage ich.

Der Verkäufer zeigt hinüber auf die in der Tat sehr stylische und in warmen Erdtönen bezogene Polsterecke, die von kleinen in die Oberschränke eingelassenen LED-Lämpchen angestrahlt wird. »Und das hier ist die sogenannte Club-Lounge.« Er greift unter das Sofa und zieht einen richtig stabilen Lattenrost raus. »Mit nur zwei Handgriffen haben Sie die Couch in eine komfortable Schlaflandschaft verwandelt.«

»Das ist cool«, sagt Lena und lässt sich auf das Ausziehsofa fallen.

Mit gerechtfertigtem Stolz führt der Knaus-Mann ein schwenkbares Ablagetischchen vor, das in die Sitzbank eingelassen ist und dort auch wieder unsichtbar verschwinden kann. Er fährt den Getränkehalter aus dem Küchenschrank aus und präsentiert mit der großen Geste eines Magiers den Couchtisch mit ausziehbarem Barfach. Ich bin beeindruckt.

Peter rüttelt und zuppelt und wackelt an nahezu jedem Einrichtungsdetail, während der Verkäufer technische Daten herunterrattert wie ein Schulbub sein erstes auswendig gelerntes Gedicht. Er spricht von einem – wenn ich das richtig gehört habe – BPW-Fahrwerk, der Rückfahrautomatik und dem Spurstabilisator; verweist auf die Sandwich-Konstruktion und andere verrückte Dinge.

»Ich kapiere das zwar nicht alles«, sagt Lena mir ins Ohr, »aber der Wagen ist echt der Hammer.« Sie grinst mich verschwörerisch an und sagt: »Hast du die Stockbetten gesehen?«

»Na klar«, flüstere ich zurück.

»Was soll denn das gute Stück kosten?«, frage ich.

»So, wie er hier steht mit allen Extras, knapp über zwanzig.«

In Wahrheit habe ich keinen blassen Schimmer, was so ein Wohnwagen normalerweise kostet. Ich habe ja noch nie einen kaufen müssen. Aber 20 000 Euro finde ich jetzt gar nicht so dramatisch. Jedenfalls gemessen an Herberts Investition in seinen Charisma.

»Und? Hat der auch eine Fußbodenheizung?«

»Klar, kostet 461 Euro extra.«

Lena dreht sich lachend zur Seite.

»Wofür braucht ihr die?«, fragt Peter. »Der Wagen bleibt doch sowieso in Sepiana.«

»Na ja, wenn du wirklich mal im Frühjahr da sein willst ... Da kann's nachts schon empfindlich kalt werden.« Ich mache eine kleine Pause. »Außerdem hat der Willi auch eine.«

Im Rausgehen schüttele ich dem Verkäufer die Hand: »Sagen Sie mal, können Sie uns den zurücklegen? Wir müssen uns mal eben beraten.«

Wir stehen am Stauder-Stand, und Peter ordert drei Pils. Lena winkt dankend ab: »Nee, lass mal, besser nicht.«

»Das Einzige, was mir nicht gefällt, sind die Stockbetten«, sagt Peter, »die sind doch viel zu unromantisch.«

»Ganz und gar nicht«, antwortet Lena. »Genau deshalb wollen wir den Wagen ja haben.«

»Wie jetzt?« Er nimmt einen kräftigen Schluck aus dem Glas.

»Peter«, sage ich. »Mann und Frau kaufen einen Wohnwagen mit Stockbett. Na, klingelt da was? Du bist doch Biologe. Wie war das mit den Bienchen und den Blüten?«

Lena strahlt, und Peter kriegt ganz feuchte Augen.

»Wir wollten es euch eigentlich erst in zwei Wochen erzählen, wenn alles ganz sicher ist«, sagt Lena. »Aber okay – wie's aussieht, fahren auch wir bald als Großfamilie nach Sepiana.«

Nota

Nein, einen Ort namens Sepiana gibt es nicht. Jedenfalls ist mir keiner bekannt. Aber es gibt ein niedliches, friedliches Fischerdörfchen in Apulien, das als Vorbild dieser Geschichte dient. Und jeder, der einmal dort war, wird es wiedererkennen: die Orte, die Geschichten, die Typen.

Ich habe mir erlaubt, die Wirklichkeit ein wenig anzupassen. Zeitliche Abläufe, historische Ereignisse. Und ich habe die Figuren erheblich verfremdet – allein schon, um mir keinen Ärger mit lebenden Personen einzuhandeln. Diese Geschichte hier, das ist gewissermaßen fiktionalisierte Realität. Denn alles, zumindest fast alles, was ich hier beschreibe, ist wirklich so passiert. Leider meistens mir selbst.

Seit fast zehn Jahren verbringe ich meine Sommerferien in einem Wohnwagen, wieder und wieder, und trotzdem werde ich vermutlich niemals ein richtiger Camper. Jedenfalls im orthodoxen Sinne. Aber immerhin habe ich zwei Kinder gezeugt, die diesen Ort so aufrichtig lieben, als wäre er ihre zweite Heimat. Und ich bin mir sicher, sie werden das kulturelle Erbe meiner Familie würdig weiterführen.

Grazie

Dieses Buch würde es ohne meine Frau Gesa nicht geben. Ohne sie wäre ich vermutlich im Leben nie auf einem Campingplatz gelandet. Sie hat mich mit Anekdoten und Erinnerungen versorgt, hartnäckig mit Kritik traktiert, und vor allem hat sie mir während des Schreibens monatelang den Rücken frei gehalten. Dies ist letztlich ihr Buch.

Dank natürlich auch an meinen Schwiegervater für seine umfassende Expertise in Fragen der süditalienischen Fauna und Flora, in Sachen Wohnwagen-Aufbau und Camper-Ethos.

Nicht vergessen möchte ich meine campenden Freunde aus Apulien, allen voran meinen ehemaligen Journalistenschulleiter Jürgen Frohner, der seit Jahren an diesem magischen Ort seinen Urlaub verbringt und sich dennoch einen wundervoll ironischen Blick auf dieses kuriose Milieu bewahrt hat.

So tief wie ein Erdölbohrloch stehe ich in der Schuld bei meinem Freund und Kollegen Sebastian Glubrecht, der mir nicht nur mit klugen Ratschlägen geholfen hat, diese Geschichte voranzutreiben. Er hat auch noch das ganze Buch mit einer Leidenschaft und Akribie redigiert, als wäre es eines seiner eigenen großartigen Werke.

Grazie mille a tutti!